一部少年英雄
成长的幻想史诗

蓬莱学院

古月奇 ◎ 著

归宗谱

9

长江出版传媒

长江文艺出版社

北

西
方
大
陆

冰
漠
草

鱼
人
海
峡

西
域

天
山
山
脉

飞人族

沙狼坳

拜月城

蜂人国

明镜城

大

漠

西

定

望

中

方

南帝城

西域各族

东

滇

荒

高

原

滇 南 国

海

原 地 带

北 草 原

羊谷河

奴 诸 部 落

北疆

羊谷山

脉

东 海

北郡

积水潭

青城

定 北 郡

东 北 郡

北河

龙

郡

白虎郡

北门卫郡

玄武郡

东洋郡

出海口

红碧岛

蛇岛

东海诸岛

雾环群岛

铁角镇 黄沙镇 咸北镇
土坡镇

西中都特区

中都城

东门卫郡

央

郡

西门卫郡

青龙郡

帝

国

朱雀郡

山

南门卫郡

望海郡

郡

大

陆

平南郡

西南郡

郡

东 南 郡

南部土著各城邦及集镇

比例尺 1:20 000 000

蓬莱学院地图

门卫处　北门

墨士峰

药女峰

道士峰

中央谷地

织女峰

食女峰

乐女峰

法士峰

儒士峰

大藏经阁

监学会议事厅

炼药房

医馆

膳食房　女生宿舍　男生宿舍

下院
操场

教学楼

院史馆

学监家属
及什务人员生活区

风纪处

教务处　什务处

门卫处

南门

比例尺 1:2500

蓬莱上院

共分八科，每科各据一峰。如左图所示。

墨士科

科监：尚墨，武功八段。生活质朴，专于造械，脾气火爆，要求严格。遇不平之事，多用极端方式解决。

奇门绝技：针械

道士科

科监：玄天宗，武功八段。追求天人合一，顺其自然，看似闲云野鹤，不问世事，实则人生百态，了然于心。危难之际，出手不凡。

食女科

科监：妙食娘子，武功七段。性格耿直，做事专注，能做尽天下美食。

奇门绝技：土豆杀、五谷三牲羹

法士科

科监：法万山，同时任蓬莱学院总学监，武功八段。目标清晰，善用权术，他率领蓬莱学院一路成长为东方大陆武林巨擘。

药女科

科监：药香君，武功七段，专用兵器龙爪手。用药，用毒，无所不用其极。医者？毒者？全在一念之间。

奇门绝技：药术、毒术

织女科

科监：罗衫君，武功七段。知性大气，中都城内首屈一指的时装设计师。

奇门绝技：极品寒山蛛丝、粘丝带、金缕衣、盘丝阵、微织术

乐女科

科监：萧湘夫人，武功七段。浪费了天生容颜，荒废了乐女绝学，武功不凡却呆板无趣。

奇门绝技：五音婀娜斩

儒士科

科监：白太儒，同时任蓬莱学院从总学监，武功八段。有浩然之气，耽于理想，弱于实务，在法儒之争中处处落败。但他相信千年之后照亮整个东方大陆的，必为儒家。

蓬莱下院

分两个年级，每个年级五个班，每班四十名学员。

下院名师

鲁打柴：一年级五班班监，使上器尖头斧，武功段位不详。从社会上招聘的学监，无门无派，教无定法，行事奇特，但前提都是为学员好。

裴半仙：一年级一班班监，武功六段，蓬莱学院从社会上招聘的武术怪杰。脾气暴躁的半老头子，动不动就训斥学员。

鲁打柴

裴半仙

蓬莱八峰首席留院大弟子

由八科科监从历届上院毕业学员中挑选出天资极好的苗子，留在身边，继续修习本科武功，称为"留院大弟子"。留院大弟子需协助科监指导上院学员习武，有的还被派到监学会教务处、风纪处任职，或到蓬莱下院担任从班监之职。他们在蓬莱学院是亦师亦徒的身份。

文飞剑：武学天赋极高的青年才俊，师从法万山总学监。出身高贵，为人自负，兼任下院从班监，对寒门弟子总抱有不加掩饰的厌恶。

姬炎：出身富商之家，醉心武学，略显书生气。早早就通过了武功六段测试，人生目标就是不停地挑战更高段位。

吴道子：师从道士科科监玄天宗，身在深山，心怀世事。

墨小白：来自神秘的墨士科，长期在风纪处兼任学监，看似严厉，实则机智、风趣。

米姬：性格朴实，武功高强，在烹饪方面拥有超强天赋。

千井樱织：性格温和，长相甜美，心灵手巧，善于丝织。

周不治：大难不死的医学天才，医术、武术俱佳。他都治不好的病，基本上可以"不治"了。

李凝脂：心思细腻的音乐天才，拥有绝世容颜，是蓬莱学院乐女峰上的一个美丽传说。

【法】文飞剑　　【儒】姬炎　　【道】吴道子　　【墨】墨小白

【食】米姬　　【织】千井樱织　　【药】周不治　　【乐】李凝脂

【法】杨志　【法】商无期　【法】赵天骄　【法】蒙恬　【法】李微蓝　【法】慕容芙

【儒】孟少君　【儒】百里乘风　【道】庄子逍　【道】柳吟风　【墨】公羊七

杨志：曾任法士科学员会会长，武功天分很高，为人傲气，心胸狭窄。

商无期：本是流浪少年，为了揭开身世之谜进入蓬莱学院，天性纯良，所以身边总有良师益友相伴。

赵天骄：御史大夫之子，高傲而自负，可惜生在了一个英雄辈出的年代，命中注定只能当配角。

蒙恬：太尉次子，私生子，像小草一样坚韧长大，最终在与北方异族的战争中脱颖而出。

李微蓝：美丽高傲的丞相长孙女，连霸王龙都甘愿给她做萌宠。这个原本玻璃心的女孩，最终在命运与战火的磨砺中迅速成长。

慕容芙：性格爽朗，行事大气，"御姐"一枚。

孟少君：温文尔雅，一脸正气，谦谦君子。

百里乘风：太尉长子，一手执剑，一手拿书，是整个百里家族的希望。白衣飘飘的他，最终在何处实现自己的理想？

庄子逍：武学天赋很高的道士科弟子。

柳吟风：自诩为玉树临风的翩翩美少年，实为同窗们的开心果，各种逗乐搞怪之事向来少不了他。

公羊七：武学天赋很高的墨士科弟子。

李甜食：长相甜美、古灵精怪的食女科天才弟子，她做的甜食，世上几乎没有女生能抗拒。

陈大米：性格和长相一样憨厚，话不多，够朋友。

蛮妮：曾经是重量级"贪吃怪兽"，进了食女科反而变瘦，成了"微胖界美女"，背后到底是什么力量在推动？

布非云、布非烟：织女科的双胞胎姐妹。两人长相一样甜美，性格却一个文静，一个泼辣。

果落落：性格直率的西域美少女，志在药学，听闻曼陀罗花有麻醉作用，竟敢偷偷以身试药。

依米：竟然与叶眉儿长得一模一样，她究竟是谁？

叶眉儿：来自西域，容貌艳丽，能歌善舞，希望日日守在喜欢的人身边，可两人总是聚少离多。个人情感与种族大义，她的一生都在抉择。

李尉：从小在刀剑丛林中长大，生存经验告诉他，人都是为自己而活。在这个世上，他只爱自己。那么，他还会爱上别人吗？

辛戈：将门之子，孔武有力，天生的战士。好男儿志在边疆，他最终成长为一名杰出的青年将领。

【食】李甜食　　【食】陈大米　　【食】蛮妮　　【织】布非云　　【织】布非烟

【药】果落落　　【乐】依米　　叶眉儿　　李尉　　辛戈

目　录

第101章　出海

二月初的蓬莱学院，春寒料峭，校园内却人声鼎沸，喧闹异常。

上下两院二年级学员都提前毕业了。

上下两院毕业学员共有两百八十人，除去参军的、下院升上院的、上院升留院大弟子的以外，还剩一百三十多人。在学院反复做工作之后，终于有百余人同意出海。剩下的那三十多人，是死活都不愿意出海的，他们上蓬莱的目的本来就只是想镀镀金，将来找个舒适的差事来做。但现在学院按朝廷的指令，禁止他们应聘其他差事，有些人干脆就什么都不做了，先在家待个一年半载再说。

参与出海的除了百余名毕业学员以外，还有一些学监。

尚墨总学监自然是亲自带队，文飞剑、姬炎、吴道子三位新任的年轻科监相随，女四科科监虽然负责驻守蓬莱学院，但也派出了最信赖的留院大弟子参与出海计划，分别是：食女科米姬、织女科千井樱织、药女科周不治、乐女科李凝脂。

李凝脂在大陆天才争霸赛中脸部受伤，本来萧湘夫人不忍心让她出海，但她执意要参加，并赌气道："难道师父要把徒儿在乐女峰关一辈子吗？"萧湘夫人垂泪道："凝脂何须说这些话来气我？我何曾想关你？罢了，你出海透透气也好！"几个月以来，李凝脂首次走出乐女峰，亲

自去监学会报名。

她去的时候蒙着面纱，办完手续便匆匆离去，没有理会身边那些好奇或惋惜的目光。

人们隔着一层面纱，都能回想起她曾经的绝世容颜。

那已成为蓬莱八峰的一个美丽传说。

让商无期等人觉得高兴的是，下院有些学监也参加了这次出海计划，包括鲁打柴和裘半仙两位学监。原下院五班的学员们看到名单就奔走相告，最后还约好一起到鲁打柴的学监宿舍去玩。

鲁打柴学监热情地接待了他们，并挽留他们在下院膳食房吃晚饭，商无期等人欣然答应。

商无期、柳吟风等人一顿海吃，都说好久没吃下院的饭菜了，觉得格外香。就连蛮妮也一连吃了两小块米糕，还说比自己做得要好吃。

果落落道："倘真如此，你在食女科两年岂不是白待了？"

"蛮妮的酱牛肉，已是蓬莱一绝！"鲁打柴叹道，"说实在的，几年前你们刚入蓬莱时，我怎么也想不到你们会有今日的成绩！"

商无期道："也得感谢鲁班监当年的教导！"

"是啊！"慕容芙道，"真个比较一下，我们班该是当年那五个班中最有出息的了，全靠鲁班监教得好！"

鲁打柴笑道："嘴巴真甜。"又道，"说实在的，我也感谢你们这些学员，让我从一个江湖散人逐步变成了一个还算不错的学监。"

"这大概就是人们常说的教学相长了！"慕容芙笑道，"我还记得开学第一天，男同窗们就每人吃了鲁班监一藤条，有错没错都打，我们女学员虽然没挨打，但心里都在嘀咕，觉得这位班监好生古怪，当时哪能领悟到那也是鲁班监的独特教育方法啊！"

"是啊！"柳吟风抢话道，"还有一天上药学课，鲁班监还放出马蜂来，蜇得我们都满头大包，后来才知道那是美容蜂！"

众人哈哈大笑。

蛮妮问道："鲁班监来蓬莱多少年了啊？"

鲁打柴叹道："过得真快，竟有十年了！"

蛮妮道："那十年以前，鲁班监在做什么呢？"

"是啊，十年以前……"鲁打柴像是陷入了沉思，半晌才回过神来，说了句貌似毫不相干的回答，"我真庆幸自己来了蓬莱！"

他转移了话题："这次出海，绝不会轻松！江湖各大门派，无论正邪，均对《归宗谱》垂涎欲滴，此次必定闻风而动，苍蝇见血般扑过来。"

商无期道："会有哪些人呢？"

鲁打柴叹了口气："该来的，都会来。想见的，不想见的，都会见到。"

商无期闻言，突然微微变色。

他想见的，不想见的，会是谁？

鲁打柴静静地看着他。

"孩子！"他叹道，"人的一生，所有的遭遇，都是修行。经历得多了，就知道，这世上没有什么结是解不开的！"

他又小声地补充了一句："师父，会一直在你身边。"

商无期莫名就被这句话感动到了，竟有些哽咽："无期自当努力，定然不负师父、不负蓬莱教诲！"

鲁打柴眼中露出罕见的慈爱之光："我真欣慰，蓬莱成就了你。"

商无期重重地点点头。

二月八日清晨，商无期与叶眉儿一起去了西山坳蜂斗士大营。

两万蜂斗士此时已被元帅府整编为第三、第四国际军团，紫衣、5505 分别任都尉。叶眉儿身为女王，自然不适合被元帅府领导，她的身份已不便待在军中，便决定随商无期出海，临走前回来安排一些事情。

两人下午离开蜂斗士大营，紫衣、5505 两位将军一直送到山坳口才依依惜别。

二月的风颇为清冷，空气透明，太阳卡在山坳之间，远望去像一双巨手托着个红红的大圆盘。两人各骑一匹快马，出了山坳，玩性大发，颠颠地一路快跑，笑声在山谷中回荡。那只金雕也不甘寂寞，忽前忽后，

在半空盘旋，发出阵阵长鸣。

突听谷间有人高声吟唱："哀我落日，哀我长河。人生苦短，去日不多。壮志未酬，何须蹉跎？"吟唱者声音有些沙哑，在这荒谷之中，颇有一番沧桑之感。

商无期突然心动，放慢马蹄，两人并肩而行，各想各的心事。

吟唱之人并未离去，刚才还像在远处吟唱，此刻声音突然就来到跟前，中气十足地在整个山谷回荡："小娃娃刚才还如此开心，现在怎么不闹腾了呢？"

商无期警惕地四处张望，却不见人影，可见对方功力之深，远在自己之上。

商无期对着山谷，拱手道："不知前辈是谁，但为前辈歌声所动，念及大敌当前，家国濒危，友人失散，是以感怀！"

"看来小娃娃还颇为上进！"那人道，"你该知道我是谁，我今日是要债来了！"

"要债？"商无期纳闷道，"要什么债？"

突然一道黑光闪过，有人从半空飘落，落于商无期马前。

商无期大惊。

这个人他果然认识。

名家老怪仇不弃。

他在拜月城堡受伤之后，在拜月仙境中休养了一年，嗓音有些变化；更何况，他平日性情阴冷，慷慨悲歌的时候少，商无期刚才没听出他的声音，也不奇怪。

"我在拜月仙境中曾与阴阳老怪订下契约，我教李尉分身术，他帮另外一位蓬莱弟子练成天地一剑，之后让两人对决。"仇不弃已恢复了他一贯的阴冷之态，"阴阳老怪选择了你，所以我今日专程来试试你武功如何了！"

仇不弃当初在拜月城堡外屠杀过数十名沙狼勇士，手中血债累累，商无期向来对他没甚好感，此时冷冷道："天地一剑乃旷世绝学，本人尚无缘修习！"

"这个我知道！我先试试你常规武功如何！我徒儿李尉，武功已达七段！"说罢，他已纸人一般飘起，伸手向商无期抓来。

商无期来不及躲闪，直接从背后抽出玄木棍，"啪"地朝抓来的手打过去。

仇不弃反手一抓，竟然将玄木棍硬生生地接到手中。

手掌中一阵火辣辣的疼痛令仇不弃又惊又怒。

这个孩子，力道怎么会如此之大？

武功中的力道，并非蛮力，更多的是拼巧劲，杀伤力主要体现在精、准、快上。单从这一招之中，仇不弃就知道自己刚才是小看对手了。重击之下，仇不弃的右手掌有些麻木，想必已经红肿，他想把玄木棍从商无期的手中夺过来，用了几下劲，商无期却并没有松手。在巨大力道来回拉扯之下，商无期的坐骑已站立不稳，长嘶不已。

商无期干脆翻身下马，手上却并没有松劲。

盛怒之下，仇不弃伸出左手，再次向商无期抓来。

速度之快，如鬼魅一般。

商无期仍然无法躲闪，左手握拳，砰地击出。

两只手撞击在一起，发出沉闷的一声响，两人身边竟然腾起一阵小小的旋风，衣襟都鼓了起来。

仇不弃松开右手中握住的玄木棍，向后翻腾一圈，落地站稳。

"好小子，想不到你能硬接住这一招，武功已远不止七段了！"他叹道，"是根好苗子啊，这招之中竟然包含了法、儒、道、墨四科武功，我在你身上隐约看到了易不世当年的影子！"

商无期冷冷道："过奖！我不过才通过六段武功测试！"

仇不弃"哼"了一声，突然一晃身，商无期周围突然出现一片黑影，足有八九个之多，从不同的角度，用不同的招式，向他抓来。

商无期大骇，抓起玄木棍朝那些抓来的手臂一阵乱打，却均打了个空，转瞬间他已被其中的一个黑影抓住，高举到空中。

叶眉儿一声惊呼："无期哥哥——"

黑影将商无期在空中旋转几圈，就要远远掷出，山谷远处突然传来一个浑厚的声音："你这个老怪物，有你这样欺负小字辈的么？"

话还没有说完，一道白影已旋风般来到眼前。

山道边的草木都被这阵风吹得东倒西歪。

黑影嘿嘿一笑，将高高举起的商无期抛向来人。

来者接过商无期，轻轻放在地上。

商无期仍有些发晕，勉强站稳，冲来者拱拱手。

叶眉儿冲过去，抱住商无期的胳膊，对来者道："阴阳老前辈，幸亏您来了！"

阴阳老怪冲仇不弃叫道："分身术都使出来了，老怪物你还要不要脸啊？"

仇不弃道："阴阳老怪你没有食言，你这徒儿武功颇为不错！"

阴阳老怪道："这徒儿我都没正经教过，纯属他自学成才。"

仇不弃道："那也说明你挑人的眼光准！"

"说得也是。"阴阳老怪颇为自豪，"我都开了十多年武功段位培训班了，见过的苗子没有一千，也有八百，怎么会挑错人？"又道，"你那徒儿练得如何了？"

仇不弃道："他已学会了分身术的基本技巧，只是应用得还不太熟练。"

阴阳老怪道："人在何处，何不让他展示一番？"

仇不弃叹道："他打完大陆天才争霸赛之后，人就失踪了，我已找了他几个月了。"

阴阳老怪哈哈大笑，"莫非是他学艺不佳，你不敢展示，把他藏起来了？"

仇不弃怒道："我仇不弃是那种人么？"

阴阳老怪道："不好说。"

仇不弃道："你放心吧！我已出重金委托天地会去寻他，就算藏到天涯海角，三个月内也会把他找出来！"天地会是江湖上仅次于遗忘谷的情报组织，耳目遍及东方大陆的每一个角落，仇不弃亲自出面去请他们，想必真的是着急了。

阴阳老怪道："徒儿躲起来，必定是师父教育无方！你那么瞧不起我那大东亚段位培训班，我那儿还没有一个学员逃学的！"

仇不弃"哼"了一声，道："我现在不跟你争这些没用的，反正李尉现在已学会分身术了，他藏在哪里修炼并不重要。现在的关键，是让商无期赶紧练成天地一剑，到时候我找到了李尉，他们才好对决啊！"

阴阳老怪道："商无期的事，就不用你操心了！"

"这件事我还非得操心不可！"仇不弃道，"商无期的事也好，李尉的事也罢，本来就是一件事。"

阴阳老怪道："你能操什么心？法、儒、道、墨四科武功，你会哪一科？易不世的那些徒子徒孙，也不待见你，看见你就躲，你能帮得上什么忙？"

"那倒不一定！"仇不弃道，"蓬莱学院不是马上要出海寻找《归宗谱》吗？我决定跟过去，有我在，总能多一分希望！"

商无期一怔，还没说话，叶眉儿已抢过话去："仇老前辈您就别去帮忙了，您若去了，只怕越帮越忙！"

"你这小丫头，怎么说话的？"仇不弃怒道，"我仇不弃若是想去，谁还能阻止我？"

叶眉儿吓得吐了吐舌头。

"那我也只能去了！"阴阳老怪叹道，"否则你这老怪物一旦发起疯来，还真没人能阻止得了！"又懊恼道，"可惜我那段位培训班，现在生意正好，又要少赚好多钱了！"

仇不弃道："阴阳离，你这辈子也就这点出息了！"

他一跃而起，人已凭空消失，山谷中只留下他沙哑的吟唱声："哀我落日，哀我长河。人生苦短，去日不多。壮志未酬，何须蹉跎？"

阴阳老怪有些纳闷："以前没听说仇不弃会唱歌啊？"

"歌以咏志！"叶眉儿叹道，"或许仇老前辈也算得是有志之人！"

"小姑娘是在影射我老人家不思进取么？"阴阳老怪道，"可别忘了，

要没我那段位培训班，你这小哥哥当年只怕还考不过预备段哩！"

叶眉儿嘟起嘴来，"我哪有？"

商无期连忙拱手道："阴阳前辈教导之恩，无期自当谨记！"

阴阳老怪哈哈大笑："我回去准备一下，后天也要跟你们出海啰！"

话音刚落，人也消失在山谷之中。

叶眉儿道："这两个人，有时就像两个小孩一样。"

"越老越小嘛！"商无期道，"我们赶紧回学院吧！"

两人策马回城。

待两人到达西城门附近时，已是黄昏，进城和出城的人们均行色匆匆。再过半个时辰，城门就要关闭了。

城门外的驿道上，向着进城的方向，静静地站着一人，高大的身材，就像一尊雕塑。晚风拂动他的青色衣襟，猎猎作响。

谁也不知道他在这里站了多久。

有出城的路人好奇地回头张望，发现他的浓密的眉毛上已结了一层薄冰。

商无期远远地看见，便勒住了马，放慢速度骑过去。

他不知道自己该不该下马。

及到身边，那人突然道："你回来了。"

商无期顿了顿，叶眉儿却早已翻身下马，施礼道："向伯父，您在这里！"

那人道："我来看看……你们。"

叶眉儿笑道："这儿风冷，向伯父不要站在这里，我们去路边的驿站里说话，如何？"又嗔道，"无期哥哥，你还愣在这里干嘛，快下马啊！"

商无期这才木木地翻身下马。

叶眉儿走在前头，那人静静地跟着她。

要有知情者看到这一幕，一定会惊得下巴都掉下来。

他是向啸天。

这个青色衣襟的中年男人，在江湖呼风唤雨十多年，在东方大陆西北部有着说一不二的实力，何曾见他顺从地跟在一个小姑娘身后走过？

三人进了驿站，找个避风的地方站住。

叶眉儿嫣然笑道：“无期哥哥，马上就要出海了，向伯父专程过来，你俩就好好聊会儿吧！”说罢，转身就要离开。

“欸……”向啸天眼见叶眉儿要走，竟然有些紧张，招招手，想让她留下来。

他与商无期的每次见面，都沉闷得像大雨来临前的阴郁天空，不知何时就会有一阵暴风刮过。

似乎只有这个女孩留在这里，他才安心。

叶眉儿乖巧地待在了那儿。

两个男人在心底都舒了一口气。

这是商无期有记忆以来，第四次见到自己的父亲。

前三次见面，都血流成河。

这一次，父亲好像老了不少。

他的鬓角又多了几许白丝。

他道：“你……你还好吧？”

“嗯。”商无期道。

他实在不知该说什么。

“无期已经知道，以前在幕后操纵依米、挑拨蓬莱八峰关系的人不是向伯父，而是遗忘谷谷主秦忘。而且，无期还把真相也告诉了蓬莱监学会！”叶眉儿在一旁插话道。

向啸天的表情顿时放松了不少。

想必他内心里已长长地松了口气。

“嗯，我也已经查明，只是不明白秦忘为什么要这么做。”向啸天道，“我曾去遗忘谷找他算账，但他已不在谷中……”

沉默片刻，商无期又道：“我后天就要出发了，谢谢你来送我。”

向啸天竟然露出了一个笑脸。

笑得有些僵硬。

颇有些讨好的意味。

这让站在一边的叶眉儿都有些吃惊。

相信整个东方大陆，这十多年来就没有人见过向大教主的微笑吧！

"我不是来送你的。"向啸天低声道，"我是来告诉你……们，"他看了叶眉儿一眼，"我会和你们一起出海。"

"什么？！"商无期叫出声来，"这……这……虽然尚墨总学监没有像以前那样生你的气了，但……他也不会让你上船的吧？"

向啸天脸上顿时又恢复了昔日的孤傲之气。

"哼！"他道，"我用得着尚墨的船么？"

"也是！"叶眉儿赔着笑脸，"向伯父若想出海，只怕好多人都争着抢着来送船哩！"

向啸天闻言，貌似很受用。

"神教满月使失联了几年，前些天线人终于寻得他的踪迹，他就在中都，我已令他想办法弄船。"向啸天这话像是对叶眉儿说的，毕竟她曾任拜月教西王，对拜月教内建制非常熟悉。

他这句看似轻描淡写的话让叶眉儿非常震惊。

拜月教教主以下，按地位排序依次是二使、五王、三鬼、二十八星宿，其中满月使还排在残月使凤如花之前，在教内可以说是一人之下万人之上的人物。只是他过于神秘，除教主向啸天之外，几乎没有人识得其真面目，但既然他能在教中受如此重用，必定有过人之处。十多年前，向啸天派他到中都来执行一项秘密任务，中途断了联系，这个魔头此时突然现身，难保不会掀起新的血雨腥风。

"另外，东海龙王也回归神教了！"向啸天又道，"他在海岛上生活了大半辈子，自称可以弄到船。"

"那恭喜向教主了！"叶眉儿道，"只是……向伯父这次出海，只是单纯为了陪伴无期哥哥吗？"

"呃，"向啸天咳嗽了一声，"为了……《归宗谱》。"

商无期按住了腰间的玄木棍："《归宗谱》绝对不可能落到你手中！"

向啸天强压住心头的怒气。

"你的……母亲，这次和我同去，"他低声道，"这就是我要寻找《归宗谱》的原因。"

母亲？！

商无期想起了轮椅中的那个美丽的妇人，她永远闭着眼睛，像是睡着了。

一直以来，母亲在他心中，就是天空中的仙女。

每当商无期害怕无助时，就会仰望星空。

他相信母亲一直在天空看着他。

守护着他。

他在自己的想象中安然度过了无数孤独的夜晚。

商无期的眼中有了些湿润。

"我知道，向伯母当年中了情毒，一直昏睡不醒……"叶眉儿道，"要是真能在《归宗谱》上找到解药，也好和您与无期相认。"

向啸天重重地叹了口气。

这个女孩，说话总是这么讨人喜欢。

向啸天才刚刚与她接触，就觉得她比自己儿子都还好亲近哩。

"向伯父，伯母一定会好起来的！"叶眉儿道，"前几年无期哥哥也时常情毒发作，现在也痊愈了啊！"

向啸天面露震惊之色。

"无期！"他道，"你……竟然也中过情毒。"

"嗯。"商无期似乎已不愿再提，"但这一两年没发作过了。"

向啸天骇然看着他。

情毒之苦，他是知道的。

那种苦，是撕心裂肺、生无可恋的。

真不知这个小小的孩子，当年是如何挺过来的。

"药香君，当年你竟然连这么小的娃娃也没放过！"向啸天突然颤

性发作，咬牙切齿道，"这辈子，我定然让你血债血还！"

商无期突然怒道："你到底还要杀多少人，才能心满意足？"

向啸天仰天大笑："杀多少人，那得看何时能抚平我心中之恨！"

商无期拉了一把叶眉儿："我们走！"

向啸天慢慢平复了情绪，眼中却仍然一片血红。

"孩子，你恨我吗？"他对商无期的背影道。

"谈不上。"商无期没有回头，"因为恨并不能让这个世界变得更美好。如果我一直把仇恨放在心底，我玄天宗师父，还有白太儒、法万山师父不都白死了吗？"

向啸天愣了片刻，方喃喃道："好，玄天宗他们这些人，比我教得好。"又叹道，"唉，当初幸亏让你留在了蓬莱。"

商无期与叶眉儿已走远。

"欸，叶……眉儿。"向啸天又叫道。

叶眉儿回过头。

"他……很犟，委屈你了。"向啸天道。

叶眉儿莞尔一笑："伯父放心，我会照顾好他的。"

二月九日，即将出海的一百余名学员在学监的带领下，去了院史馆纪念厅。

那面英雄墙上，仍然贴着易不世、宫飞雪两位师祖及一些蓬莱弟子的遗像。

都是些为蓬莱、为国家做出了杰出贡献的人。

身体已化为尘土。

功勋却永远被记住。

成为蓬莱精神的一部分，熠熠生辉。

依米的头像终究没能出现在这面墙上。

虽然尚墨总学监为她做了很多工作，甚至在西墙上都给她预留了一个空位。

主要是药香君、文飞剑等科监的反对意见太大了。

监学会最终采取了一种折中方案，在《蓬莱志》手抄报上发了一辑纪念依米的文章，隐晦地赞颂她绣出藏宝图、找到破坏八峰融合黑手的功绩。这两件功绩，还都无法对公众说得太透。

功就是功。

过就是过。

终究不能相抵。

历史会有评说。

商无期和叶眉儿在画墙的那个空位下站了很久。

"依米姐姐来了，我能听到她的呼吸声。"叶眉儿突然道，"她就在这里，也在我心中。"

融在我的血液之中。

二月十日子时，蓬莱众人在尚墨的带领下，从学院北门出发，一人一匹快马，借着星光偷偷出城，沿着驿道一路向东。

大陆东海岸的出海口离中都城约有一千余里，途中有数十个驿道。驿站虽都备有良马，但数量不会太多，每匹马需跑三到四个驿站才能被换下来，这样勉强能将行进速度维持在每日一百五十里以上。七日之后，他们已接近东海岸。

远远地，已能闻到海水腥湿的气息。

再往前走十多里，已隐隐能听到海风传来的喧闹声。

蓬莱众人加快了马速，翻过一道土坡，海岸线已映入眼帘。绝大多数弟子都是平生第一次见到大海，但见茫茫一片，均慨叹不已。一些玩性大的，早已"驾"的一声，催马直奔海岸。

海岸边的船坞中停靠着十艘刚刚组装完毕的巨船，一艘最大的船上立着一面大旗，正迎风招展，上书"帝国远洋船队"六个大字，看上去是旗船。各种不知名的海鸟在天空盘旋，有时猛地一个俯冲，捕食浅水中的鱼虾。海风颇为寒冷，吹动着岸边一些临时营帐，熙熙攘攘的人群

在营帐中穿梭，竟将这荒凉的海边变得像集镇一样热闹。令人奇怪的是，人群中最多的竟是一些十来岁的童男童女，脸上的稚气未脱，但行为举止都像成人一样规规矩矩，一看就是经过较长时间的训练的。

蓬莱诸人正在奇怪，却见一白袍高冠之人带着随从，从一个大营帐中走出，快步向他们走来，老远便拱手道："来者可是蓬莱尚总学监？"

尚墨见状连忙下马，拱手道："正是尚某人。敢问先生是谁？"

那高冠之人道："在下徐福。"

尚墨道："原来是徐统领！尚墨率蓬莱学院一百一十八人前来报到！"

徐福大喜道："出海事宜均已准备停当，其他各路人马也均到齐，就等尚总学监一行了！航海技术甚为复杂，有劳尚总学监了！"

尚墨道："徐统领尽管差遣！"

"如此甚好！"徐福收了笑脸，掏出一本绢书递给尚墨，"这是一本航海手册，相关事宜上面均有详尽说明，请尚从统领务必仔细研读！二月二十日清晨，十艘大船全部出发！"

尚墨瞟了徐福一眼，接过绢书，拱手道："尚墨遵命！"

徐福安排完毕，即令随从将蓬莱众人带到东边的临时营帐中休歇。

尚墨草草收拾一下，即令各位学监到自己的营帐中议事，包括文飞剑、姬炎、吴道子三位科监，还有鲁打柴、裘半仙两位班监，另有米姬、千井樱织、周不治、李凝脂四位留院大弟子。这几位留院大弟子虽冠有"弟子"之名，在蓬莱学院实际上也是学监。

想了想，尚墨又让人去叫商无期进来。

让商无期来参与议事会议，众位学监并不吃惊，因为都知道他被指定为了寻找《归宗谱》秘密任务小组的组长。

尚墨快速阅读几案上的航海手册，碰到要点便读出声来，与众人商议。

半个时辰过去，众人已明白了整个航海计划的大致情况：本次航海，共有八千余人参与，包括童男三千人、童女三千人、工匠技师一千人，此外，朝廷还派了一名校尉，带一千名军士押船。童男童女全部来自帝国偏远郡县，以孤儿、流浪儿为主，当地官府将这些孩子搜集起来，秘密训练几个月就直接送到海边来了。工匠技师包括铁匠、纺织匠、印染匠、药师、农士、占卜师、星相师等，涉及各类生产生活领域，组织起来完全就是一个小型的社会。船上的粮食、衣履、药品，足可以供八千人使用三年，最大的旗船上甚至还配有图书室，里面收藏了一万册绢书。

"看这架势，莫非是要在海上久居了？"姬炎惊叹道，"如此浩大的工程，真不知这徐福是如何说动朝廷的！"

"哼！"文飞剑道，"朝廷的本意不过是寻药，哪知这徐福安的是什么心！"

尚墨咳嗽了一声，又往营帐外看了一眼，小声道："今日刚一接触，就觉得这徐福行事利落，且城府极深，我等且需小心！一边把本职事务干好，一边见机行事吧！"

接下来，尚墨安排了近几日需办的两件事务：

首先，需逐一检查船坞的十艘船只，排查故障，并进行试航。

其次，需按规定将蓬莱众人平均分配到十艘船上，负责航务。这十艘船分别由尚墨、文飞剑、姬炎、吴道子、鲁打柴、裘半仙、米姬、千井樱织、周不治、李凝脂这十位学监组队，每位学监可挑十名左右弟子相随。原则上尽量将上院八科的学员分散到各艘船上，以便互补。

文飞剑道："各船之间如何联络？"

尚墨道："可以飞鸽传书。"又看了商无期一眼，道，"关键时候，商无期也可以出些力。"

商无期闻言坐直了身子，道："是，总学监！"

众位学监不知尚墨所言何意。

"哼！"文飞剑瞟了商无期一眼，嘟囔道，"还关键时候……他能有什么办法？"

尚墨平静地道："我会教他一些办法。"

商无期自然能理解尚墨话中的意思。

那辆铁甲飞车，是他和尚墨总学监之间的秘密。

分船名单当天晚上就确定了。

商无期、叶眉儿、柳吟风、果落落、蛮妮五人早早就商量好了，一起申请加入了鲁打柴学监负责的第五船。这几位少年人同时还有一个秘密身份，就是寻找《归宗谱》秘密任务小组成员。尚墨对商无期发起的这个组合没有异议，毕竟他们很熟，有事好商量，在两年前的西域实习中表现优异，也算是经过历练的。

这次航海，尚墨带来了不少墨士科弟子，他们深谙机械和航海之术，被平均分配到了十艘船上。分配到第五船的墨士科弟子是奇人张阿毛，他和商无期虽相差十余岁，但交情极深。张阿毛也认识叶眉儿，见面就问她要酱牛肉吃，叶眉儿把蛮妮推上前来，道："这才是做酱牛肉的大师。"张阿毛拱手道："做什么都不容易，酱牛肉要做好，不比造大船容易。"蛮妮还没答话，果落落已在一旁道："为吃酱牛肉拍这么重的马屁，也是够拼的了，想不到墨士科还有这么好玩的人！"张阿毛道："什么好玩？我说的是认真的。"果落落道："你一认真，就更好玩了。"张阿毛迅速和其他蓬莱弟子混熟了，一时间好不热闹。商无期领教过张阿毛天赋异禀的造械本事，有意让他加入寻找《归宗谱》秘密任务小组，张阿毛很乐意就答应了，这个秘密任务小组发展到了六名成员。

在蓬莱众人到达海边以前，其他人早已到达，并在徐福的指挥下进行了分船和适当训练。待蓬莱众人平均分配到各船之后，十艘船的全部分船名单也就出来了。

第三日，尚墨已率墨士科弟子逐一将十艘大船检测完毕，可以登船了。

商无期等人随着人流，兴高采烈地涌上第五船。这是他们第一次坐船，毕竟还只是一群尚未完全长大的孩子，叽叽喳喳的说话声吵得其他人都面带怒容地对他们侧目而视。

与他们相比，其他人的确是太严肃了点。

何止是严肃，那些工匠技师的脸上无不流露着悲戚的神情。

不知他们是怎么被弄到这出海的队伍中来的，但可以看出他们绝对是不情不愿的。大海茫茫，不知归期。有人不停地回头向岸上张望，想必是在怀念远在天边的妻儿老小。

至于那些军士，脸上永远是一副职业的麻木表情。船上也好，马背上也好，对他们都是一样的，执行任务而已。军人以服从命令为天职。

甚至童男童女组的那些小孩，也比商无期等人要严肃。

哦，不是严肃，也许他们仅仅只是害怕而已。

他们大多数人都没有父母，十来岁的年龄能如此驯服，想必是吃了不少苦头。

"这群孩子真可怜！"叶眉儿道，"无期哥哥你小时候也很苦啊！"

"苦是苦，但比他们好点儿。"商无期道，"小时候虽然以乞讨为生，但有养父照顾，后来去了盗贼公会，又进了蓬莱学院，总能碰到好人，想来也真是幸运！"

叶眉儿笑道："生活就像一面镜子，你自己是好人，看到的便都是好人。"

"嗯。"商无期深表赞同，"所以，我也想对这些孩子好一点，他们好人见多了，自己也会变成好人。"

"嗯。"叶眉儿道，"他们吃糖吗？"

"应该吃吧！"商无期道，"你带糖了？"

"我没带，但我看见落落带了好多糖果。"叶眉儿道。

"欸，我这可是美容糖，不是专门给小孩吃的！"果落落捂住了口袋，却又嘟囔道，"不过眉儿要做好人，我就陪你去啰！"

叶眉儿抿嘴一笑，拉着果落落和蛮妮就去给小孩们分糖去了。

商无期笑笑，与柳吟风跟了过去。

那些孩子上了船，就整整齐齐地站在甲板上，等待分配房间。叶眉儿等人拿着糖，走向离她们最近的一排男孩。他们大约有十来人，忍不住往她们手中张望，却不敢言语。

"没事，快拿糖！"果落落向一个男孩伸出手去，"要有人责罚，姐姐罩着你！"

那个男孩馋得口水都流出来了，他伸出手，却又缩了回去，把头偏

向一边。

果落落无奈地叹了口气。

一个虎头虎脑的男孩突然从边上蹿过来，从她手上抢走了一粒糖果，塞进口中，几口嚼碎了，迅速吞进肚中。

果落落朝他竖起了大拇指。

边上的小孩再也站不住了，他们哗地一拥而上，将果落落手中的糖果抢得精光。

只有一个清秀的男孩，站在原地没有动，看上去很胆怯的样子。

"不要怕，给你！"叶眉儿朝他伸过手去。

那男孩摇了摇头。

"不要！船长会责罚的！"他道。

"没事的，船长不在这里！"叶眉儿苦口婆心地劝道。

"他很容易就会知道的。"那个男孩也很坚定。

"唉，真胆小！"果落落在一边露出恨铁不成钢的表情。

那个男孩脸红了。

叶眉儿柔声道："船长会如何责罚你们？"

"一天不许吃饭。"那男孩小声解释道，"所以吃糖是很不划算的。"

"哼，你倒是很会算计！"果落落又掏出一把糖来，"那我就不害你了，糖都给其他人吃了！"

那个男孩闻言，眼圈都有些红了。

"果落落你不要那么凶嘛！"商无期在一边笑道。

"我就是看不惯胆小的男生！"果落落道。

那个男孩脸上的羞愧之色更浓了。

"他就是很胆小！"边上那个虎头虎脑的男孩大嚼口中的糖果，对果落落的判断深表认同，"我们都叫他胆小鬼！"

"我不叫胆小鬼！"那个男孩都快哭出来了。

"那你叫什么名字？"叶眉儿柔声道。

"我叫……林默然。"他抽泣着回答。

"哟，名字还挺有书香气。"果落落道，"谁给你取的？"

"我父亲。"男孩擦了擦眼泪，"不过……他死了。"

"哦。"叶眉儿不知道怎么去安慰他，"默然，你最喜欢什么呀？"

林默然闻言，看向商无期。

商无期纳闷地摇了摇手："我可没有糖果给你们。"

林默然仍定定地盯着商无期……手中的绢书。

"莫非，你喜欢看书？"叶眉儿有些吃惊。

"嗯。"林默然竟然点点头。

叶眉儿从商无期手中拿过绢书，递给林默然："这本书送给你了！可你认识字吗？"

林默然欣喜地接过绢书，道："父亲以前教我认过一些字。"

"这本书对你来说有点难！"叶眉儿道，"过几天姐姐给你找几本简单的，还教你认更多的字。"

林默然小声道："谢谢姐姐！"

"这下你就不怕被船长责罚了？"果落落抢白道。

"是啊，船长会不会罚你？"叶眉儿也有些担忧。

"船长不会的！"林默然解释道，"每次都是我们很开心的时候，才会受到责罚！小伙伴们都不喜欢看书，船长也不知道看书是很开心的事，所以不会注意到的。"

"那可不一定哦！"果落落吓唬他。

"倘若他要责罚，那就罚吧！"林默然突然道，"就一天不吃饭，值！"

叶眉儿愣愣地看着他，半晌才道："姐姐说话算数，一定来教你读书。"

边上突然有人重重地咳嗽一声。

那些小孩突然面露惊惧之色，整整齐齐地站直了身子，口中含着的糖果也不敢下咽。

叶眉儿回头一看，见一个大腹便便的中年男人慢慢踱步过来。他的身后，跟着两个随从。

中年男人皱了皱眉头。

"我闻到了一阵糖果的香甜味！"他道，"我没有教过你们，不许偷吃零食吗？"

孩子们已在瑟瑟发抖。

叶眉儿连忙迎上去："您是……"

"我是这艘船的船长！"中年男人有气无力地道，"糖果是你给他们的吧？念你们是新来的，不懂规矩，这次暂不追究！"

"为什么不能吃糖果？"果落落跳了出来。

中年男人瞟了她一眼。

他身后的两个随从已将手按在刀柄上。

"落落，忍着点！别惹事！"柳吟风在一边提醒道。

"你们不要仗着是蓬莱的人，就以为没人敢管！"中年男人道，"你们必须知道，这艘船谁是船长！"

果落落还要发飙，已被柳吟风等人强行拉走。

中年男人转向那群孩子，突然瞪圆了眼睛，怒喝道："谁吃了糖果，站出来！"

那群男孩一个接一个地出列，站到了一边。

只剩下林默然站在原地一动不动。

但他脸上的惊恐，丝毫不亚于那些已出列的男孩。

中年男人从头到脚地瞟了林默然一眼，眼光在他手中的绢书上稍作停留，便移到了别处。

他对书籍果真不如对糖果那么敏感。

"你们！"中年男人指着那些出列的男孩道，"一天不许吃饭！"

他摇摇摆摆地离开，皮靴有节奏地踏在甲板上，显示出他是如此的志得意满。

第102章　灯笼船

待所有人都登船之后，第五船船长在甲板上对所有船员进行了训话，然后介绍了这艘船的基本情况。

与其他各船一样，第五船共载八百余人，设船长一名。船长以下，实行分组管理，其中包括三个童男组、三个童女组、一个军务组、一个航务组，以上每个组都是一百人，各设组长一名；此外还有一个风纪组，组长由船长兼任，组员只有十个人，都是船长的亲信，主要负责维持整艘船的秩序。

军务组一百人，按军队编制，由下尉铁托指挥。铁托是个二十多岁的壮汉，有着黝黑的皮肤和铁塔一般的身材，看上去武功不低，不过对船长惟命是从。

第五船上的所有工匠、技师，包括蓬莱弟子在内，共一百人，都归到了航务组，由鲁打柴任组长，统一管理。鲁打柴又根据每个人的专长，将他们分为行船动力小组、膳食小组、工匠小组、医务小组、仓储小组等，分别负责开船、饮食、修理制造、医务、仓储管理等。因为航务组事务太杂，平日里鲁打柴还有权调配童男组、童女组的孩子们来帮些小忙。

接下来的事情是找宿舍。

商无期等人借找宿舍的机会，从下往上，把整艘船都走马观花地参

观了一遍。船身全长五十丈，宽十五丈，前后甲板均长十余丈，船舷边的过道都有三丈多宽，可以并排行驶十匹骏马。船高六丈，船面上有三层，加上底舱，共分四层。底舱比上面三层面积稍大，总面积足有四亩多地，行船动力设备、仓库、淡水池等均设在这里，底舱内还零星分布着一些锁着铁门的小房间，据称里面设有军事装置。船面上第一层是餐厅、活动室、工作间、大作坊、议事厅等；二层是童男童女宿舍，每间两丈见方，可住十人；三层是航务组和军务组人员的宿舍，每间一丈见方，住一人，虽然不大，但毕竟是个独立空间。

商无期等人上到三层，看到每个房门边都镶着一块竹牌，上面刻有一个名字，并填上黑漆，于细节处见精致。他们按照竹牌上的名字找到自己的宿舍，发现房内床、桌、柜、椅、被褥、水杯、文具、扫把、抹布等均有，衣柜中有好几套衣服，角落里竟然还有个小小的独立卫生间，里面设有水池和洗具，真可谓"麻雀虽小，五脏俱全"。如此大的船舶，如此精细的设计，均出自蓬莱学院墨士科学员之手，然后在这里的船坞完成组装，真正堪称工程史上的奇迹。

蓬莱诸人的房间分在一起，均在三层右侧的最前方，因为新奇，商无期等人在各个房间里蹿来蹿去，叽叽喳喳闹个不停。

鲁打柴的房间位于船头，他忍不住出来制止这些学员，力图让他们安静点。

"你们看看，整艘船就你们闹腾！连二楼的小孩子都没你们闹！"鲁打柴道。

"是呀，为什么啊？"柳吟风道。

"如此大的航海工程，没有点纪律哪里能行？贝壳船长暂且不管你们，那是看在蓬莱的面子上。上船前他已正式知会我了，要求你们从明日起按船上的规章制度行事！"鲁打柴将一摞绢纸分发给蓬莱诸人，上面抄着船规，共三百九十八条。

"嘻嘻，船长的名字叫贝壳！"果落落兀自笑个不停。

"别笑了，你看看，这第九十六条就写着，不许嘻嘻发笑。"柳吟风强忍着笑，将那船规指给果落落看。

"那我就呵呵地笑得了！"果落落凑过去看那张绢纸，念出了后面的一句话，"也不许在背后说船长走路像只呆鹅。"

"哈哈哈哈哈哈……"几位蓬莱学员顿时狂笑不已。

"这船规定得也太随意了吧！"商无期道。

鲁打柴也忍不住笑了。

"船长大概是不识字的，但爱管事！"鲁打柴摇摇头，道，"看来曾有人在船长背后嘻嘻地取笑他像只呆鹅，他就口授手下识字的人定了这条规矩。"

"这就奇怪了，"商无期道，"那徐福如此精明，怎么会用这等愚笨之人！"

"愚笨之人受到重用，必然感激涕零，对他惟命是从啊！"鲁打柴意味深长道，"看来这徐福之意，也不仅仅在寻药啊！"

商无期等人若有所悟。

众人闹够了，各自回到自己宿舍。

商无期突然想起一事，略一思索，掏出金口哨吹了两声，片刻之后，金雕出现在船头。此次航海，商无期把金雕也带上了，它时而在天空翱翔，时而在海岛或船顶栖息，一听到商无期召唤，很快就能赶来。商无期掏出一张绢布，上书"铁甲飞车在何处"几个字，系在金雕腿上，指了指不远处的一号船，金雕心领神会，扑棱棱飞过去了。

一号船是旗船，比其他船稍大，是整个船队的灵魂，帝国远洋船队的三名最高指挥官——统领徐福、负责航务的从统领尚墨、负责军务的校尉徐禄都在那艘船上。

这封绢信，自然是给尚墨总学监送去的。

本来各船之间的公务信件来往是通过飞鸽传书，由各船船长代收。但鉴于各船船长都是徐福的亲信，蓬莱学院也带了一批自养的信鸽，凡涉及蓬莱内部事务的信件，均由自己的信鸽传送。因信鸽之间容易弄混，

所以最机密的信件，商无期选择用金雕来送。金雕智力极高，事先已将尚墨、鲁打柴、叶眉儿等人的形象牢记在脑中，几无送错信的可能。

半个时辰过去，金雕飞回来了。

商无期解下它脚上的绢信，上面也只有几个字：底舱十一号。

绢信中还包着一把钥匙。

商无期赶紧将钥匙收好。

二月二十日，也就是登船的第二天，庞大的帝国远洋船队就要出发了。

天还没亮，五号船就变得忙碌无比。最早起床的是航务组的膳食小组成员，他们必须点起火烛，在其他人起床之前就做好早餐。一个时辰之后，其他人从宿舍区下到一楼的膳食房，热腾腾的早餐已经在分餐处等着他们了。膳食小组中有两个顶级厨师，虽然来自民间，但手艺的确不错，两菜一汤，加上馒头、大米，竟让好多人吃得直舔盘子。当然，这些人其实平日里也没吃过什么美食，在蓬莱诸人看来，这些膳食的味道就只能说是太一般了，仅仅只是能吃而已。

吃完早餐，膳食小组带领童男童女组的孩子收拾餐具，工匠小组、医务小组就在一楼办公，仓储小组成员去底舱清点存货，一切都显得井井有条。

行船动力小组的成员也下到了底舱，坐到了自己的工位上。

行船动力小组共五十人，是航务组中的最大一个小组，但操作工位却只有十五个。原来，这个小组实施的是"三班倒"的工作机制，每个班工作四个时辰就去休息，这样才可以保证整艘船昼夜不停地前行。因为船太大，航速不算快，每个时辰只能跑七八里路，但每天十二个时辰不停歇，可以跑八九十里路，这就不算慢了。

一般帆船依靠风帆，顺风行驶，有时也借助人工的桨力和撑杆，但墨士峰制造的这十艘大船，动力原理要复杂得多，他们将成千上万的齿轮和杠杆组合在一起，不仅十分省力，而且可以灵活地控制航向。行船动力小组负责的十五个操作工位，有五个工位负责把握航向，工位上设有仪表盘和各类按钮，上百道水晶棱镜能将大船四周的景象折射到仪表盘上的航行图上，操作者只需按照航行图上的虚拟景象来滑动按钮，调节航行方向即可；另外十个工位负责提供动力，他们的工作更简单，只需要反复摇动手边的动力盘就够了，手摇累了还可以用脚踏，这十个人提供的动力，借助上万个省力齿轮和杠杆，能成百万倍的扩大，再加上巧用风力，完全可以支持大船保持足够的航速。

行船动力小组是每艘船的核心技术部门，鲁打柴将第五船上的所有蓬莱弟子，包括食女科的蛮妮在内，都编入了这个小组。当然，蛮妮偶尔也会借膳食小组的餐具，做几道类似于酱牛肉之类的拿手好菜，给众人打打牙祭。

清晨，帝国远洋船队正式启航，浩浩荡荡向东进发。

五号船军务组的一百名军士，在铁托下尉的带领下，此时才下到底舱。军务组负责全船的军事防卫，他们的工位遍布全船，船面上的每一层都设有他们的射箭垛口，当然如果敌人冲上船来，他们还须持剑戟近身搏击。另外，每艘大船上还配有一种威力巨大的秘密武器——连弩箭。连弩箭分放在大船四周的船面上，前方三架、后方三架，左右两侧各有两架，但它们的操作台却均设在底舱。军士们打开零散分布在底舱内的那些小房间，那些正是连弩箭的操作间，水晶棱镜将大船四周各个方位的景象折射到操作台上，操作相关仪表还可以对这些景象进行放大或缩小。每个操作间可坐两人，一人负责往箭道里填充羽箭，一人负责在操作台上寻找射击目标，然后移动射击按钮，将准心对准目标。之后可以选择点射和群射两种射击方式，点射每次可从连弩炮中射出一支箭，而群射每次能射出十支箭。尚墨派墨士科弟子在每艘船上教军务组人员学习连弩箭操作技术，那些军士试了几下，无不啧啧称奇。

这种装置和技术连蓬莱学员都很少见到，他们看着那些军士轮番操作，个个都眼红不已。果落落嘟着嘴道："这么厉害的器械，尚墨总学监也不知道交给自己人，竟然全给军务组的那些人去使用！"

鲁打柴道："总学监做得没错，现在航务组也好，军务组也好，都

到了一条船上，哪能分什么彼此？再说了，术业有专攻，我们航务组还是先考虑如何把航务做好吧！"

蓬莱诸人觉得鲁学监说得有理，便不再言语。

中央帝国盘踞在东方大陆的中部和东部，纵横都是四千里，包括中都特区和二十个郡，人口共四千四百万，在整个大陆几无对手，却没有海运传统，如果要说大规模的航海行动，这还是史上第一次。对大陆之外的海域，中央帝国其实非常陌生。

东方大陆近海有一些大大小小的岛屿，比如蛇岛、红岩岛等，乘小船就可以到达，岛上也有些居民，和大陆时常有些贸易往来。这些岛屿上零零星星地分散着几十万居民，虽然名义上分别归中央帝国的定东郡、东洋郡、望海郡管辖，但实际上大都处于半自治状态。从这些近海岛屿再往东，就是茫茫大海，传说中的蓬莱岛就位于那浩瀚的未知世界中。

帝国远洋船队出海第一天，就路过了好几个近海岛屿，因为不需要补给，船队对这些岛屿也没有兴趣，径直就开了过去。

但船队对岛屿没兴趣，并不意味着岛屿对船队没兴趣。

下午，几艘小船影影绰绰地出现在前方海域，一直与蓬莱船队保持着两里路左右的距离。这些船大白天都挂着一个泛着黄光的灯笼，显得颇为神秘。

说那些灯笼船是小船，不过是与蓬莱的大船相比较而言的。它们其实也不小，目测每艘灯笼船可容纳数十人。

旗船上发来飞鸽传书，提醒各船保持警惕。

第五船位列整个船队的左侧，贝壳船长收到飞鸽传书之后，召集鲁打柴、铁托等人商议。鲁打柴带着商无期赶到议事厅时，贝壳船长和铁托早已在那儿等候。

还没待鲁打柴坐下，铁托就大声道："区区毛贼，不足为惧。"

"嗯。"贝壳船长道，"有些道理。"

鲁打柴沉吟道："还是谨慎些为好。"

贝壳船长讥笑道："蓬莱号称帝国第一武学院，就如此胆小么？"

鲁打柴强压着火气道："你扯上蓬莱干什么？"

贝壳船长道："难道你不是蓬莱的人？"

鲁打柴无语，"哼"了一声，不想再理会他。

铁托突然兴奋起来，大叫道："快看，快看，左边也有船。"

众人侧身望去，果见船队左侧已影影绰绰地出现了两艘灯笼船。

贝壳船长也兴奋起来，大叫道："铁托，开过去，用连弩箭射他们！"

铁托道："鲁学监，开船的事，应该由你负责。"

鲁打柴道："旗船的指令是让我们保持谨慎，不是让我们攻击对方。"

贝壳船长横眼道："我是船长，出了事自然有我负责。"他背着手，带着众人走向甲板。

鲁打柴无奈，只得传令行船动力小组改变航向，向左侧那两艘灯笼船靠近。

那两艘灯笼船像是犹豫了一下，掉头就跑。

贝壳船长乐得哈哈大笑，指着小船，意气风发地叫道："追！"

一个随从急匆匆跑过来，对贝壳船长耳语道："船长，旗船来信，命令五号船停止追击。"

贝壳船长长叹一声："好端端的一个立功机会，丢了！"

铁托迟疑道："要不，我们再追两里地，射几箭再走？军务组的弟兄们还从未在实战中使用过连弩箭，手痒得很，今日就当是练兵了！"

贝壳船长豪情顿起："好，全速追击！"

五号船又向前追击了十多里路，竟然追上了一条跑得较慢的灯笼船。

铁托命令底舱的军士调整连弩箭方向，向灯笼船瞄准。甲板上面三层的军士也在射击垛口各就各位，箭已上弦。

灯笼船的船舱中突然钻出一个人来，指着大船，嘴里叽里呱啦地说着什么。

贝壳船长扭头问身边的人："他在说什么？"

"他说的是海岛上的方言。"一个来自望海郡的随从道，"他说……

他说，他们的船坏了……"

"船坏了？"贝壳船长道，"莫非还指着我们帮他们修船？"

"那倒不是。"那位随从小心翼翼地道，"他说，如果船不坏的话……我们绝对追不上他们……"

贝壳船长勃然大怒："他以为我们在玩追击游戏么？"又环顾四周，"铁托，铁托在哪里？"

"我就在您身边！"铁托道，"射他们么？"

贝壳船长怒道："你说呢？"

铁托挥下手，大声叫道："全部射击！"

射击垛口的弓箭手顿时放出手中之箭，五号船前后及两侧的十架连弩箭也是百箭齐发，刷刷地射出去。

这确实有些夸张。

因为小船位于五号船的前方，能射中灯笼船的，也就位于船头的三架连弩箭而已。大概是船上的军士憋得太久，他们也不管射击效果如何，一股脑儿将所有连弩箭都刷刷地射了出去。

灯笼船上那个叽里呱啦说话的人中了一箭，软绵绵地倒下。

灯笼船船舱上密密麻麻地钉满羽箭。

现场突然一阵沉默。

因为灯笼船并没有还击。

它看上去是一艘毫无攻击力的民船，虽然船舱内有些骚乱，但没有人再出来。

贝壳船长头上冒汗了。

"怎么办？"铁托也有些紧张。

"你是说这艘海盗船吗？"贝壳船长咬牙道，"再射，如果他们敢反击，就全歼了他们！"

事到如今，也只能将错就错了。

毕竟他们都不想担当误射民船的罪责。

铁托一边命令军务组继续放箭，一边紧张地盯着灯笼船上的动静。

可灯笼船上仍然没有反击，也没有人出来。

"怎么办？"铁托有些慌神了。

"你派几个人过去！"贝壳船长道，"用刀剑指着他们，我就不信没人反击！"

铁托领命，从五号船甲板上放下一艘小划艇，令十名军士登上划艇，向那艘灯笼船挨近。

军士们耀武扬威地举着明晃晃的兵器，寒冷的海风中挟裹着浓浓杀气。

眼见划艇就要挨上小船，站在划艇最前方的军士突然惨叫一声，与此同时，一条碗口粗的绿蛇从海水中跃起，将他的半条胳膊都吞入口中。

其他人惊得连连后退，眼见着那绿蛇将那军士卷入水中，却不敢上前营救。

"这儿竟有如此大的水蛇！"一位军士战战兢兢道，"还……还过去吗？"

"继续过去！"领头的军士长分析道，"这蛇吃饱了，已游走了！"

军士们惊魂未定地拾起船桨，刚刚划起，突然又一阵惊呼。

一支船桨竟然被一条蛇缠住，它虽然也是绿的，但个头稍小，明显不是刚才那条。

更多的蛇突然从海水中冒出头来，五颜六色都有，齐齐地吐着信子，向划艇逼近。

军士们吓得魂飞魄散，连声叫道："快撤！快撤！"

但已经来不及了。

一些大蛇已蹿上划艇，将几名军士紧紧缠住。

灯笼船中，此时走出一位长衫人，在船头站定。

军士长见有人出来，一边避开一条赤蛇的攻击，一边举起剑，虚张声势地叫道："这些蛇是你的么？竟然攻击帝国远洋船队！"

长衫人朗声道："这些蛇很乖，向来不攻击好人，今天如此动怒，想必是你等做了坏事！"

军士长道："我等奉命缉杀海盗，你敢驱蛇阻拦，不怕朝廷责罚么？"

长衫人道："你等射杀了我的人，反而倒打一耙，当真不把我东海龙王放在眼里了么？"

划艇上的人大都已被水蛇缠住动弹不得，闻言更是惶恐不已。东海龙王虽已隐没江湖多年，但他在大陆东部海域的名头，已响如海神一般，从未减弱过。

军士长还想反抗，他身边那条赤蛇突然一甩尾，将他拦腰缠住，突地翻入水中。

其他诸蛇见状，也均缠住一位军士，翻入水中。那些军士在水中扑腾了片刻，灌了一肚子水，连挣扎的力气都没有了。诸蛇这才浮出水面，托着那些军士，游到灯笼船边。

五号船甲板上，贝壳船长目睹这一突发事故，一脸慌乱。

"怎么办？"铁托站在他身边。

"射！继续射！"贝壳船长恨恨道，"把那个什么……东海龙王，还有那些蛇，统统射成筛子！"

"可是，那样只怕会误伤我们自己的弟兄！"铁托道。

贝壳船长犹豫了片刻："那怎么办？同他讲和？"

铁托大声道："东海龙王，我们船长大人大量，同意与你讲和，你速速放了这几个军士，我们也不再追究你的过错！"

"那你们射杀了我们的人，难道就这么算了？"东海龙王道。

"那……那……那你待怎样？"贝壳船长道。

"一条人命，换一条船，如何？"东海龙王道。

"原来竟真是海盗，竟敢打帝国船队的主意！"贝壳船长怒道，"看来你那同伙死得也不冤！"

"我们各行各的道，本来是井水不犯河水，你们硬要逼良为盗，如何怨得了我们？"东海龙王道。

"东海龙王不好惹，武功极高，善于驱蛇作战，在大陆东部近海几无对手。"鲁打柴曾在西域见识过东海龙王的厉害，小声劝诫道，"能不惹他，就尽量不要惹他吧！"

贝壳船长道："既然蓬莱学院都怕他……"转而对东海龙王大声道，"今日本船长诚心交你这个朋友！你面前的这艘划艇价值不菲，如今就送给你了，如何？"

东海龙王仰头大笑："想和我东海龙王交朋友，这个见面礼是不是太小了点？"

贝壳船长警惕道："你待如何？"

东海龙王顿时收了笑容，指着五号船道："我要这艘！"

贝壳船长闻言，吓得浑身发抖。

铁托也有些紧张，手已按在剑柄上。

"我给你们一炷香时间搬家！"东海龙王面无表情道，"一炷香烧完，我的人就要登船了！"

"怎么办，怎么办？"贝壳船长慌得六神无主，"要不然，我们开船快跑吧，和船队会合！"

"我们跑了，那十来个被他们抓住的弟兄怎么办？"铁托道。

"顾不了那么多了！"贝壳船长道，"我们同船队会合之后，再带大部队来救他们！"

铁托尚在迟疑："对方也就一个人，外加几条蛇而已……"

"我是船长，你是船长？出了事你负得起责？"贝壳船长怒道，"鲁学监，赶快命令航务组返航！"

鲁打柴叹了口气，正要说话，却见柳吟风急匆匆地赶过来："鲁学监，不好了！"

鲁打柴一愣："何事？"

柳吟风气喘吁吁道："行船动力系统失灵了！船尾的螺旋桨和主动力齿轮都像是被海带缠住了！"

鲁打柴变了脸色："怎么会？螺旋桨和动力齿轮不都装有防缠绕装置吗？"

灯笼船上传来一阵朗朗笑声："你们的防缠绕装置只能防海带，如

何防得住我东海龙王的盘丝绿蛇？"

贝壳船长面如土色，站都站不稳了。

"不要怕！"鲁打柴沉声道，"赶快命令军务组各就各位，准备阻止东海龙王的人登船，另外发信鸽向旗船求救！"

军务组迅速进入一级防御状态。

航务组、童男童女组的成员都放下手中的活计，各自拿了兵器，准备协助作战。

贝壳船长口述一封求救信，命手下随从匆匆写好，系在了信鸽腿上。

他一扬手，信鸽扑棱棱飞向天空。

东海龙王咳嗽一声，从灯笼船舱中又走出一人，递给东海龙王一柄硬弓，一盒羽箭。

东海龙王搭箭上弓，嗖地射出。

信鸽应声而落，栽入水中。

贝壳船长急了，又放飞一只信鸽。

才刚刚起飞，东海龙王又是一箭，这次信鸽都没有飞出五号船，就直接落在甲板上。

贝壳船长大惊失色，完全没了主意。

商无期一直站在鲁打柴身边，此时道："要不，让金雕试试？"

鲁打柴摇摇头："没用的！金雕目标更大，更容易成为靶子！"

商无期突然想起什么："鲁学监，我试试另外一个办法。"

鲁打柴正待细问，商无期已匆匆离去。

商无期来到三层船舱，推开张阿毛的宿舍门。张阿毛正在床上睡懒觉，对五号船正在发生的事故充耳不闻。商无期一把将张阿毛从床上拽起来，他连连抗议："别闹，别闹！这个动力模式我马上就要想出来了！"

商无期道："先别想你那些稀奇古怪的模式了，有更刺激的事等着你。"

张阿毛鞋都没有穿好，就被商无期拖出宿舍，两人径直来到底舱。

商无期来到十一号小房间前面，掏出钥匙，打开房门。

"你到底拉我来干什么？"张阿毛仍在嘟囔。

待商无期将他拉进屋，他顿时瞪圆了眼睛。

"铁甲……铁甲飞车，竟然在这里！"他话都说不利索了。

"是的，总学监把铁甲飞车藏在了十一号房间内，并让金雕把房门钥匙递给了我。"商无期道，"现在，五号船被东海龙王困于此地，我必须马上驾驶飞车去旗船报信！"

十一号房间从外头看似不大，里面却颇为宽敞。最为奇怪的是，房屋中间竟然有道水槽，直接与海水相通。水槽有一定坡度，高的一半露出地面，低的一半没入海水之中。那辆铁甲飞车，就停靠在水槽边上。

"真奇怪！"张阿毛寻思道，"这房门如此小，如何能把飞车拖出去？"

"所以，我把你带来了！"商无期道，"赶快想办法，一会儿东海龙王就要攻船了！"

张阿毛道："这个，这个……我真没办法……"

"唉！"商无期一跺脚，"我先上车看看。"

他拉开车门，坐了进去，按了启动按钮，铁车缓缓而行。房间太小，他好不容易才将车掉过头，企图从房门中出去。但房门实在太小了，试了几次，都无法成功。

张阿毛道："莫急，我来看看这房门是如何设计的，能否再开大点？"

商无期眼前一亮，道："我倒是忘了！"说罢，人已蹿下车来。

张阿毛道："难道你有什么好主意？"

商无期也不理睬他，出了房门，四处寻了柄铁斧，拎过来，对着房门就砍。

张阿毛一摊手："这也行？"

商无期道："怎么不行？非常时期用非常之法！"

张阿毛摇摇头："斧头不是这么用的，这的确不是我们墨家的风格。"

一名军士长匆匆赶来，大声斥责道："你干什么？底舱的小房间全归我们军务组管理，你怎么会有房间钥匙？"

商无期头也不回，道："阿毛兄，你拦住他！"

说罢，又去砍门框。

张阿毛伸开双臂，挡住军士长："十一号房间情况特殊，不归你们军务组管理，你何曾见军务组的人打开过这个房门？"

军士长回想了一下，似乎军务组确实没有十一号房间的钥匙。他顿了顿，拔出剑来，再次厉声喝道："军务组负责全船的安全，岂容你们在这里胡闹？"

张阿毛道："东海龙王马上就要攻船了，军士长还是先防外人吧！"

说话间，舱外的呐喊声一阵阵传来，想必东海龙王已开始攻船。那名军士长也顾不上商无期了，只是恨恨地看了他一眼，赶紧回到自己的岗位上。

商无期没有理会军士长的愤怒，甚至自始至终都没空看他一眼。他手中的铁斧，不停砸在门框上，发出当当的巨大响声，火星四溅。

"你别白费力气了！"张阿毛将双手抱在胸口，"我观察过了，这个小房间的门框和墙壁是用一整块精铁焊接而成的，不使用大型切割工具，根本弄不开？"

商无期发泄似的往门框上砸了最后一斧头："那怎么办？你能弄到切割工具吗？"

"现在弄不到。"张阿毛道，"大型切割工具都在旗船上，尚墨师父之所以用精铁焊造这间小房，肯定是不想让你把这铁车从房门开出来。所以，就算有工具，他也不会借给你的。"

商无期顿时泄了气："是啊！就算把铁车弄出了房间，又如何能把它弄到甲板上去？上甲板的楼梯这么窄，难道我还能把整条船都拆了？"

"别着急，以前我们在造械时想不出办法，师父总是说：'别着急，祖师爷为你关上一扇门，必定会你打开一扇窗。'"张阿毛倒是很冷静。

"窗？"商无期若有所悟，他进了小屋，四处环顾，"窗在哪儿？哪里有窗？"

"有时候，窗不一定在墙壁上。"张阿毛也在屋内四处打量，口中喃喃自语。

商无期扭头看了他一眼，四目相对，两人迅速地在对方的目光中看到了一丝惊喜。然后，他们不约而同地看向那道水槽。

如果说，这间房子还有窗的话，它就是了……

"上车。"商无期道。

"上车。"张阿毛道。

"你试一试，这铁车的密封性好不好？"张阿毛道。

商无期按动一个按钮，将车门、车窗全部关上，车内顿时安静下来。

"以前都没留意过，这铁车的密封性竟然如此之好。"商无期道。

"不知能不能防水？"张阿毛说话的声音都在颤抖。

不知是因为兴奋，还是害怕。

"也许……能吧！"商无期道，手也有些发抖。

"试试？"张阿毛道。

"试试。"商无期道。

他转动车头，将铁车缓缓地开进水槽之中。

"再往下点？"商无期道。

"再往下点。"张阿毛道。

"这铁车是防水的吧？"商无期道。

"应该……是吧……"张阿毛道，"你看，水已漫到车窗了……先停车，检查一下，有没有漏水。"

商无期停住车。

两人站起来，在车窗内细细地检查，没有发现任何漏水的地方。

"咦？"商无期突然道。

"怎么啦？"张阿毛紧张起来。

"没事。"商无期道，"我突然发觉仪表盘下方多了三个蓝色按钮。"

"吓死我了。"张阿毛抚着胸口道。他凑过去看了看，"这三个按钮的确是操作手册上没有的，看来是新加上去的，会不会与潜水有关？"

"不好说。"商无期道，"铁甲飞车还能潜水？那怎么不叫铁甲飞船？"

"没准潜水功能是航海前才刚刚完善的，尚墨师父还没来得及同你

讲明。"张阿毛道，"这几个月，尚墨师父同戒木大师走得很近，两人必定碰撞出了不少火花。"

"也是，他俩若能联手，什么怪东西都可能造出来。"商无期道。

两人分析了一番，信心大增，开动铁车又沿着水槽走了几尺远，整个铁车都已没于海水之中。再往前走，突然往下一沉，铁车彻底脱离水槽，与五号船分离，径直向海底坠落。

商无期与张阿毛顿感天旋地转，心都差点从嗓子眼中蹦出来。

片刻之后，两人总算稳住神。商无期按动仪表盘上的按钮，竟然摇摇晃晃地把铁车开平稳了。在这水中行车，与空中飞行大体相同，不过是阻力更大而已。商无期摸索了片刻，已能够做到进退自如。

也不知铁车现在位于海底多深处，水中只有些微光。商无期驾着铁车在各类海生植物中穿行，五彩斑斓的鱼类从水晶车窗前成群结队地掠过，甚是好看。

"这儿风光真不错！"张阿毛道，"但我们必须浮上去才行吧！"

"我已经尽力了！"商无期道，"拉了几次操纵杆，就是上不去。"

"试试仪表盘上的那三个新按钮。"张阿毛道。

商无期按了右边那个蓝色按钮，铁车肚子底下突然喷出一阵水流，车身慢慢轻了，迅速上浮。

"我明白了，铁车肚子底下有个水仓，吸满水铁车就下沉，排空水铁车就上浮。"张阿毛分析道。

商无期试着又按了按左边那个蓝色按钮，铁车果然往水仓内吸水，它又沉了下去。

反反复复试验了几次，商无期已能熟练地操纵铁车上浮、下沉。

"有点闷，好憋气。"张阿毛道，"这辆铁车必须每隔一段时间就浮上水面一次，打开车窗换气。"

"再忍忍，先看看中间这个蓝色按钮有何用途？"说罢，商无期已按下了中间那个蓝色按钮。

从仪表盘上的水晶棱镜折射显示屏上，他们看到一根细铁管突然从铁车顶上伸出，最终伸出两丈多长，一直伸出水面。

商无期长按中间那个按钮，细铁管头上的吸盘突然打开，将海面上的新鲜空气迅速吸进铁车舱内，同时将舱内的废气排出。

"这下，我们不用浮出水面也可以换气了。"商无期兴奋道，"不用担心被敌方发现。"

换好了气，商无期再次长按中间那个蓝色按钮，吸气管自动收回。

"让我玩玩。"张阿毛道。

商无期把驾驶位让给他，又催促道："你赶紧吧！现在还不是玩的时候！"

"我知道，我们还得去旗船报信。"张阿毛答道。

说话间，他已能熟练地操纵这架铁车了。

不得不承认，他在机械方面的确有着过人的天赋。

第 103 章　盘丝绿蛇

　　铁车体形小，速度比大船明显要快，每个时辰可以潜行二十里。商无期和张阿毛一人驾车，一人紧盯显示屏以防走错方向，仅仅半个多时辰就找到了旗船。

　　商无期按了上浮按钮，铁车慢慢浮出水面。

　　旗船甲板上，一队军士正在巡逻，一人突然指着左前方，惊喜地叫道："看，好大的海鱼！"

　　另一名军士仔细看了看："海鱼哪有那么宽的背脊，明明是只海龟好不好？"

　　"海鱼也有宽脊的！"前面那名军士道，"你是从西南郡来的，以前都没见过海，哪知道海鱼长什么样？"

　　两人争执起来，最后决定赌两串钱，并请军士长做中间人。

　　军士长很爽快就答应了，并命令整队的军士都搭弓上弦，射那个浮在水面上的怪物。

　　"大家瞄准点，别把它吓跑了！"他又回头对打赌的两人道，"赢了钱的也不许独吞，见者有份，今日须请客啊！"

　　十箭齐发，只有两三箭射中了目标。

　　但那目标竟然纹丝不动。

赌海龟的那名军士跳起来："好硬的壳！真的是海龟耶！"

赌海鱼的军士自然不服气："不行，不行！没看到身子，还不能判断鱼还是龟！"

商无期和张阿毛坐在铁仓中，只听见头顶丁冬响了几声。

张阿毛纳闷道："他们射我们干什么？"

商无期道："肯定是把我们当水怪了吧！"

张阿毛玩性大发："全部浮上去，吓吓他们！"

商无期叹了口气："你又忘了自己来旗船的目的了吧？"

"也是啊！"张阿毛道，却仍不死心，"来旗船报信，那也得先浮上去吧！"

商无期再次按了上浮按钮，整个车身突然全部浮出水面。

旗船甲板上的军士们齐声惊呼，军士长命令两名军士速速去统领事务处报信，其余人备好弓箭，全力防范。

张阿毛在铁车中乐得哈哈大笑："看把他们吓得！"

商无期懊恼道："只是，我们怎么才能同他们对话？"

张阿毛道："是啊，他们手中都拿着弓箭，只怕我们一开门，箭就射进来了！"

"管不了那么多了！"商无期突然站起来，哗地推开铁车顶窗，探出头去，挥手大叫道："嗨，是自己人——"

甲板上的军士更是惊得瞪圆了眼睛。

"射不射？"一名军士小声地问军士长。

军士长按下他的手："再等等……"

甲板上突然传来纷沓的脚步声，徐福统领、尚墨从统领、校尉徐禄带着一大群人匆匆赶来。尚墨老远就大声叫道："不要射！是自己人！"

徐福闻言，与徐禄对视一眼，眼中闪过一丝疑惑，却没说话。

商无期远远地看到尚墨，挥手大叫道："总学监，是我们！"

张阿毛也连忙站起身来，拱手恭敬地叫道："师父！"

尚墨此刻已在船舷边站定，招手道："你俩上来吧！"

"上……上来？"商无期与张阿毛对视一眼，不知尚墨话中何意。

"你们乘坐的，可是……铁甲飞车？"尚墨缓缓道，"旗船的甲板够宽阔，足够停靠！"

商无期与张阿毛恍然大悟，同时兴奋不已。

他们缩回身子，哐地关上天窗。

商无期按动启动按钮，铁车"呜"的一声从海面上飞速划过，将水面分为两片，泛起阵阵波光。在旗船甲板上众人惊愕不已的目光中，商无期一拉操纵杆，铁车车头猛地上翘，最终竟脱离水面，腾空而起。

商无期驾着铁车，围着旗船绕了几圈，在巨大的欢呼声中，稳稳地降落在了空旷的甲板上。

几乎整个旗船的人，无论是航务组、军务组，还是童男童女组的孩子们，都从各个角落里跑出来，围到了甲板上，看着商无期和张阿毛走下铁车，犹如看着英雄凯旋。

张阿毛得意地向四周挥手。

商无期却没那么好的自我感觉，他急急道："徐统领、总学监，商无期有要事相报！五号船被人围困在北边十里处，情势情急，请火速援救！"

"何人敢打帝国远洋舰队的主意？"徐福貌似没把这件事情太放在心上，"哼！这个贝壳，几次放信鸽催他归队，他都不理会，让他吃点苦头也好！"

商无期急道："飞鸽传书贝壳船长都收到了，他也写了回信，可就是传不回来！"

"哦？为何？"徐福道。

"我们的信鸽刚刚起飞，就被对方射下来了！"商无期回道。

"哦，对方竟有如此能耐！"徐福稍微认真了一些，"这个贝壳，既然斗不过人家，又何须争一时长短，把船开回来不就行了！"

"船也开不回来！"商无期道，"对方驱使盘丝绿蛇，将五号船的螺旋桨绕住了！"

"盘……盘丝绿蛇？"一直没发话的尚墨此时也吃惊了，"对方是何人？"

商无期道："东海龙王。"

尚墨震惊不已道："东海龙王竟然复出了！看来这事情复杂了！"

徐福细心品味着尚墨眼中的那丝震惊，道："既然来者不善，徐校尉，准备全军出击，营救五号船！"

徐禄大声道："遵命！"

尚墨道："五号船离我们有十多里地，我们的船队过去，最快需要一个半时辰。"

商无期补充道："半个时辰之前，东海龙王已开始攻船！"

徐福道："尚从统领有何主意？"

尚墨道："船队改向北行驶，准备救援！商无期、张阿毛，你二人速驾铁甲飞车，先去助阵！"

徐福道："铁车虽然神奇，但毕竟势单力薄，不知能起多大作用。"

尚墨对商无期道："你们驾铁车，一刻钟就能到达五号船所在水域，马上潜入水底，驱逐盘丝绿蛇，恢复五号船的动力系统，之后通知五号船向南航行，尽快与船队会和！"

商无期和张阿毛领命，钻进铁车，在甲板上疾驶几丈远，轰地冲向天空。

满船惊愕的目光送他们远去。

徐福道："蓬莱学院果然名不虚传，竟然能造出如此神奇之物！"

尚墨拱手道："哪里，哪里！雕虫小技，让徐统领见笑了！"

徐福收了笑容："按规定，航海所带物件均须上报的！"

"尚墨忽略了！"尚墨连忙解释道，"出海之前，铁甲飞车的潜行功能才刚刚开发出来，还没经过试航，只能算是个半成品，所以没有报到统领事务处！哪知情况紧急，这两个浑小子就直接把它开出去了！除了这辆铁车，蓬莱学院再无漏报之物！"

"好吧！"徐福干笑道，"你这两个学员也算是立功了！蓬莱学院

净出人才啊！"

尚墨赔笑道："徐统领过奖！"

一望无际的海面上，微波轻浪。今日天气颇好，空气透明，夕阳洒满水面，蓝莹莹的海水似被感染，镀上亮闪闪的金边，煞是好看。

五号船成员却无心欣赏这些美景，他们正竭尽全力，抵抗入侵者一轮又一轮的进攻。

这些入侵者包括逐步围过来的七艘灯笼船，每艘船上约有五六十名海斗士，他们虽是沿海普通渔夫打扮，但个个身手不凡，武功多在一段到二段之间，毫无疑问是东海龙王一手调教出来的武装力量，整体战斗力颇强。更为可怕的是，这些人常年与蛇打交道，善于驱蛇作战，三百余人竟调动了数万条蛇来此，这些蛇大小不一，五彩斑斓，在水面游走、缠绕，令人头皮发麻。

好在五号船船体颇大，甲板离水面足有两丈多高，入侵者想登船也没那么容易。五号船军械装备也极其强大，前后及两侧共有十架连弩箭，还没待那些灯笼船靠近，一瞬间便箭如雨下，将其船体射得像个刺猬。灯笼船上的海斗士一旦露面，人像就出现在五号船底舱的水晶棱镜折射显示屏上，负责连弩箭的军士只需在操作台上移动射击按钮，将准心对准屏幕上的人像，一按点射，就会有一支羽箭嗖地从船身的发射孔射出，几乎百发百中，那些海斗士都还不清楚对手是谁，就不明不白地中箭，或死或伤。

灯笼船上的海斗士们纷纷缩进了船舱，不敢再冒头。那些船顶着箭雨，费了好长时间才慢慢靠近五号船。

贝壳船长终于舒了一口气，仗着五号船强大的火力优势，慢慢恢复了底气。军务组共有一百人，二十人在底舱操纵连弩箭，八十人在船面的各个射击垛口守卫，以防对方强行攻船。贝壳船长令铁托在船面射击垛口指挥，自己带着鲁打柴及几个亲信，腆着肚子亲自下到底舱，慰问操纵连弩箭的军士们。

军士们正聚精会神地在水晶屏上侦察敌情，完全顾不上贝壳船长。

贝壳船长一连咳嗽了几声，见无人理会，拍了拍一位军士的肩，问道："你射杀了多少海盗？"

那军士一惊，连忙答道："四名。"

"嗯，不错！"贝壳船长道，"竟然连帝国船队都敢劫，这些海盗真是不知天高地厚！今日我们也不走了，把他们全部射杀了，回去向统领请功啊！"

一名亲信小声提醒道："船坏了，我们想走也走不了。"

贝壳船长横了他一眼："要你说？"

鲁打柴提醒道："对方不是一般的海盗，切不可掉以轻心。"

贝壳船长道："鲁学监放宽了心！有连弩箭在，他们来一个射一个，来两个射一双！五号船虽然行走不了，但船队发觉我们走失了，必定来寻，待大部队赶到，定能将这些海盗一网打尽！"

鲁打柴道："连弩箭威力虽大，但一旦对方登船，就发挥不出任何威力了！对方有三四百名训练有素的海斗士，到时候我们何以抵挡？"

"登船？"贝壳船长嘎嘎地笑道，"五号船高出水面两丈多，那些海盗变成大马猴也跳不上来吧！"

鲁打柴无语，只是长叹一声。

一直在盯屏的军士突然叫道："哎呀！"

贝壳船长看向水晶屏，却见靠近五号船左侧的一艘灯笼船上，突然有人从船舱中伸出一只胳膊，手中拿着一柄弩箭似的器械，"啪"地向五号船射出一物。还没待盯屏的军士在操作台上将射击准心瞄准那只胳膊，它已收了回去。

贝壳船长定睛望去，方知灯笼船上射出的是一枚大铁钉，此时已牢牢地钉在五号船的左侧船舷上。奇怪的是，那铁钉后面还带着一根长绳，一直牵到灯笼船内。

"奇了怪了！"贝壳船长一头雾水，"难道他们能沿着这条长绳爬上来？"

"不好！"鲁打柴大声叫道，"快令甲板上的军士斩断这根绳子！"

话音未落，灯笼船中突然蹿出一条赤蛇，缠着这根绳子，一路向五号船爬过来。

甲板上射击垛口处的军士显然已发现那根长绳及绳上的赤蛇，两名军士手持利剑从垛口冲过来，还没来得及砍向长绳，那条赤蛇已嗖地蹿过来，咬住了一名军士的胳膊。另外一名军士在同伴的惨叫声中仓皇撤退，绊在船墩上，摔了个大跟头。

又有几条蛇沿着那根长绳爬了上来。

铁托大喝一声，带着十多名军士冲出垛口，冲向那根长绳。

几条大蛇吐着信子，挡住去路。

铁托双手强举着利剑，整个身子紧张得直颤抖，再也不敢上前一步。

人蛇僵持之际，更多的蛇沿着长绳爬上了五号船，局势越来越危急。

一个人匆匆从底舱冲上甲板，直奔那条长绳处，人还没靠近，手中的兵器已唰地砸出。

一件白骨模样的奇异兵器在空中呼啸、旋转，带着呼呼风声，划过一道闪电。

"尖头斧！"他身后跟随的两名蓬莱弟子同时叫出声来。

除了蓬莱弟子，五号船大概没有人知道这柄其貌不扬的斧头竟然是件威力无穷的上器！

尖头斧在空中回旋了半圈，刚好斩断了那根长绳，顺便还将缠绕在上面的一条青蛇斩为两段，最后又回旋到鲁打柴手中。

危急顿时得到缓解。

剩下的事情，就是解决已爬上甲板的十多条大蛇了。鲁打柴使出"回旋斧"的绝技，基本上是一斧斩一条，铁托也带着军士用长矛扎，用铁块砸，也弄死了几条。有一条花蛇竟然越过甲板，钻进了一楼的铁匠作坊，铁匠在几位童男童女的帮助下，最终用铁锤将其脑袋砸碎。当然，五号船的人员也略有损伤，两名军士被毒蛇咬伤，紧急送到了医务处，服了解毒药之后，好在无生命之虞。

众人才刚刚松口气，五号船的另一侧突然又传来惊呼声。原来，又有一艘灯笼船靠近过来，用弩箭在船舷上射了个带着尾绳的大铁钉。鲁打柴闻讯赶去，还没来得及挥出回旋斧，那艘船又一连向五号船发射了几枚铁钉，为群蛇搭起了数条"空中走廊"。

七艘灯笼船中，有一艘船体稍大，并且挂着两个灯笼。它离五号船稍远，一直没有参战，看上去是艘指挥船。此时天已慢慢黑下来，指挥船船舱内传来一阵低沉的埙乐声，其余灯笼船听见埙乐声，纷纷从不同方向向五号船强行靠近，发动总攻。海斗士们借着灯笼的微光，嗖嗖地向其船舷发射铁钉。

蛇群借着黑暗，再次沿着一条条长绳滑向五号船甲板。

五号船顿时陷入一片混乱。

贝壳船长站在甲板上，拔剑怒骂道："一群混蛋，不要慌，给我顶住！"

贝壳船长的怒骂声迅速淹没在人群慌乱的撤退声中，他发抖地将剑插进剑鞘，也跟随人群撤向底舱。

鲁打柴大叫一声："蓬莱弟子何在？"

柳吟风、果落落、蛮妮等数名蓬莱弟子迅速向他聚拢。

铁托带着几个人，本来也想撤到底舱，见状也围了过来。

鲁打柴道："蓬莱弟子跟着我，负责斩断船舷边的长绳，见一条斩一条！"又对铁托拱手道，"铁下尉，拜托你带着军务组的弟兄各就各位，用弓箭和连弩箭掩护我们，但凡灯笼船的人一露头就射！"

铁托道："遵命！"

鲁打柴疲倦地笑笑："铁下尉客气了，我俩各尽其职，不存在谁听谁的命令。"

铁托拱手道："鲁学监壮举，铁托膺服，唯鲁学监马首是瞻！"说罢，带着军士迅速奔向自己的岗位。

蓬莱学院众人武功颇高，动作灵活，他们分散到五号船的两侧，一边应付已爬上船的大小诸蛇的攻击，一边挥剑斩长绳，片刻就将那些绳索一一斩断。铁托的军务组也极力配合，各自紧盯灯笼船，但凡见到人影，不管露出的是头还是胳膊，立马全力发射，打得那些海斗士无法现身。

见灯笼船上射出铁钉的速度明显减缓，铁托又分出二十名军士，负责斩杀甲板上的残蛇。

双方再次进入僵持阶段。

天空突然传来轰隆隆的声音，交战双方均抬头向上方张望。

一辆铁车像巨鸟一样出现在被灯火照亮的天空。

所有的人都惊愕不已。

"好小子，终于回来了！"鲁打柴微微露出笑容。

虽然他也不知道天空中飞翔的是个什么东西，但能猜到，那必定与商无期有关。

商无期驾着铁甲飞车，绕着五号船飞行了几圈，想降落在甲板上，但甲板上零星站着几名负责杀蛇的军士，此时他们正愣愣地望着在天空中咆哮的铁制怪兽，连自己的本职工作都忘了去做。

商无期怕撞伤他们，不敢在甲板上降落，干脆先在那些灯笼船上空飞行，细细观察敌情。

那些灯笼船一直用侧面对着五号船，所以五号船上的连弩箭也拿他们没办法，射出的箭都钉在了灯笼船船舱侧面的挡板上。铁甲飞车明显要机动得多，它直接绕到一艘灯笼船的船舱出口处，从外向里，将整个船舱看得清清楚楚。灯笼船船舱内的人有些不安，他们满怀敌意地看着这个飞天怪物，一名海斗士站起身来，拉开一张硬弓，嗖地射出。

他臂力不弱，那支羽箭飞得颇高，竟然"当"的一声射在铁甲飞车的外壳上，吓了商无期和张阿毛一跳。

铁甲飞车通体用陨铁制成，别说一支羽箭，就连机械铁钻都不容易凿穿。它以可燃冰为燃料，通过喷气来推动构造复杂的动力系统，如果说这个钢铁怪兽还有什么软肋的话，一是燃料烧完了需要补给，二是车舱后下方有个拳头大小的喷气孔，要是被射进异物，容易造成整个动力系统的损坏。要是下方的箭雨足够密集的话，难保不会有羽箭刚好射进喷气孔中。

"竟敢主动攻击我们！"张阿毛气急败坏道，"得给他们一点厉害看看！”

他伸出手来，按向操作台上的那枚红色的发射按钮……

“且慢……”商无期大声叫道。

但话音未落，铁甲飞车前头的发射孔中已飞出一束银针，直奔灯笼船上的那名海斗士而去。那名海斗士身中数针，惊愕地睁大了眼睛倒在地上。

“唉！”商无期叹道。

“无期老弟，你太心软了！”张阿毛道，“你同情这些海盗，他们可不会怜悯你！”

“这些人也未见得有多坏……”商无期道，“东海龙王那个人，我熟。”

“你，你，你竟然和东海龙王那样的人有交情！”张阿毛也不知该说什么，最终只是长叹一声，“唉！”

商无期心中有些沉闷。

张阿毛在墨士峰待了十多年，业务精湛，心性却顽皮又纯真，对器械以外的世界知之甚少，如果知道了商无期与魔教之间理不清的关系，还不知会怎么看他。

“我们还是潜到水下去吧！”商无期道，“驱逐了动力系统上的盘丝绿蛇，五号船就可以离开，战斗也就结束了。”

说罢，铁甲飞车一个俯冲，落在海面上，很快又沉入水中，周围顿时一片黑暗。

此时已入夜，车窗外一片模糊。

张阿毛用打火石点亮了一支蜡烛，海水中的景象总算清晰一些了。鱼具有趋光性，纷纷聚拢来，撞在车窗上，发出沉重的砰砰声，严重干扰了铁车的正常航行。好在张阿毛谙熟造械，对五号船构造极为熟悉，搜寻了片刻，就找到了螺旋桨所在方位。

借着蒙蒙的光亮，张阿毛看到螺旋桨上果然盘着一条盆口粗的绿蛇，正警惕地看着铁车，滋滋地吐着信子。

“就是它，缠得螺旋桨无法转动。”张阿毛分析道。

"射它！"商无期道。

"好！"张阿毛调整好射击孔，"啪"地一按射击按钮，一束银针射出，正好有两枚扎在绿蛇头上。

绿蛇吃痛，暴躁不已，伸长身子，嗖地攻击铁车，头部撞着铁车，竟然将铁车往后推了好几尺。

"它不会把整个铁车都生吞了吧？"张阿毛道。

商无期仔细打量了一下："铁车这么大，应该吞不进去！"又道，"这条蛇脾气挺大，反复刺激它，应该能把它从螺旋桨上引开。"

"好，看我射不死它！"张阿毛啪啪地按动射击按钮，银针一串串射出。

那条大蛇吃痛不已，在水中来回翻滚，搅得鳞片乱飞。可它理智尚存，只在铁车靠近时才伸出半个身子来攻击，铁车退后，它也不追，后半截身子牢牢地缠在螺旋桨上，堪称恪尽职守。

张阿毛道："这蛇太大了，银针扎身上，只不过是些小刺，伤不了性命，它又不走，怎么办？"片刻之后，又道，"无期你有没有觉得呼吸困难？"

商无期道："的确有点闷，看来得浮上去换气了。"

商无期按了上浮按钮，铁车一路上浮。

"噫，"张阿毛突然道，"那蛇要不要换气啊？"

商无期心中一动，道："当然也得换气啊！你的意思是……"

张阿毛分析道："船只启动时，螺旋桨开始转得很慢，接着会越来越快。像五号船这么大的螺旋桨，一旦高速转动，力道之大，盘丝绿蛇根本无法靠近，所以它必定是在五号船停航时趁机缠绕上去的，阻止了螺旋桨的启动。航船动力小组的人开不动船，判定螺旋桨被缠死，便放弃了努力。我们可趁这条大蛇上去换气时，趁机通知五号船全力启动，待这蛇换气回来，见螺旋桨已高速转动，哈哈，它就缠不上去，只有气死的份了……"

说至此，他脸上竟露出顽劣的笑容。

"这主意不错！"商无期道，"只是我们怎么通知五号船上的人？他们根本不知道我们在这辆铁车上！甲板上都是人，铁甲飞车无法停靠；

浮在水面上喊话，他们也听不见！"

张阿毛道："你忘了我们是从什么地方出来的吗？"

商无期恍然大悟，大喜道："你还能忍一会儿再换气吗？"

张阿毛道："能。什么意思？"

商无期道："快点，先帮忙找到五号船底舱十一号房间的那个出口。"

张阿毛借助微弱的光亮，看了一眼铁车所在的位置，马上道："向左前方三十度行驶十二丈，再左转九十度，行驶十五丈就到了。"

商无期道："真的假的？你看清楚了！"

张阿毛道："不用看，吹了灯我都找得到。"

商无期按照他的指点，转了两个弯，发觉铁车已开进五号船底部的船缝中，车轮已落在水槽上，再往前开两丈，整个车身都露出了水面。

商无期在十一号房间停好铁车，打开了车门。

张阿毛一连深呼吸好几口，夸张地叫道："憋死我了！"

五号船船舱内灯火通明。

军务处的连弩箭操作间，军士们神经高度紧张，聚精会神地守着自己的岗位。从水晶屏上的影像来看，海面上战斗仍很激烈，灯笼船又发起了新一轮的进攻。这一次，他们除往五号船船舷上射带着长绳的铁钉之外，还使用了火箭，五号船船舱三楼被烧燃，照得海面一片火光。好在五号船上显得忙而不乱，在鲁打柴的组织下，航务组抽出数十人，带着童男童女组的几百个孩子，组成了后勤队，一面灭火，一面往后方抬伤员。

行船动力小组的操作间内，却只有叶眉儿和果落落两人在那儿值守，见商无期和张阿毛突然闯进来，吓了一跳，惊喜地上来迎接。

商无期顾不上同她们寒暄，只道："其他人呢？到哪儿去了？"

果落落道："反正船也开不动，行船动力小组的人都上去增援前线了。"

商无期道："马上把行动小组的人召集过来。"

果落落道："上面战事正紧，我俩只怕叫不动。"

商无期急道："你去找鲁学监，就说是我说的！"又大致解释道，"我们侦察过了，五号船之所以动力系统失灵，是因为盘丝绿蛇缠住了螺旋桨。

一会儿蛇要到水面换气，你们趁机全力启动，就可以行船了。"

"原来如此！"果落落连忙上去跟鲁打柴报信去了。

叶眉儿道："我们怎么知道那绿蛇何时上来换气？"

商无期道："我和阿毛兄会在水底跟踪那条绿蛇，它浮上海面时，我们的铁甲飞车也会浮出水面，我打开天窗挥手就是了！"

"啊？铁甲飞车？你们潜在水底？"叶眉儿吃惊不小。

"是的！"商无期简单解释道，"铁甲飞车还有潜水功能。"说罢，急匆匆离去。

"嗬，这儿还有一包零食！"张阿毛顺手捎起果落落操作台上的一包酱牛肉，跟着商无期出去了。

叶眉儿甚是担忧，紧跟着商无期和张阿毛进了十一号小房间，眼见他俩坐进铁甲飞车，潜水离去，方回到操作间。

铁甲飞车沉入水底，再次出现在螺旋桨附近。

那条盘丝绿蛇刚刚清静了片刻，见这个铁制怪物又来骚扰，心中极为不爽，吐着信子，恶狠狠地吓唬它。

铁甲飞车这次挺老实，既不上前，也不向它发射银针。

盘丝绿蛇又觉得甚为无趣，微微张开嘴巴，像是打了个哈欠。

如果蛇也会打哈欠的话。

它是有些倦了。

看来得浮到水面上去吸点新鲜空气。

盘丝绿蛇离开了螺旋桨，慢慢向水面上浮去。

与此同时，它面前那个铁制怪物像跳蚤一样弹射起来，直朝水面冲去。

盘丝绿蛇瞥了那个铁制怪物一眼。

哼，竟然吓成这样！小怪物，我不是来抓你的，我只不过想上去换换气而已……

铁甲飞车抢在盘丝绿蛇之前浮上水面，商无期推开车顶天窗，对着五号船的方向拼命挥手……

船上的人也有了回应，在紧张的战斗之余，至少有十多人举起手来，向他们挥动。

"他们都知道这铁车是我俩在开了！"张阿毛颇为自得，"真是一举成名天下知啊！"

商无期无语。

此时，盘丝绿蛇也气定神闲地浮上了水面，吸足新鲜空气之后，又舒适地翻过身来，晒了晒肚皮……

好啦，通体舒畅了，该下去干活了！

盘丝绿蛇沉入水中，还没到达目的地，就觉得有些异常，水底下明显没有它预想得那么宁静，像是有一个巨大的力量在那儿搅动，形成一个巨大的漩涡。

盘丝绿蛇嗖地蹿向属于自己的那片领地，那儿却早已不是它熟悉的景象。

那个沉重的螺旋桨突然已高速转动起来了。

即便启动，它本来也应该有个缓慢加速过程的！

可见行船动力小组的那些人是何等努力地使出了吃奶的劲头。

盘丝绿蛇狂躁不已，径直冲向螺旋桨，但已经晚了，螺旋桨搅动的漩涡形成了一股巨大的向外推力，将盘丝绿蛇冲出几丈远。

盘丝绿蛇并不认输，它拼尽全力，再次向漩涡方向扑去。

这一次，它勉强冲到了螺旋桨边上。

但结局并不比第一次好。

高速转动的螺旋桨像一圈旋转的利刃，刮破了它的鳞片，在它的背上拉开了一道长长的伤口，海水瞬间都被染红……

盘丝绿蛇放弃了努力。

它像个失业者，蜷在一旁，沮丧地望着自己曾经的岗位。

在此之前，它曾四次浮上水面去换气。

一直平安无事。

怎么这次就变了呢？

莫非……这件事与那个铁制怪物有关？

那个丑陋不堪的铁家伙一出现，情况就变得不一样了哩！

盘丝绿蛇眼中露出凶光，吓退了几条好奇地围过来看热闹的小鱼。

水面上的战斗仍在继续，火把照亮天际。

交战双方各有大量损伤。

灯笼船久攻无果，慢慢地聚在一起，把挂着双灯笼的指挥船围在中间。很明显，它们在商量最后的对策。

"没想到，这艘船这么难打！之前在下的确是轻敌了！"东海东王站在一艘灯笼船的船头，对指挥船揖手道。

指挥船的船头挂着布帘，看不清船舱内的景象，却听见里面有人叹道："我让线人通知满月使弄船，他反复推托说难弄，连面都不肯露；你倒是主动请缨，却一败涂地，难道我神教真的没人了？难不成，这等小事还要本教主亲自出手？"

东海龙王冷汗淋漓："有盘丝绿蛇在，反正他们的船也走不了，我马上再组织一次进攻！"

"当初你说有办法弄到船，我不知道你竟在打帝国远洋船队的主意！"指挥船船舱中的那个声音听上去有些疲惫，"既然你看中了这条船，那就利索点吧！"

"教主请放心！"东海龙王道，"在这沿海一百里之内，还没有在下要不到的东西！"

说罢，东海龙王将指挥船以外的六艘灯笼船聚在一起，清点了一下伤亡情况，原先的三百五十名海斗士竟然只剩不到两百名了。

东海龙王抹掉脸上的血迹，大声吼道："我们海斗士战队在东部沿海纵横二十多年，从无败绩！今天，我们面临着一次前所未有的考验，你们有信心战胜对手，永保海斗士的荣光吗？"

"胜利！"

"胜利！"

"荣光！"

"荣光！"

海斗士们举剑高呼，齐声唱响海神之歌。

东海龙王将近两百名海斗士集中到两艘船上，又下令灭掉所有船上的灯笼。

海面上突然陷入一片黑暗。

片刻之后，另外四艘灯笼船突然启航，直向不远处的五号船驶去。船看似很轻，驶得飞快。因为天黑，它们在离五号船十余丈时才被甲板上巡逻的军士发现。

"快射！"

"快射！"

躲在五号船射击垛口后面的军士纷纷放箭。

至于底舱内连弩箭操作间的军士们，直到这四艘灯笼船快到五号船跟前时才发现。夜里天气状况不佳，刚才战火冲天，他们尚可以根据水晶屏上折射的影像来判断敌方动向，现在灯笼船上全灭了灯，五号船三楼船舱的火也被扑灭，他们面前的水晶屏上只剩下一片模糊。

那四艘灯笼船冒着密集的箭雨，却丝毫没有停下来的迹象，反而是继续加速，最终……直接撞向五号船。

轰隆几声之后，海面上顿时燃起巨大的火光。

这绝对是自杀式攻击。

海斗士战队的每一艘灯笼船中，都装有足够多的白磷燃料，撞击时产生的巨大冲力完全可以让其爆炸。

只是这一招，不到万不得已是不会使用的。

驾船的人被称为"死斗士"，虽然他们也会在撞击之前跳海自保，但生还概率极小，几乎是百死一生。

这四艘灯笼船上，总共只留有八名死斗士。

五号船在连续猛烈的巨大撞击之下，摇晃不已。

它并没有被击沉，甚至船体都没有被毁坏。蓬莱墨士科造船技术之

神妙，的确非常人能够想象。

但火烧得实在太大了。

四个大火球靠着五号船东侧燃烧，也不知要烧多久，五号船再坚固，恐怕也会有被烧坏的时候吧！

更何况，冲天的火焰挟带着爆炸残留物，已有不少飞落到五号船的甲板上，船面上有些易燃部位竟然已经着火，开始燃烧起来。

想都不用想，目前最重要的任务自然是救火了。

五号船上的大型装水容器有的是，贝壳船长此时勇敢地站出来，从鲁打柴手中要回了指挥权，亲自组织了几百人的灭火队，他们在航务组几位机械师的带领下，从船体特定部位往海水中取水，又运送到甲板上去灭火，现场一片混乱。

他们没有注意到，剩下的那两艘灯笼船正趁着混乱，悄然从西侧向五号船靠近。

船舱内，整整齐齐地坐着海斗士战队的残余主力部队。

铁甲飞车刚刚浮出水面不久，商无期和张阿毛就目睹了这恐怖的一幕。

"怎么办？我们也去救火？"张阿毛的声音都在颤抖。

"不！我们去救火，帮不上什么大忙！"商无期尽量让自己冷静下来，"现在关键的问题，是让五号船尽快启动，离开那四艘燃烧的灯笼船！"

"刚才趁盘丝绿蛇换气之机，我们已挥手通知航务组全力启航了！"张阿毛道，"已经半刻钟了，螺旋桨应该开始转动了吧！"

"走，我们沉下去看看，可千万别出什么问题！"说话间，商无期已按了下沉按钮。

他们并没有如愿到达螺旋桨附近。

因为，才下沉一丈多深，铁甲飞车突然被一股巨大的力量击出数十丈远，商无期借着铁车窗口透进来的微光，只看到了一个长满鳞片的巨大蛇尾在愤怒地摆动。

　　紧接着，铁甲飞车被蛇身缠绕起来，在水中上下左右地翻腾，商无期和张阿毛在铁车中滚成一团，哐当哐当地撞在车壁上、桌椅上，头上满是大包……

　　正是那条气急败坏的盘丝绿蛇。

　　它在痛失自己心爱的工作岗位之后，把满腔的怒火全部发泄在了这个铁制怪物身上。

第104章 和解

五号船西侧甲板上，只有零星几个军士在站岗，时不时他们还扭头往东侧看，那边的火烧得实在是太大了。船上绝大多数人，无论是航务组，还是军务组，甚至童男童女组，都在东边忙碌，他们奉命站在这儿，什么忙都帮不上，心里实在有些不安。

心头的焦躁让他们忽略了即将到来的危险。

混乱之中，那两艘载满海斗士的灯笼船突然出现在他们眼前。

那几个军士扭头冲身后大叫："灯笼船又来啦！快射！快射！"

但身后垛口上的军士都去救火了，现在空无一人。站岗的军士慌神了，他们胡乱放了几箭，就撤退了，说是去叫人。

两艘灯笼船从容地停在五号船西侧，几名海斗士走到船头，手里提着根粗麻绳，绳头绑着铁制的抓手，在头顶旋转几圈，哗地抛出，铁抓手牢牢地抓在了五号船的船舷上。另外的海斗士抓住麻绳，往前一荡，顺着麻绳飞快地往上爬。

船舱的连弩箭操作间内还有几名军士，他们此时才看清水晶屏上的景象，连忙调整连弩箭角度，猛烈射击。因为离得太近，连弩箭有些死角无法覆盖，威力反而不能全部发挥出来，虽然也有几名海斗士中箭落水，但更多的海斗士沿着麻绳爬上了船。

片刻之后，竟然有二三十名海斗士爬上了五号船，而且数量还在快速增加。

东海龙王大致清点了一下人数，正待发起攻击，却见一柄斧头横空向自己飞来，他一偏头，斧头旋转着削掉了身后一名海斗士的头巾，又呼啸回去。

"原来你在这儿！"东海龙王叹道，"难怪这艘船这么难打！"

"既然是故人，怎么不光明正大地来，搞这些鬼鬼祟祟的偷袭干什么？"鲁打柴的人影已从船舱中闪出来，后面跟着刚才去报信的那几名军士。

他俩曾在东帝城交过手，东海龙王对鲁打柴的尖头斧印象颇深。

"说起来，这偷袭还是跟你学的！"东海龙王大笑道，"想当年，你要是不偷袭，能从我东帝城通过？"说话间，他突然从腰上取下一物，向鲁打柴砸去。

鲁打柴大惊，举起尖头斧迎上去，正好砸中飞来之物。此物看似一件皮囊，被尖头斧砸中之后，哗啦裂开，酒香四溢，酒水溅得鲁打柴满脸都是。

鲁打柴摸了摸脸，骇然道："此乃何物？"

"你还记得我那件上器——千毒蛇鞭吗？你当年用尖头斧偷袭成功，将它斩成两段，今日算是一报还一报了！"东海龙王倏地收了笑容，"那条断鞭被我在酒水中泡了三年，所得毒酒，足以销尸毁骨。"

鲁打柴这才感到脸皮发麻，气都喘不过来了，只是指着东海龙王道："你，你，你……"

"哈哈哈！"东海龙王仰天大笑，"这艘船，是我的啦！"

"你休想得逞！"鲁打柴吃力说道，"这船上……可还有数十名武功高手……"

"哼，你们还是束手就擒吧！"东海龙王指了指船下，"别忘了我还有一百多名海斗士正要上来……"

"他们……还上得来吗？"鲁打柴忍着剧痛，脸上竟然露出一丝诡

异的笑容，"五号船，动了……"

东海龙王一愣，四处环顾："怎么回事？这船……这船怎么启动了？盘丝绿蛇，盘丝绿蛇在哪里？"

没有人回答他的话。

他身边的海斗士和他一样紧张。

至于那些还没有攀上五号船的海斗士们，已再也没有机会上来了。五号船一旦启动，就势不可挡，灯笼船上那些硬拽着麻绳的海斗士已被拉到水里，其他人只得松了麻绳，眼睁睁看着五号船离去。

五号船启动后，行船动力小组的任务就轻多了，立马分出一半人手来增援船面。待柳吟风、果落落、叶眉儿、蛮妮等蓬莱弟子冲出船舱时，鲁打柴已经中毒晕倒，他们一边抢救鲁打柴，一边与东海龙王等人斗成一团。

东海龙王武功七段，在这艘船上已无对手，但架不住五号船的人多。军务组的人此时已能抽出身来，除去死伤，还剩六十多人，其中还有几名三段以上的高手，加上蓬莱弟子，总共有一百多马力的战斗力。东海龙王加上身边二三十名一段到二段武功的海斗士，战斗力也是一百多马力，双方一时间打得难解难分。

但时间一长，胜利的天平必然会向五号船倾斜，因为帝国远洋船队正在全速赶来。

军务组在甲板上厮杀，行船动力小组也没有闲着，他们把五号船开得老快。还不到一刻钟，他们已借着火光，在水晶显示屏上隐约看到了几个巨大的桅杆。

帝国远洋船队，终于来了。

旗船在五号船面前停定。

它明显更高出一截，在巨大的海涛声中静静伫立，显得如此威严。

五号船像一名做了错事的孩子，突然也安静下来。船上所有的人，都垂下了手中的兵器，静静地看向旗船方向。残余的海斗士们倒想继续开战，但东海龙王长叹一声，制止了他们。

想打，还打得过吗？

现在，轮到终极大佬们出场了。

东海龙王看着旗船上用吊绳放下一块舢板，另一头落在五号船上，形成了一个临时过道，三个神情威仪的中年人并排走过来，正是徐福统领、尚墨从统领、徐禄校尉。他们的身后跟着一大群人。

东海龙王又看了看海面，最后一艘灯笼船，也就是那艘挂着双灯笼的指挥船也慢慢靠近，停靠在五号船的另一边。

徐福刚刚登上五号船，贝壳船长就扑了过来，像个孩子一样地哇哇大哭，痛陈敌人的残暴和自己所受的委屈。其实，他自始至终都没有参与真枪实弹的战斗，救火时倒还算积极，因此弄了一头灰，又自己往脸上抹了一些血，看上去极为狼狈。

徐福没有理会贝壳船长的表演，只道了一句："你活该！"

说罢，徐福撇开贝壳船长，径直走到东海龙王的前面，静静地看了良久，方道："你，为何要劫我帝国远洋船队的船只？"

东海龙王并未露怯，道："中央帝国管辖大陆，这片海域向来归我东海龙王打理，你们打这儿经过，提前知会我一声了吗？"又道，"要不是你们的人恃强凌弱，射杀了我的人，我还想不起来要打这个劫哩！"

"你打劫成功了吗？"徐福戏谑地看着他。

"有生以来，第一次失手。"东海龙王倒挺坦率。

"所以说，不要拿鸡蛋碰石头。"徐福正色道，"帝国的船队开到哪里，哪里就是帝国的领地！那种大陆海洋分而治之的混账话，想来你也不敢再说了！"

海面上突然传来一阵不屑的大笑声，随后传来一个冷冷的声音："这话说得是不是太狂妄了？"

徐福一愣，四处观望。

"不要看了，我在你头上。"那声音突然又从天空传来。

徐福抬起头，却见一个身影从天而降，飘然落在徐福面前。

"教主！"五号船甲板上的海斗士顿时跪了一地。

"你是什么人？"徐福指着来者，厉声喝道。

来人还没有答话，徐福身边的尚墨突然拔出剑来，厉声喝道："向啸天，我就知道是你在后面搞鬼！"

向啸天仰头大笑："你爱怎么想都可以，我也不在乎你再冤枉我一次！"

尚墨知道向啸天说的是蓬莱误会他破坏了八峰融合一事，脸上一热，口中却道："难道东海龙王不是你的人？"

"是。"向啸天道，"但我只是让他找船，却没料到他要劫你们的船。"

尚墨警惕起来："你找船干什么？"

"下海啊！"向啸天戏谑地看着他，"你干什么我就干什么。"

"你！"尚墨把手按在剑柄上，却强压住了心头的火气，他不想让徐福等人知道蓬莱寻找《归宗谱》的秘密。

"如果是我自己想劫这条船，还须那么费劲么？"向啸天傲然道，"伸手就拿过来了！"

"既然先生没有这个意图，那我们井水不犯河水，先生请便吧！"徐福不会武功，但对武学颇有研究，他知道能从海平面跃上近三丈高的甲板，非得九段高手不可，这世上怕是没有几个。他自然也听说过拜月教，此刻听向啸天报出自己的名头，如何敢惹，只想息事宁人，便做了个送客的手势。

"可我现在改变主意了！"向啸天一字一顿道，"这艘船，我要定了！要不然，我拜月教的上百名海斗士岂不是白死了！"

"向教主死人还见少了么？只要向教主出现，哪次不是血流成河？"尚墨抽出利剑，"这艘船乃尚墨亲手所造，向教主既然想要，就找尚墨来取吧！"

向啸天道："尚墨你造械确实有一手，武功只怕是荒废了！你一个八段，如何接得了我的火焰掌？"

尚墨自从当了总学监之后，火爆脾气已收敛了很多，此刻被向啸天羞辱，再也忍不住了，持剑直冲过去，就要和他玩命。

向啸天径直推出一掌，一团火焰从掌上射出，尚墨连忙闪过，利剑也改变了路径，被向啸天侧身闪过。

对手甚至都没有挪动脚步。

一招之内，高下立判。

当然，八段和九段之间，还是有得打的。

但尚墨转过身，犹豫了一下，却没有再攻。

他突然有些哽咽，抹了抹脸上，不知是汗水还是泪水。

众人都怔怔地看着他。

不知他心中所想。

旁边突然响起一声长长的叹息："蓬莱啊，蓬莱！"

一个陌生的黑衣老者突然出现在甲板上，众人都不知道他是何时上船的，也不知他是来干什么的，都怔怔地看着他。

黑衣老者继续叹息："没了《归宗谱》，蓬莱竟然衰落至斯么？连个火焰掌都接不住！"

尚墨此时已认出来者，愣了愣，勉强赔了个笑脸，拱手道："师叔，您怎么来了？"

来者正是名家老怪仇不弃。

"唉！"他用手杖指着尚墨道，"你们也真是太不争气了，怎么就没一人练成易不世的天地一剑呢？"又道，"不过你也不用着急，我这次来，就是来帮你们寻找《归宗谱》的！"

尚墨面露尴尬之色。

边上的徐福与徐禄闻言，甚是吃惊，对视一眼，内心久久不能平静。

"找到《归宗谱》，练成天地一剑之后，"仇不弃指着向啸天，继续道，"他那个什么火焰掌，就不值一提了！"

"哼！"向啸天冷冷道，"那也未必见得！"

论辈分，仇不弃是他师叔，但向啸天并没给他好脸色看。他曾被仇不弃这个疯子关在拜月城堡中关了十年，最终练成了火焰掌，心中真不

知该恨他还是感谢他。事情已过去了几年，向啸天心中的气还没完全消，此刻相逢，不找他拼命已算好的了。

"怎么，你还不服气？"仇不弃动起怒来，"要不我们俩试试？我不用分身术也能对付你那狗屁火焰掌！"

旁边又响起了一个苍老的声音："仇老怪，你这个臭脾气何时能改改？怎么动不动就想找晚辈动武？留着你那点力气，好好把你那徒儿找到，将来也好领教我徒儿的天地一剑啊！"

不用说，来者就是阴阳老怪了。

尚墨忙道："阴阳师叔也来了！"

阴阳老怪道："我若不来看住仇老怪，他准得闹出事来！"

叶眉儿、果落落、柳吟风等人都和阴阳老怪熟悉，此刻见到他，都亲热地围上来，"祖师叔、祖师叔"地叫个不停。

仇不弃见没人理会自己，心中不快，"哼"了一声，背过脸去。

阴阳老怪见到这群孩子，也欢喜得很，从包裹里翻出几片牛肉干来，掰碎了分给他们吃，道："这是极品天山牦牛肉，补气的，对练功很有好处，很贵的！"

叶眉儿接过尝了尝，道："味道的确不错，谢谢祖师叔！"

"眉儿你太虚伪了！"果落落嚷道，"这牛肉干酸酸的，我闻不得那个味，你要喜欢，就都给你吃了！"

"这孩子，怎么这么说话？"阴阳老怪叹道，"不知道这是好东西啊！"

他突然想起了什么，问道："咦，我那无期徒儿呢？"

叶眉儿道："无期哥哥和阿毛师兄在铁甲飞车里，这会儿没上来。"

阴阳老怪惊愕道："是在尚墨造的那个铁车里么？"

叶眉儿道："正是。"

"完了！"阴阳老怪突然捶胸顿足，"不好了，不好了！"

叶眉儿吓了一跳，叫道："祖师叔，无期哥哥出事了么？"

"唉！"阴阳老怪道，"我刚才和仇老怪乘一叶柳舟赶来，刚好看到一条大蛇缠着那个铁车在水面上翻滚，当时还取笑了一番，说尚墨的铁车怎么变成巨蛇玩耍的铁疙瘩了，也没去管它，哪知道无期那小子在里头？"

叶眉儿闻言，眼泪刷地就下来了，一时间号啕大哭。

"小姑娘你也别哭了！"阴阳老怪急道，"我们去帮你把那个铁疙瘩捞上来就是！"

说罢，拉起仇不弃就往甲板下面跳。

临跳之前，还大声交代道："你们所有人都在甲板上不许动啊，更不许打架，天大的事，等我们回来再处理。"

话音刚落，两个人已跳下甲板，落在一叶柳舟上，向西北方向疾驶而去。

夜晚的海水中相对宁静。

多数鱼类都很安静，但偶尔也有一些饥饿的掠食者选择在夜间对沉睡的鱼群发动袭击，在水中惊起层层涟漪。

但这片海域的动静就太大一点了。

黑暗的海水中，那条盘丝绿蛇发疯似的缠绕着铁甲飞车，似乎想把它挤扁，但这辆陨铁制成的铁车实在是太硬了，盘丝绿蛇费尽力气，铁车外壳也毫无损伤。

盘丝绿蛇动怒了，它用长尾反复抽打那辆铁车，就像抽陀螺一样，咕噜直转。

车仓内，商无期摸着头上的包，有气无力地问道："阿毛兄，你还好吧？"

张阿毛道："还活着，就是头很晕。"

"那是自然的。"商无期道，"我们已经高速旋转好几百圈了。"

"不是旋转的问题，"张阿毛道，"车仓内该换气了！"

"是啊，我也有点呼吸困难！"商无期顿时紧张起来，"可铁车被这蛇缠着，如何浮到水面去换气？"

"这蛇也该换气了！"张阿毛道，"我们趁它浮上去换气时，就赶

紧把换气管伸出水面吧！"

"好，盯紧点！"商无期道，"错过了机会，我们就该闷死在车里了！"

说话间，车舱外的海水中慢慢有了些光亮。

"盘丝绿蛇在上浮！"张阿毛快速作出判断。

商无期连忙按下仪表盘上的换气按钮，一根细铁管从铁车顶上快速伸出。

"可以打开换气吸盘了吗？"张阿毛急问道。

"打不开！"商无期道，"铁车是歪的，换气管也不够长，无法伸到水面上去。"

"想办法把车扳正。"张阿毛道。

商无期按了按旋转按钮，铁车在盘丝绿蛇的盘绕下慢慢挪动。

盘丝绿蛇突然怒了，使劲一扭身，把铁车扭了个底朝天，商无期和张阿毛两人砰地来了个倒栽葱，头撞在铁车顶上，眼冒金星。

"完了，这下换气管伸向海底方向了。"张阿毛的声音很微弱，"没希望了……"

"不要放弃，阿毛兄！"商无期道。

可是张阿毛没有再回话，像是睡着了。

商无期顿时感到一股彻入骨髓的寒意。

盘丝绿蛇并没有理会铁车内两个人的恐惧，它将头伸出水面，吸足了新鲜空气。它看似心情不错，并没有马上就回到水下去，扭着头，心不在焉地四处闲看。

今晚没有月亮，也没有星星，海面上只有波浪和一丝微光，并没有什么好看的。正当盘丝绿蛇准备再次潜到水底时，远处疾驰而来的一叶柳舟吸引了它的目光。

它并不认为那叶柳舟与自己有什么关系。

但它是一条玩性很重的蛇。

待那柳舟慢慢靠近时，它突然在水中猛地翻腾一下，卷起一片巨浪。

在它的想象中，那叶柳舟马上就会像一片真正的柳叶一样，被巨浪裹挟着，樯倾楫摧，不知所往。

但事实上，那叶柳舟并没有倾覆，反而顺着巨浪径直漂到它面前。

柳舟上站着两位老者，它并不知道他们正在议论它。

"看，就是这个畜生，看样子它还缠着铁甲飞车没放！"阴阳老怪道。

"这个不知死活的，本来还不知道去哪里寻它，想不到它自己就跑出水面来了！"仇不弃道。

两人突然同时跃起，落在盘丝绿蛇头部。

盘丝绿蛇大怒，伸出长舌，就向自己头上卷去。

只见寒光一闪，仇不弃抽出一柄利刃，寒光瞬间变成了血光，盘丝绿蛇的长舌已被斩去一截。

盘丝绿蛇吃痛，在水中翻滚不已，却无法摆脱骑在它背上的两个人。

阴阳老怪顺着蛇背往下，找到盘丝绿蛇七寸处，伸手轻轻一拍，绿蛇顿时一震，浑身已麻木无力。

阴阳老轻轻抚摸着盘丝绿蛇的肌肤，使它将身体慢慢放松，铁甲飞车终于从它的缠绕中解脱出来，嗖地浮出水面。

阴阳老怪驱赶着那条大蛇，来到铁车边，使劲叩了叩车窗。

半晌之后，铁车内终于有了反应。

商无期从昏迷中醒过来，拼尽力气，按下了换气按钮。

换气管顶部的吸盘打开了，湿润的新鲜空气快速注入。

商无期终于活过来了，他用脚蹬了蹬身边的张阿毛："阿毛兄，你没事吧！"

张阿毛翻了个身。

"别吵！"他抱怨道，"累死了，让我睡一会儿。"

商无期松了一口气，站起来，推开头顶的天窗，冲两位老者直挥手："阴阳前辈，仇前辈，感谢相救！"

仇不弃摆摆手，眼睛直直地盯着那辆铁车："看不出这尚墨还有几分本事，这铁车是怎么造出来的？"

商无期拱手道："二位前辈，你们也坐到车里来吧！"

"车太小，憋得慌！"阴阳老怪道，"我们就坐这条绿蛇吧！它毁坏了我们的柳舟，只能拿自己来抵债啰！"

说罢，他已驱赶着盘丝绿蛇向帝国远洋船队方向驶去。

商无期掉转车头，赶紧跟上。

五号船上，两拨人马果然仍乖乖地在甲板上等待。他们剑拔弩张，气鼓鼓地互相看不顺眼，不过也没有打起来。

看来两位老怪的面子的确够大。

眼见阴阳老怪和仇不弃骑着盘丝绿蛇过来，众人均吃惊不小。只有东海龙王指着绿蛇骂道："你个畜牲，刚才跑到哪儿玩去了，连个螺旋桨都守不住！"他仍然对今日的失败耿耿于怀。

眼见已到五号船边上，阴阳老怪和仇不弃纵身一跃，落在了五号船甲板上。盘丝绿蛇获得了自由，又怕东海龙王责怪它，嗖地一下钻到海底去了。

叶眉儿迎向阴阳老怪，急问道："前辈，无期哥哥他们呢？"

阴阳老怪指了指天上。一阵轰隆隆的声音从天际传来，众人抬起头，却见那辆巨鸟一样的铁车又飞回来了。

尚墨大声叫道："大家快闪开，甲板上不要留人！"

众人连忙离开甲板。

那辆铁车在空中盘旋了几周，落在了甲板上。众人远远地看着，却见车门开了，商无期走了出来，后面跟着睡眼惺忪的张阿毛。

叶眉儿小鸟一样地向商无期飞过去。

向啸天向来不合群，一直独自站在一边，对商无期刚才经受的危险并不知情，此刻突见商无期从铁车中出来，眼前一亮，人却没有迎上去。他只是远远地看着他，嘴角露出一丝笑意："这小子，好像又长高了点，越发出息了哩！"

其他人这才从惊愕中清醒过来，像潮水一般哗啦啦涌向甲板，将那辆铁车围得严严实实，啧啧地赞叹不已。尚墨站在一边，觉得脸上分外光彩。

新鲜劲一过，众人又想起了那个没有解决的问题。

这场仗打了两个时辰，双方损伤颇大，这事该怎么解决？

阴阳老怪道："有两个方案：第一，你们继续打，我和仇老怪做见证人，谁赢了，这艘船归谁……"

话音未落，徐禄已拔出剑来："凭什么？这可是帝国船队！你们果真是吃了豹子胆了么？"他是徐福的堂弟，武功六段，在军队中已不多见，刚才见向啸天如此嚣张，自己堂兄却一味忍让，早已憋了一肚子气；此时听阴阳老怪提出如此荒诞的建议，就再也忍不住了，瞬间爆发。更何况，身为校尉，他本来也有保护船队的职责。

向啸天瞟了他一眼，突然一弹指，弹出一个火球，直奔他胸口而来。徐禄举剑一挡，火球正好撞在剑上，只见火光往上一蹿，那柄铁剑竟然被熔化，只剩下半截，拿在手上，还淅淅沥沥地往下滴着铁浆。

徐禄大骇，还没待他回过神来，第二个火球又奔他胸口而来。徐禄双腿发软，想躲闪已经来不及了，心想这下完了。却见身边白光一闪，阴阳老怪欺身过来，甩开长袖，将那火球卷起，又一抖袖，将那火球抛到海中去了，只听见水面上轰隆一声，炸出一个火球，水花往上溅了几丈高。

徐禄面如土色，差点吓得瘫倒在地。

"唉，年轻人啊，总是爱冲动，都没听我把建议说完！"阴阳老怪扶住摇摇欲坠的徐禄，继续道，"第二个方案，这艘船嘛，还是归帝国远洋船队，不过借出一点地方，给拜月教的人居住；当然，拜月教也应该恪守船规，大家相安无事，如何？"

双方均没有说话。

徐福看了看尚墨，尚墨"哼"了一声，背过脸去，看似很不情愿。

徐福自然也不愿意，不过现在的局势……似乎也不由他说了算。这件事……东方大陆已知的三名九段高手竟然全部现身这艘船上……的确不是一般人能摆平的。

阴阳老怪也不等他们表态了，自作主张道："那就这样定了，向啸天，

赶紧叫你的人上船吧！"

向啸天拍拍手，五号船边上的灯笼船突然打开了船帘，里面整整齐齐坐着二十多个凶神恶煞的武者。

"呵，阵容够豪华的，二十八星宿全部带来了！"阴阳老怪道。

尚墨倒没有特别去关注这二十八个人，他的眼光落在灯笼船船舱中间，那儿放着一个轮椅，上面安静地倚靠着一位美丽淡雅的妇人。

"快，快，放下软梯！"尚墨变了脸色，连声吩咐手下人，"请……教主夫人上来！"

向啸天闻言，背过脸去。

有人放下软梯，拜月二十八星宿中的四名首位——青龙角、白虎奎、朱雀井、玄武斗，分别扛起轮椅一角，小心翼翼地从软梯上爬上来。其余二十四人也逐次顺梯而上。

尚墨迎上前去，对轮椅上的妇人拱手道："恭迎嫂夫人！"

虽然她永远都闭着眼睛，像是在熟睡。

对她，尚墨心中终归有无尽的愧意。他转身大声道："赶快把房间收拾出来，给夫人留间最大的，需多备些家什用具。"

商无期呆呆地站在不远处，失魂落魄地看着轮椅上的妇人，她那么熟悉，又那么陌生。他想迎过去，双腿却软绵绵地没有一点力气。

叶眉儿站在他身边，轻轻地握住他的手："哥哥……"

他的眼泪哗然而出，静静流淌。

徐福走近向啸天，问道："敢问贵教共有多少人出海？"

向啸天看都没看徐福一眼，只是望着远方。

像是在聆听海水拍打船板的声音。

他身边的青龙角代为答道："出海的有教主和夫人，还有我们二十八星宿。"

徐福道："三十人，三十间房，够用么？"

"三十一间。"向啸天突然道，"还有一个人要来……"

"教主是在等满月使吗？"青龙角抱怨道，"他已答应线人，说一定会随我们出海的，看来他又食言了！"

向啸天没有答话，眼中多少有些失落，转身离去。

徐福跟在后面追问道："敢问诸位借多久？"

"不会太长时间的！"阴阳老怪替向啸天做了回答，"找到《归宗谱》就结束了。"又对尚墨道，"你也别气鼓鼓的了！还是按我以前提出的方案来，蓬莱学院和拜月教联手寻找《归宗谱》，多一分力量就多一分希望，找到之后由你们共享，各取所需，也都不吃亏，不好吗？"

徐福闻言，看着尚墨，脸上带着难以捉摸的笑意。

尚墨忙道："师叔误会了！我们本次出海，主要还是为了完成朝廷的寻药任务！"

阴阳老怪方知失言，笑道："那是，那是！"

收拾了战斗残局，五号船随船队再次启航。

仇不弃和阴阳老怪不愿与后生晚辈挤在大船上，以他们九段的武功，借助一根浮木都可在水上行走如飞。他们找船队要了艘小船，跟在大船后面，顺着波浪起伏而行。

东海龙王带着海斗士战队回到了灯笼船上。他们的灯笼船虽不算小，但经不住太大的风浪，只能在沿海一百里以内航行。东海龙王站在船头目送五号船远去，口中喃喃道："中央帝国，中央帝国……"

他问手下的弟兄："我们为什么会失败？"

边上的人回答："他们的船太大了。"

东海龙王道："他们强大的，不仅仅只是船啊！"又喃喃道，"他们说，帝国的船队开到哪里，哪里就是帝国的领地！这也许是真的！"

徐福等人刚刚带着旗船上的人离开，五号船就又成了贝壳船长的天下。

虽然他对拜月教的人没有半点好感，但也只能按照徐福和尚墨的命令，给他们安排住宿。他完全不懂武功，也体会不到向啸天等人到底有多厉害，所以他反而不像徐禄等人那样害怕他们。他丝毫也不掩饰自己

对拜月教那些奇奇怪怪的人的厌恶，捂着鼻子，吩咐手下将他们安排在一楼作坊后面的两排空房间中，又让人明天在那儿砌一道隔墙，把他们和五号船的原有居民隔开。他摇摇晃晃地找到向啸天，问道："你们的伙食怎么解决？"

向啸天道："如果方便的话，你们每天多做三十份餐吧！"

向啸天显得很客气，他之所以如此克制，一是因为有约在先，自己寄宿于此，要遵守五号船上的规矩，二是商无期也在这艘船上，他本能地想表现得平和点。

贝壳船长将向啸天的客气当成软弱，不屑地道："船上饭钱很贵的。"

向啸天招招手，朱雀井拿上来一个木箱，打开，推到贝壳船长面前："这些当饭钱，够吗？"

贝壳船长看着满满一箱金币，眼睛都直了，连声道："够了，够了！"他吃力地抱着那木箱离开，临走时又回头道，"对了，如果你们需要洗衣服的话，知会一声就可以，我可以派些童男童女来帮忙！"

向啸天淡然道："那倒不必了！"又道，"我们喜欢安静，没事绝对不会出去打扰，你们的人没事也不用过来了！"

贝壳船长道："那是，那是！"

甲板之上，商无期凭海伫立，不知多久，任由二月的海风吹乱他的黑发。

叶眉儿慢慢走过来，轻声叫道："无期哥哥。"

他回过头，看着她。

"风好大，哥哥不冷吗？"她握住他的手，"哥哥的手好凉！"

商无期道："可我并不冷。"

叶眉儿道："有人说，身子不冷，是因为心太热的原因，哥哥可有心事？"

商无期咧嘴笑笑："我能有什么心事？不过在想，蒙恬他们现在怎么样了，羊谷关可否能守住。"

"是啊！"叶眉儿道，"蒙恬失踪之后，百里和微蓝去寻他，也不知找到了没有？"

商无期道："今天早上，我给他们写了封信，托金雕送往羊谷关了！"

"唉！"叶眉儿叹道，"前线那么大，金雕上哪儿去找他们啊？"

商无期道："只要他们还活着，金雕一定可以找到的！"说完，又觉得不吉利，立马闭上了嘴。

两人沉默良久。

只听见海风的呜咽声。

"哥哥真的不打算去看他们吗？"叶眉儿轻声问道。

"看谁？"商无期明知故问，语气有些不自然。

"哥哥知道的……"叶眉儿道，"这两天，我去过一楼后舱几趟，向伯父……他很想见你……"

"哦。"商无期道。

他本想还开个玩笑："才两天时间，你竟然已经去过几趟了！"

只是没有心情说出口。

"只是，向伯父性格与哥哥好像，都是倔得不行的那种……"叶眉儿补充道。

"我不是不想去……"商无期费力地说道，"只是，觉得……不习惯……"

是啊，无父无母长到十七岁，父母突然又回来了，这个……

又是一阵沉默。

叶眉儿突然小声道："其实我好羡慕哥哥……"

"为何？"商无期一愣。

"我只有母后，可她一次就生了几千个孩子……"叶眉儿黯然道，"小时候我几次从她面前飞过，她都没有注意过我……"

"眉儿！"商无期心中一紧，紧紧握住她的手，"你不要这样想……"他笨嘴拙舌地安慰她，"你可以……把我父母……当成你自己的……"

"真的吗，无期哥哥？"她眼中亮晶晶的。

"真的，我保证！"商无期重重说道。

"嗯，眉儿好开心！"她道，"昨天我去后舱，看见向伯父在那儿洗衣服……"

"什么？他洗衣服？"商无期惊讶得嘴巴里足以装下一枚鸡蛋。

"嗯，是向伯母的衣物，向伯父一直都不让别人洗的！"叶眉儿道，"我要帮向伯母洗，向伯父竟然同意了，最后还说……"

"还说什么……"商无期急急问道。

"他还说……"叶眉儿脸上露出娇羞之色，"'我要有这么一个女儿就好了……'"

商无期愣愣地咧嘴一笑。

想必笑得相当难看。

"哥哥，去吧！"叶眉儿摇晃着他的胳膊，央求道，"我又想伯父伯母了……"

商无期木然地跟在叶眉儿身后，走进船舱，进入后舱时，他已紧张得感觉不到自己的心跳。

穿过一道走廊，走到尽头，就是向啸天夫妇的宿舍。

叶眉儿敲了敲门，叫道："向伯父，向伯父！"

向啸天打开门，一瞬间愣在了那里，像个不知所措的孩子一样，站在门口直搓手。

叶眉儿道："向伯父，我们要进去看伯母哦！"

向啸天这才侧身让开，连声道："快进，快进！"

商无期此时已完全没有刚才紧张的感觉了，他快步进屋，直奔向那个轮椅。

"妈妈——"他蹲下身子，握住母亲温暖而柔软的手，把头埋在轮椅边的靠垫上，世界如此安静。

他的母亲，从此不再是天边的仙女。

她就在他身边。

血脉相通。

第105章　再战羊谷关

这年的冬天格外漫长，二月底的羊谷关，依然冰天雪地。到了关外，还要冷上几分，雪似乎没有停下的时候，好多地方都铺了半人深的积雪。

茫茫雪原之上，三个人影艰难前行。

按雪丫的说法，如果不迷路，最多两天就可以到羊谷关，现在已走了五天，羊谷关仍然不见踪迹。很显然，他们是迷路了。这片雪原上没有什么大山大河作为地标，天又总是阴着，难得看到太阳，很难随时判断方位。

好在粮食够吃。

百里乘风在关外峡谷内找到的那头冻野猪，他们只带了小半头，也够他们吃半个月的了。

蒙恬本来受了腿伤，但经过几天的休养，已基本好了，无需再要人背，所以三个人的行走速度又快了很多。

"这雪一直下个不停，我们会不会永远被困在这片雪域啊？"李微蓝道。

"不好说。"蒙恬吓唬她。

"就算永远被困在这里，我也不怕。"李微蓝笑道，"这儿白茫茫一片，比关内干净，什么都不用想，心里好轻松，我还开始喜欢上了哩！"

"既然你喜欢，我们就在这儿安营扎寨吧！"蒙恬四处环顾，找到一个朝南的雪坡，将坡下的积雪扒干净。

天又黑了下来。

三人从雪底下扯了些枯草铺在坡下，又找来些枯木，点燃了一堆篝火，就着篝火烤肉。

李微蓝明显是太累了，吃了几块烤肉，就在枯草上睡着了。

荒原上冷风凛凛，虽有火堆，还是颇有些寒意。

兄弟两人看着纤瘦的李微蓝，同时去脱外套。可能因为动作太一致的原因，两人尴尬地笑笑，同时止住了动作。

百里乘风道："风大，你给她盖一些吧！"

蒙恬闻言，脱下自己的外套，盖在李微蓝身上。

百里乘风脱下自己的外套，道："来，弟弟，我们一起盖。"

蒙恬心中一热，却颇有些不适，但百里乘风已主动凑近他，将自己的外套搭在两个人的身上。

他们能从外套底下感受到彼此传递的体温。

这个雪夜，突然变得不再那么寒冷。

"弟弟，你恨过我吗？"百里乘风突然道，"从小到大，你在家里就是被忽略的那一个，可我之前很少顾及你的感受……"

蒙恬沉默良久。

"没有……"他道，"小时候，我只是羡慕你，并发誓一定要超过你，现在想来也挺可笑……"

"羡慕我？"百里乘风露出一丝苦笑，"我还一直很羡慕你哩！快意恩仇，洒脱无拘，这是我最羡慕的生活方式，可我做不到！"

"哥哥心中的背负太重了。"蒙恬道。

"可能是吧……"百里乘风道，"小时候，所有人都告诉我，我是家族希望之所在，必须优秀，将来好光耀门庭；进学院念书后，学监们向我传授兼济天下的理想……唯独没有人告诉我，人还可以为自己而活……"

"哥哥很难过吗？"蒙恬道。

"也许，有一点。可是，我不后悔。"百里乘风淡淡的语气中带着几分坚定，"因为，他们教的，都是对的，也符合我内心的选择。"

"哥哥是真正的儒者！"蒙恬道，"以前我看儒者，只觉得他们胆小而迂腐，现在才明白，那是因为他们心中有大爱……"

"真希望她有一天也能明白……"百里乘风在心中默念，同时微微抬起头，不让自己的眼泪掉下来，"她曾经喜欢过的男子，并不是一个胆小的人……"

北风呜呜地吹过。

将躺在火堆边的那个女孩眼角的泪痕慢慢吹干。

她其实一直也没有睡着。

"弟弟，你能原谅父亲吗？"百里乘风突然道，"他老了……如果哪一天，我不在了，希望你能善待他……"

"哥哥你说什么！"蒙恬打断他的话，"我从来没有恨过父亲，仗打完了，我们就一起回家，给他祝寿……我记得他都快六十了。"

"嗯。"百里乘风脸上露出一丝淡淡的笑意。

火堆一明一暗，照着三张慢慢沉睡的脸。

半夜，他们突然被一阵喧闹声惊醒。

百里乘风与蒙恬同时坐起来。

百里乘风听着远远传来的纷沓脚步声，疑惑道："会是些什么人呢？"

蒙恬抱起几大捧雪，湮灭了火堆："能在关外大规模出现的，除了毛人部落，还能有谁？"

李微蓝也坐起来，揉了揉惺忪的睡眼，道："难道他们还要来抓我们？"

"应该不是！"蒙恬道，"抓我们几个，费不着这么多人。"

"有多少？"李微蓝问。

蒙恬把耳朵贴在雪地上，仔细聆听片刻，道："只怕有几万人！还有木车轮的声音，似乎拉着很沉的辎重！"

"他们要搬家了吗？"李微蓝有些吃惊。

"对，搬家！"蒙恬笑笑，"他们想搬到关内去，将整个东方大陆都变他们家的菜园！"

"你是说，他们要对羊谷关发动总攻了？"李微蓝紧张起来。

"这不是迟早的事吗？"蒙恬道，"也没什么不好，至少——"

百里乘风接过他的话头："我们可以跟着他们，找到羊谷关啊！"

李微蓝眉头微蹙："跟着他们，想想都……"

"不用担心，了解之后，你会发觉他们其实与我们没太大区别！尤其是那些智人孩子，还挺可爱的！"蒙恬道，"当然，气味会有些不同……"

李微蓝"哼"了一声："看来，你在这儿当学监都上瘾了！"

蒙恬笑笑，举起袖口，放在鼻前闻了闻："嗯，我在毛人部落待了一个月，气味跟他们已没什么区别，你们俩可得小心了！不过人多，风又大，他们不一定能闻出来！"

百里乘风道："我们往身上抹些炭灰吧！这样也不至于同他们区别太大。"

李微蓝"扑哧"笑了："你是笑话人家长得黑么？"说话间，她也往自己身上抹了些炭灰。

几人正在说笑，蒙恬突然感到背后一阵微风袭来，但明显不是自然风的感觉，心头一惊。他想也没想，本能地反手一掌，那阵微风快速转变了方向，让他一掌落空。蒙恬回过头，看到一个黑影在自己身边两丈远处站定，从身高上看，是毛人无疑，他与百里乘风几乎同时拔出剑来。

那个人影见状，往后一蹦，跃到了几丈开外。看来是不想和他俩打斗，不过从动作上看，武功无疑远在蒙恬和百里乘风之上。

蒙恬和百里乘风对视一眼，就要双双抢攻，突然听见黑影处传来一个熟悉的声音："别打了，是我！"

"雪丫！"蒙恬大吃一惊，叫完又觉得不信，雪丫的武功何时会有这么高了？

却见黑影突然分成两个，一高一矮，矮的在前，高的在后，向他们走来。

矮的是雪丫，高的是毛十三。

"雪丫，你们怎么来了？"蒙恬兴奋地迎上前去。

"我就知道你们会迷路……"雪丫道，"王带着整个毛人部落，攻打羊谷关，我老远就看到前面有火光，猜想是你们在烤火，十三弟弟跑得快，我就让他把我背来了……"

"谢谢你，十三！"蒙恬对毛十三道。

毛十三对蒙恬的热情没有太大反应，只是耸了耸鼻子。

"快离开这里！"雪丫道，"部落里好多人都看到了这里的火光！"

蒙恬等人闻言，连忙离开。

雪丫在前面带路，很快来到一个雪洼，在里面蹲好。

"一会儿部落从这儿路过，我们混到人群中就好。"雪丫道。

"他们会认出来吗？"蒙恬有些不放心。

雪丫脱下自己的外套，披在李微蓝身上，又冲她笑笑。

李微蓝有些感动："雪丫，你呢？"

雪丫道："雪丫不冷。"又对毛十三道，"十三，你也脱了外套！"

毛十三没有理会。

雪丫亲自动手，把脏兮兮的外套从毛十三身上扒下来，递给百里乘风。

百里乘风谢过。

蒙恬笑道："这下大家气味全都一样了！"

约莫过了一刻钟，毛人部落的先头部队过来了，蒙恬等人趴在雪洼里没动。毛人经过得越来越多，队伍也越来越凌乱，他们这才从雪洼中站起来，混入行走的毛人之中。有个智人奇怪地看了他们一眼，耸了耸鼻子，但最终也没说什么。

大概走了一个多时辰之后，李微蓝突然脚下一滑，摔了一跤，"哎哟"一声叫唤。

百里乘风走在她身边，急忙去扶她，口中关切地冒出一句："你怎么啦？"

李微蓝忍痛站起，摆摆手道："没事！"

正待要走，两个毛人围了过来，先是耸了耸鼻子，然后冲他们龇出了白森森的牙齿。很明显，他们已从李微蓝和百里乘风的举动中发现了异常。他们的语音明显不属于毛人部落，而且，毛人很少会去扶其他摔倒的毛人。

李微蓝大骇，本能地紧了紧自己身上的外套。

但这已无法掩饰她是常人的事实。

只能是拼了！

百里乘风与蒙恬正要拔剑，却听见雪丫在一边低声叫道："十三！"

一个黑影突然像鬼魅一样袭来，双手已分别抓在那两个毛人的脖子上。两个毛人都没有叫出声来，就瘫倒在地。

事情就这么结束了。

没有其他毛人去关注那两个倒地的毛人，他们对生死向来看得很淡。

"这个毛十三，小小年纪，可真了不得！"蒙恬一边快步离开，一边惊叹道。

"他参加过大陆天才争霸赛，据在场的武学专家分析，他武功已高达八段！"百里乘风小声道。

蒙恬啧啧称奇。

"十三，十三！"

"雪丫，雪丫！"

不远处突然有人在人群中叫喊。

雪丫脸上露出惊慌之色："姐姐在叫我们了，我们必须过去，和她在一起！"临走之前，又叮嘱道，"你们，不要说话！把这个……剑，也藏起来！"

蒙恬和百里乘风连忙听话地将铁剑藏在外套中。

"我会抽空过来看你们。"雪丫仍然有些不放心，拉着十三，一步三回头地离去。

这个深夜与平日看似没什么两样。

雪依然纷纷扬扬地下着，羊谷关内外，除了偶尔传来一两声狼嚎，整个世界一片寂静。但午夜时分，城墙上的守卫们突然发现关外影影绰绰出现一些毛人。

自从一月二十五日毛人发动第二次小规模的进攻之后，守卫们已有二十多天没有见过毛人踪迹了。毛人的噬血与疯狂早已在守卫们心中留下了巨大的阴影，他们一边慌里慌张地加强防备，一边火速派人去统领营报信。

统领刘横不到一刻钟就带着秀娃等亲信登上了城楼。自从上次毛人攻城之后，他把统领营北迁到了第一道防线的内墙底下，亲自坐镇指挥。

毛人并没有急着发动进攻，他们只是在城外几百丈开外聚集，越聚越多，密密麻麻的，怕有数万人之多。接着，他们又点亮了火把，燃起了上百堆篝火。此时大雪封原，柴材难觅，烧火的木材想必是从他们的库房中运过来的。有些毛人开始就着篝火烤肉，香味随着北风一直飘到羊谷关的城墙之上。

"难道他们要在此安营扎寨？"第一联队队长杨种田疑惑道。

"看来，他们这次有备而来，憋足了劲，志在必得了！"刘横道，"上次毛人不过才来了一千人的先头部队，就差点攻破防线，这次我们且得小心了！"

"我们天天在城墙内烧水，一发现他们搭冰梯，马上就浇热水。"杨种田道，"实在想不出，他们还有什么别的攻城办法！"

"这群毛人智力低下，但背后的指挥者绝对是高人，不可小觑！"刘横道。

说话间，却见数百名毛人从火堆边走出，慢慢向城墙走来。他们大都光着上身，步伐呆滞，很明显是毛人中的兽人。

"他们想干什么？"杨种田紧张起来。

"不管那么多！"刘横道，"吩咐弓箭手准备，如果他们进入一百丈射程之内，立马放箭！"

转眼间，那数百毛人已进入了死士团的射程，城墙上顿时万箭齐发。

大多数毛人都身中数箭，那些被射中身体要害的倒下了，只受了些轻伤的继续往前走，像僵尸一般，吭都不吭一声。走到城墙底下时，数百名毛人已快损伤一半。

借着城墙上的火把，刘横仔细打量这些毛人，才发觉他们手中均抱着一块大石头。

"难怪他们走得那么慢！"杨种田道，"他们抱石头来干什么，难道这次想垒一道石梯？"

正疑惑间，却见那些毛人均将石头举过头顶，然后狠狠地朝地面砸去。

"啊，他们正好站在羊谷河的河道上，看来是想把冰砸开！"秀娃惊叫道。

"今年羊谷河上的冰只怕冻了近两尺厚，哪有那么容易砸开？"杨种田道，"而且，就算他们把冰砸开了，又能怎么样？这群傻子难道想潜到冰下，顺着水流，从城墙底部河道上的拱门进入到城内？他们不知道城内的河面也冻上了么？就算他们能潜到城内的河道中，又如何能破冰而出？"

刘横也是百思不得其解，最终他认可了杨种田的判断："虽说这毛人中有几个聪明人，但头脑还是简单了点，想问题不可能像我们常人这样周全。"又道，"让他们砸吧，我们只管继续放箭，以消灭他们的有生力量为目标！"

片刻之后，城楼下的毛人都趴到了地上，身上直挺挺地插满了羽箭。

城外毛人的营地间，传来一声尖啸声，又有几百名毛人从火堆边走出，快步向城墙方向走来。有的途中蹲下，在上一拨同伴的尸体边抱起那些还没有搬运到城墙边的石头，有的径直冲向城墙，捡起城墙下的石头，直接在冰上开砸。

这一拨毛人，也不断有人在密集的箭雨中倒下，但他们的工作也算卓有成效，羊谷河外河的冰面上，慢慢被砸出了一个大坑。

城楼上，杨种田道："大概射杀了六百多毛人了！这毛人背后的指挥者真是残忍，就算人多，也不能是这么个死法！"

毛人一拨又一拨地冲过来。

刘横问道："我们还有多少羽箭？"

杨种田道："几个月前，蒙恬从统领找蓬莱学院捐助了一批，这些天，第三联队在造船的同时也学会了造箭，军需库里还备有几十万支羽箭，差不多够用！"

刘横道："那就好！让大家放开了射，今日就把这城墙外变成毛人的坟场！"

到天蒙蒙亮时，先后已冲过来了五拨毛人，城楼底下的毛人尸体已堆得像小山一样高。

几个毛人抬起一块最大的石头，举过头顶，然后一放手，石头轰然落下……

只听见"咣当"一声，冰面终于被砸穿了一个大洞，石头沉入了水底。

远处传来一声心满意足的尖啸声，城墙下还活着的毛人听到指令，扔下手中的石头，回过头，步履沉重地离开了城墙，走向烧着篝火的营地。

他们虽然体格强壮，但砸了半天石头，也还是有些累了。

城墙上的弓箭手有些心有不甘地朝着他们的背影射出最后几箭，算是给他们送行。

天边慢慢露出一丝曙光，昭示着这是一个难得的好天气。

城墙上的死士们也累了，后勤人员适时送来早餐和热水，他们正好休息一会儿。他们一边啃着热馍，一边兴高采烈地诉说自己总共射杀了几个毛人，同时放声嘲笑毛人的愚蠢。这弄得送早餐的后勤人员都心痒痒的，他们瞅着空子抓起弓箭手的弓箭，对着城楼下的毛人尸体放上几箭，以过过手瘾。

这场获得全胜的战役让死士团成员总算出了口恶气，毛人的恐怖阴霾在嬉笑声中慢慢消退。

有人调侃道："他们在羊谷河上砸了这么大个冰洞，我还以为他们想跳下去洗澡呢，哪知人家砸完就走了，那之前的上千毛人不就白死了吗？"

有人接话道："人家也不怕脏，洗什么澡？他们是想砸个坑之后，从冰下钻进羊谷关内，可后来一想，不对啊，羊谷关内的河面上不也有冰么，还是上不去啊！人家想通了，就回去了呗！"

城墙上一片笑声。

说话间，天边突然远远飘来一团黑色云彩，云彩快速移动着，在晨曦之下的白雪上投下一片巨大的阴影。

"这片云怎么飘得这么快？"城墙上有人疑惑道。

"天哪！这哪里是云！这是，这是……"他身边的人，已惊得说不出一句完整的话来。

那片黑云转眼间已到眼前，城墙上所有的人都看清楚了，这竟然是……一群飞人！

他们长着人形，但面相凶狠，尖牙利齿，背上还生着两个巨大的黑色翅膀。

这群飞人足有数百名之多，正向城墙方向扑来，惊得死士们大声呼叫，捂着头四处奔跑。

刘横也大吃一惊，他举剑高呼："大家不要慌！他们不过才数百人，不足为惧！弓箭手在哪里？赶快把他们射下来！"

经过几个月的训练，死士团的军纪已与正规军队无异，他们迅速恢复了平静，向头顶举起弓箭，准备迎接飞人们的突然袭击。

但这群飞人似乎对城墙上的人并不感兴趣，还没待死士们射出手中之箭，飞人们已在他们头顶一掠而过。

"还好，还好，不是敌人，只是过路的！"杨种田心有余悸地摸了摸胸口。

"有些奇怪啊！"秀娃道，"这群飞人都抱着石头干什么？我还以为他们要从我们头顶上往下砸哩！"

刘横一惊，急道："你确定，他们都抱着石头？"

秀娃点点头："我刚才没有射箭，专门仔细观察来着。他们手上什么都没拿，就两三个人合抱一块大石头。"

"全体将士注意！"刘横大声吼道，"赶紧吹响警报号角，全线进入一级战备状态，并火速通知第二道防线加强防卫！"

他刚刚布置完毕，就听见第一道防线背后的羊谷关内传来一声声巨响：

"扑通！"

"咕咚！"

……

刘横脸上阴云密布，看也不用看，他就知道身后发生了什么。

那群飞人，从高空将石头砸进了关内的羊谷河河面上！

再厚的冰面，也禁不住如此高空抛石的打击。

关内羊谷河的冰面上，想必已经千疮百孔。

刘横突然想起元帅府特使沈光视察羊谷关时曾说过，毛人一直企图与西域的飞人、鱼人等族结盟。看来，毛人这些天一直不发动总攻，有一个很重要的原因，正是在等待他们的飞人盟军到来。

现在，飞人族已经来了。

接下来的战役，想必格外艰难。

"我还是轻敌了！"刘横叹道。

他抬起头，看见城墙外两百丈远的毛人营地中也有了新动作，成千上万的毛人突然向城墙方向涌来，像黑色的墨汁漫过白茫茫的雪地，转瞬间就要将这个世界吞噬。

毛人们冲过来，将城墙底下挤得密不透风。

在智人的指挥下，一群光着膀子的兽人，每人抱着一块大石头，"咕咚""咕咚"地从城外羊谷河上的冰洞上跳下去。

羊谷河水颇深，冰面下暗流涌动，那些兽人跳进去之后，迅速就被淹没了头顶，他们抱着石头，想必是为了固定身体，让他们能在水底行走。

城墙上仍然箭如雨下，但毛人实在太多了，簇拥在一起，似乎也不太把生死当一回事，中了箭的毛人，吭都不吭一声，直挺挺地挤在一起，

也不知是生是死。毛人中也有稍微聪明一点的智人，半蹲着身子，城墙上的箭雨就被高个儿挡住了，落不到他们身上。

城墙上的守卫们，箭射得手都软了，身体也一阵阵发虚。

巨大的恐惧像幽灵一样笼罩着整个城楼，差点要把人逼疯。一个心理脆弱的守卫，已吓得精神失常，他把手中的弓箭砸向城下，站在城楼上嗷嗷直叫。

城楼下，有一个人挤过人群，捡起那柄从城楼上砸下的檀弓，又从地下捡了一支羽箭，挤出人群。

他找到了一个人群稍微稀疏的地方，搭箭上弦，"嗖"地向城楼上射去。

有人捡到了他射上城楼的箭，见上面系着封绢书，连忙上交给统领刘横。

"毛人中竟然还有人会射箭！"杨种田奇道。

刘横展开绢布，见上面是一封血书，明显是刚割破手指写成的。

"不是毛人，是……蒙恬！"刘横激动不已，"他，竟然还活着！"

秀娃在边上闻言，又惊又喜，也挤过来看信。

信上写道："毛人马上就要从冰下进城了，放弃第一道防线吧，守不住的！赶快撤向第二道防线，封锁城下河道，全力死守！蒙恬手书。"

"蒙恬说得对！"刘横大声叫道，"第一道防线的第一联队、第四联队，全线撤退到第二道防线，与第二联队、第五联队会和！命令第三联队将军需库中的所有尖锐铁器、铁网全部取出，置于第二道城墙下面的河谷之中！"

第一道城墙上的死士接到命令，马上向城楼下撤退。因为人太多，挤成一片，有些人在楼梯上摔倒了，乱成一团，严重影响了撤退速度。

羊谷河冰面下，那些抱着石头的兽人已沿着河底走到城楼底下。城楼跨河而建，城墙内外通过羊谷河相连，当初修建城墙时没料到毛人会从河底发动进攻，只在城墙底部河道上的拱门处简单地布了一道铁丝网。那些兽人走到铁丝网前，有些被挡住了，最后进退不得，憋死在了河道中。有些运气不错的，从粗大的网孔中爬了过去，进入到羊谷关的内河，又从内河上的冰窟窿中爬了出来。正在向第二道防线撤退的死士们看见这些兽人像水鬼一样爬出，胆小的吓得魂飞魄散，胆大的举起弓箭，向他们射击，又射杀了不少，河面都被腥血染红。

但更多的兽人源源不断地通过了越挤越大的铁丝网孔，从内河的冰面上爬上来，刚刚站稳，就像野兽一般地向死士们扑去。最普通的没通过训练的兽人，也有十马力的战斗力，相当于常人的一名四段高手，加上他们痛感弱、不怕死，死士团成员哪里是对手，急速撤退的队伍迅速被截成两段，一段亡命奔向第二道防线，另一段被兽人阻挡在第一道防线内。

从河道进城的兽人中还夹杂着几名智人，他们仔细地研究了老半天，终于打开了第一道城防下的沉重铁门。

于是，数万名毛人洪水般涌入。

尚未撤退的死士团成员，立即淹没在这片洪水中，连挣扎、呼喊都来不及。

他们以一种难以描述的惨烈方式，将忠魂永远留在了羊谷关。

毛人部落全部进入羊谷关，在两道防线之间安营扎寨，长达三十余里的河岸边，全部是他们的简易营帐，有些营帐边还燃着火堆。当然，这些都是智人特有的待遇。至于那些兽人，是不配享有营帐和篝火的，他们顶多能在羊谷关两侧的山崖边找个岩洞，挤在一起躲避风雪。

在两道防线正中间位置，有顶华丽的彩色营帐，怎么看怎么像是马戏团的大篷。这儿其实是王的营地，里面永远燃着炉火，烹着清茶，美食的香味能迎风飘出几里。

瞟聆总管永远守候在王身边。

远道而来的黄骡现在已成了王的常客，王有时会令他坐下喝上几杯，有什么想法，也会听听他的建议。

能自由出入这个营帐的还有一名贵宾，他长着一对巨大的黑色翅膀，号称黑翼王，是飞人族的领袖。飞人族是西域大漠最神秘的种族之一，人并不多，但因嗜血凶残，声名狼藉。毛人部落之前一直联络西域蜂人、飞人、

鱼人三族，希望他们从西面对中央帝国发动进攻，在叶眉儿重登蜂人族女王王座之后，这个计划破产。为继续争取飞人族，沙达巴开了个高价，请飞人族到北边战线协助毛人作战。黑翼王亲率一千名飞斗士赶到羊谷关，刚来就立了一个大功，沙达巴自然对他礼遇有加。

仅仅休整一天之后，毛人部落就对死士团的第二道防线发动了进攻。

采取的还是老办法：先用石头在羊谷河上砸出冰洞，然后让兽人钻进冰洞，沿着河道进入第二道防线背后。

砸冰行动进行得很顺利。这一次没有动用兽人，黑翼王主动请缨，让一千名飞斗士抱着大石块，直接就把第二道城防内外的羊谷河河道上的冰面全部砸开了。

紧接着，几名智人带着数百名兽人从第二道防线外潜入到冰水之中，沿着河道，摸索着向第二道防线之内进军。

但他们的前进线路在第二道防线的城墙下戛然而止。

因为第二道城墙下面的河谷中，比第一道防线多了几道铁网，还突然多出了数以万计的尖锐铁器，如铁刃、铁叉、铁钉、带刺的铁蒺藜等。布置之密集，除了水和血可以流出，连条巴掌大的小鱼都无法通过。

幸亏毛人部落打下第一道防线之后，休整了一天。这一天的十二个时辰，固守在第二道防线的两万多名死士一刻钟也没有休息，他们搬空了第三联队用几个月时间才装满的军备库，在第二道城防下的水道中布置了一条固若金汤的河防线。

有幸在水中摸黑走到这条河防线的毛人几乎全部被尖锐的铁器划伤，热血和着冷水在冰下汩汩流淌。最后只有两名智人从河防线上原路退回，他们带着满身的伤痕，赤脚走到王的营帐，结结巴巴地向王报告了羊谷河内的新状况。

从冰下攻城的办法彻底失效。

若想攻下第二道防线，还得想一些新办法。

王请来了黄骡、黑翼王，加上瞭聆总管，坐下来一起想办法。

黄骡道："王为何不用云梯攻城？"

"云梯？"王道，"我是听说过，不过，这是常人攻城时常用的伎俩……"

黄骡试探道："王担心，部落里的人用了常人的东西，会变得越来越聪明？"

王默然无语。

毛人部落很少用常人世界的器械和工具，并非那些东西多么难弄到手，只不过是王不想用而已。

黄骡自觉已明白王的心意，道："不用部落里的人动手，就可以造出云梯来！"

"哦？"王眼中有些疑惑。

"前天攻打第一道防线，抓获了一些常人，关在军备仓库中。这些常人之中，没准有精于造械的。"黄骡道。

王思忖片刻，道："这事你来办吧！"又补充道，"造械的事，不许用部落里的人！"

黄骡道："王放心！黄骡自有分寸！"

军备仓库位于羊谷河东侧的一块平地上。

这是毛人部落最重要的战略资源库，所以修建得还算讲究，几根圆木柱子立在平地上，撑起一片茅草顶篷。这种简陋的建筑，也需要毛人部落中最聪明的那些智人来完成。

当然，能看守仓库的，必定也是聪明人，而且是王的亲信。

看守仓库的是毛六。

毛人一般是没有名字的。毛六之所以有名字，是因为他随瞟聆总管去中都参加过大陆天才争霸赛，必须有个名字。

能参加大陆天才争霸赛的毛人，都是王亲手调教过的，按常人的武功分类标准来看，至少在六段以上，这在毛人部落中并不多见。但毛六在大陆天才争霸赛中一无所获，连第一轮标杆赛都没能通过，所以他也不能归于部落中武功最高的那一拨。

所以，毛六能被王委以看守仓库的重任，肯定不是因为他武功高，正是因为他聪明。

他甚至可以从一数到一百。

具备良好的数学头脑，对于看守仓库的工作而言非常重要。

同时毛六还很善于沟通，部落里大大小小的事，他都有关注。

所以，王的红人黄骡和部落里的交际能手毛六之间多少是有些熟悉的，当黄骡带着飞雁和毛十三走进仓库时，毛六并没有阻挡，只是咧着嘴，露出了一排白森森的牙齿。

这个举动其实可以理解为，毛六微笑着同黄骡打了个招呼。

毕竟毛人的微笑神经进化得不是那么完善。

黄骡随手递给毛六一个皮囊。

毛六接在手中摇了摇，又开心地龇了龇牙。

他知道里面装着一种好喝的液体，黄骡称之为"酒"。

黄骡以前给过他一次。

这个从中都来的族人，非常时尚，藏有不少私货，而且出手大方，毛六对他很有好感。

黄骡走进仓库，四处扫视一眼，对飞雁道："那些常人不知躲在仓库的什么地方了，我们分头找找。"

飞雁点点头，她现在对黄骡言听计从。

黄骡曾经教过她什么叫"感恩"，她完全能理解。

她的确发自内心地感谢他为她带来的一切。

如果没有他，她的存在，与羊谷关外的飞禽走兽有什么区别？

她不会表达：我感恩，感谢上天将这个男子带到我面前。

但她心里是这么想的。

飞雁在一个柴堆中找到了一个气息奄奄的常人，就招呼毛十三把人拖出来，拖到黄骡指定的地方。

片刻之后，他们又找到了好几个。

那些常人挤在一起，不知因为寒冷还是害怕，浑身瑟瑟发抖。

黄骡在仓库中越走越深，突然觉得脚底下一阵异动，他本能地一闪，看到一位中年常人突然爬起来，手持一柄短刃……刺在了地面上。

中年常人使劲拔着地上的短刃，同时扭过头来看黄骡，眼中满是诧异：明明是对着他的脚来的，也没见他移动，怎么短刃竟插在地面上了？

大概是自己饿晕了，产生幻觉了吧？

想至此，中年常人更觉得腹内饥肠辘辘，一头晕了过去。

黄骡蹲下身子，扶起他，往他口中塞了一片熟牛肉。

中年常人闻到肉香，马上醒来，马马虎虎咀嚼了几口，就咽下肚去。

黄骡把剩下的一块牛肉全部给他，看他狼吞虎咽地吃完，方道："是条汉子！为什么刺杀我？"

中年常人"哼"了一声，扭过头没有说话。

"我知道，你恨毛人！"黄骡道，"但毛人中也有好人……比如我……"

中年常人没有回头，但微微一动，明显在认真倾听。

"我们虽然相貌差异很大，但我也曾在中都生活了十多年，很多想法上与常人无异，所以我觉得我们是可以沟通的！"黄骡继续道。

中年常人回过头，眼中的敌意明显少了些。

"听着，你可以不死！"黄骡盯着他，"你们活着的常人，只要听我的，都可以活下来！"

中年常人道："你为什么要帮我们？"

"也许我在常人世界里待久了……"黄骡背过脸去，幽幽地叹了口气，"见不得这么多人死去……"

中年常人突然号啕大哭。

黄骡待他哭够了，方道："帮帮忙，把这个仓库中还活着的常人全部找出来，只要有希望的，一个也不要落下……"

中年常人霍地站起，加入了搜寻活人的行列。

一个时辰过去，有一百多名奄奄一息的常人被搜救出来。黄骡从飞雁手中接过熟食和热水，一一分发给他们。

恐惧的幽灵仍然在每个人头脑中游荡。

那些常人拿着熟食和热水，像看救世主似的看着黄骠。

"大家不要怕！"黄骠和气地道，"我保证，大家都能活下来！"

他们这才往口中塞东西。

中年常人站起来，走向黄骠，微微鞠了一躬："感谢！"

黄骠笑道："也感谢你帮忙搜寻出这么多活人！"

"惭愧，他们大都是我的部下！"中年常人面露羞愧之色，"我叫杨种田，原死士团第一联队联队长。"

黄骠大喜过望。

"这样就更好了！"他道，"这些常人，就由你来协助我管理吧！"

第106章 云梯

毛人部落的造械队伍很快组建起来了，除了黄骡，全部由常人组成。

云梯作坊就位于军备仓库边上，王安排毛六统一看守。

那些从军备仓库中捡回一条命的常人中有几个木匠，他们成了制造云梯的主力，黄骡又在仓库中寻来几件铁器，供他们使用。其他常人也很快学会了刨木、组装等木工活，实在什么都不会的，就在边上干一些搬木头、扶木板之类的活计。谁也不敢闲着，担心被王视为无用的废人，性命堪忧。

黄骡与这些常人朝夕相处，逐渐生出些情谊。

五天过去，这些常人竟然造出了数十架云梯，质量怎么样不敢保障，但看上去还是有模有样的。王大喜，竟然特别奖励了这些常人一些熟食。黄骡趁机向王建议，在毛人部落中组建常人军团，专门招收那些投降、被俘和走失的常人。王略加思索，竟然同意了，并任命黄骡为常人军团统领。

黄骡马上提拔了杨种田为从统领，并调侃道："原来你在死士团，不过是个联队长，现在管的人虽然少，但成了从统领，职位可是升了半级！"

杨种田并不视黄骡的话为调侃，感叹道："我不过是庄稼人，原以为会一辈子在地里寻食吃，哪知会有今日！"感激之情，溢于言表。

"王侯将相，宁有种乎？谁说庄稼人就不能当官？"黄骡也认起真来，"将来常人军团发展大了，到了几千几万人，有你光宗耀祖的时候！"

杨种田站起身来，恭恭敬敬地给黄骡行了个大礼。

黄骡连忙扶起杨种田，道："兄弟之间，不用如此客气！"

杨种田叹道："既然统领把我当兄弟，我自然也会掏心掏肺地对你！之前真没想到，毛人部落中也有统领这样的好人！"

黄骡道："常人也好，毛人也好，都是人！要是能亲同一家，没有战争就好了！"

杨种田道："相互之间，只是缺乏了解罢了！"

"正是！"黄骡道，"我们有幸相识，可以做两个种族间加深了解的桥梁！"

杨种田道："统领讲得在理！"

黄骡看似不经意道："难得兄弟同心，希望有一天，我们能一统常人、毛人两族！"

杨种田愣了愣，看来吃惊不小，见黄骡信任地看着自己，心中豪情顿起，拱手道："统领是干大事的人，种田愿意追随！"

黄骡笑笑，又格外给杨种田多分了一大包熟食。

杨种田略作推辞，就收了下来。

接下来又拉了一会儿家常。

黄骡道："老兄是怎么加入死士团的呢？"

杨种田叹了口气，道："说来惭愧，因为家穷，老婆跟人跑了，我一气之下伤了人，就被发配到死士团了。"

黄骡笑道："老兄不必沮丧！你看我毛人部落的女子如何？"

杨种田一愣，道："毛人部落的女子，虽然体格高大多毛，但容貌俏丽的也不在少数。"

黄骡道："这就对了！老兄看中了谁，我可以给你传话！"

杨种田默然无语，若有所思。

黄骡笑道："老兄可先行将就一下！将来得了天下，毛人也好，常人也好，有得你挑！"

杨种田感激涕零道："谢谢统领关怀！"

据杨种田所知，死士团的第二道城防高达十丈。云梯攻城时需斜放，但又不能高过城头，否则一推就倒，如此高的云梯怎么架、能不能架稳也是些问题。为确保效果，黄骤建议杨种田先搬一架云梯去第二道城防边试试。

杨种田犹豫不决。

他投靠了毛人部落，此时哪有脸去见昔日的弟兄？

黄骤笑道："天下是非曲直，本不好判断，也不是由哪一方说了算。倘若你去试云梯时，顺便劝降了他们，也算是救了他们的命，积了功德。倘若王同意将这些降者全部收编，我们常人军团不就迅速做大了么？"

杨种田顿时有了豪情，道："我去劝降他们，顺便试试云梯！"

黄骤道："这才是干大事的性格！"

杨种田带着十多个亲信，扛着一架云梯，走向第二道城防。

第二道城防一直由死士团第二联队、第五联队联合防守，两个联队足足有两万人。第一道城防告破之后，刘横带着五千余人撤退到此，所以这道城防现有两万五千多人。城卫们昼夜处于一级警备状态，片刻也不敢放松，杨种田等人才远远地出现在城外，城上的人就发现了他们的动向。

第五联队联队长莽夫和从联队长牛倌正在城墙上值守。

"毛人又来了！"莽夫惊道，"他们……好像扛着云梯？毛人怎么会造云梯的？"

牛倌仔细分辨了一会，叹道："这哪是什么毛人？看来我们死士团出叛徒了！"

莽夫拔出剑来，怒道："这些没有气节的东西！看我宰了他们！"

说话间，那拨人已来到城墙之下。

莽夫一声令下，城墙上的防卫齐刷刷举起弓箭。

杨种田在城下挥手高叫道："兄弟们，不要射！是我！"

莽夫这才认出杨种田来，高声道："原来是杨联队长！我们还以为你已以身殉国，都已为你开过悼念会了！"

杨种田干笑道："兄弟就这么盼望我死么？"

牛倌道："看杨联队长能如此从容地出入毛人部落，想必现在活得相当滋润？"

杨种田叹道："一言难尽！我有一封信，兄弟们一看便知！"

莽夫道："好，送上来！"

杨种田挥挥手，他身后的那些亲信连忙将云梯架上城墙，梯顶离城墙垛口保持五尺左右的距离，又晃了晃，觉得稳固了，才叫一位亲信拿着信件往上爬。

牛倌看了莽夫一眼，道："他们打得什么鬼主意？云梯都架上了，莫非要攻城？"

莽夫冷笑道："就他们几个也想攻城？我一手一个捏死了他们！且看他们玩的是什么把戏！"

片刻之后，那位信使已爬上梯顶，伸长了胳膊，将信件递给莽夫，然后又沿梯而下。

莽夫拆开信件，环顾四周："你们谁会认字？"

他身边的人都直摇头。

莽夫把信往身边的亲兵手中一塞，道："快送给刘横统领看看！"又冲楼下大声道，"杨种田，这封信是你写的吗？"

杨种田尴尬笑笑，道："自然不是！兄弟也知道我是庄稼人出身，哪里会写什么字？"

莽夫道："那是谁写的？"

杨种田道："是我的顶头上司——毛人部落常人军团统领黄骡所写！"

莽夫怒骂道："姓杨的，真是厚颜无耻，连毛人都投靠！"

杨种田道："毛人中也有好人，常人中也有十恶不赦的坏蛋！莽夫兄，我记得你好像是伤了十一个人才进的死士团！"

莽夫一时语塞，半晌方道："我……我加入死士团，是为国戍关！"

杨种田冷笑道：“你当自己是戍关的英雄，人家当你是一文不值的炮灰！死士团死了这么多人，朝廷嘉奖你们了吗？抚恤死者的家人了吗？”又大声道，“莽夫兄，听我一句话，谁都靠不住，要想别人把自己当人，自己就得先强大起来！常人也好，毛人也好，都是人，只要能为我所用，就是好人！如果莽夫兄能带着死士团投降，我保你们不死，将来我们一起干票大事业！”

莽夫叹了口气：“我今天不同你费口舌，也不射杀你！你滚回去告诉你的主人，没骨气的常人有，但是不多！那群毛都没脱干净的畜生，最好从哪儿来，就滚回哪儿去！”

杨种田见自己的亲信从木梯上下来，也不想再同莽夫多讲，拱手道了句“保重”，就拖着云梯扬长而去。

片刻之后，刘横带着秀娃和第二联队联队长夏长生匆匆上了城墙。

刘横给莽夫等人念了杨种田送来的信，内容大致和他在城下劝降时说的差不多。

刘横道：“他是如何把信送上来的？”

莽夫道：“我们没有开城门，他们搬了一架云梯来，爬上云梯才将信送上来。”

“唉！”夏长生突然叹息道。

莽夫不满地看了他一眼，“夏长生，你叹什么气啊？”

“他们竟然扛着一架云梯来送信？”夏长生道，“只怕送信是虚，测试云梯是实！如果我没有猜错，几日之后，他们改进了云梯，马上就要发动大规模的攻城战了！”

“唉！”莽夫拍了自己一巴掌，“当时也隐隐觉得奇怪，只是没有深想。”

刘横道：“后悔也没有用，该来的总是要来的！我们现在还是想想该如何防卫吧！”

夏长生道：“我们很有可能会遭受两面夹击。”

刘横道："何为两面夹击？"

夏长生道："毛人架云梯从正面进攻，飞人在半空中用石头砸。这些飞人虽然人数不多，但占据高位，威慑力很大。"

刘横道："看来，我们也要将守城的弓箭手分为两拨，一拨射攻城的毛人，一拨射天上的飞人！"

"如果不算第三联队的一万后勤机动部队，守城的只剩下两万多人，不知兵力够不够啊！"夏长生道，"中央军第九军团兵强马壮，训练有素，与我们共同驻守羊谷关，却一直按兵不动，能否去他们那儿借点兵来？"

"第九军团如何肯借兵，他们得听元帅府的……"刘横苦笑一下，转移了话题，"死士团总共还剩三万多弟兄，人虽不多，但只要心齐，借着这十丈高城，只要闭门不出，防守一两个月应该问题不大。"

夏长生叹了口气："就怕……人心不齐啊！"

刘横一惊，他心中最担心的其实正是这个问题。

"我仅从周围弟兄们的眼神中都能感觉到异样……"夏长生压低了声音，"看来杨种田做了坏榜样，他刚才在城下一番劝降，作用不小！"

刘横陷入沉思。

这几万死士的构成非常复杂，以犯了罪的社会底层居多，本身素质不高，对朝廷的信任感也弱。他们经过了几个月的训练，虽然作战能力已接近正规军队，但论意志，却是无法同正规军相比的，稍有风吹草动就会军心涣散。

"反过来想，杨种田的话为什么那么具有煽动性，也与朝廷做得不足有关啊！"夏长生继续道，"战争如此惨烈，如果朝廷能派个人来，哪怕就说上几句安抚人心的空话，也能稳定军心啊！"

"这几个月来，我每隔几天就给元帅府发封战报，极少收到回应，真是不知他们是怎么想的！"刘横想了想，道，"这样吧！我去一趟第九军团，能借到兵最好，实在借不到兵，就请辛都尉来跟大家讲几句安抚的话吧！反正辛都尉也属于中央军，死士团的弟兄们也不知他是谁派来的！"

夏长生道："这样也好过没有。"

刘横闻言，叮嘱夏长生等人守好城防，自己带着几个亲信匆匆奔赴第九军团。

刘横来到第九军团，却见营地里一片忙碌。马车拉着军用物资川流不息，军士们忙着打包裹，废弃的锅碗瓢盆扔得到处都是。

刘横觉得奇怪，拦住一位军士问道："你们要移营么？"

那军士道："还移什么营？明日就要撤退了！"

刘横惊道："撤退？撤……什么退？"

那军士懒得理他，扭头走了。

刘横马都来不及拴，径直冲向都尉大帐前，推开门。

辛都尉正在帐内，看刘横过来，微微一惊，拱手道："刘统领，我正打算去知会你，哪知道你已经来了！"

刘横怒气冲冲道："知会我什么？"

辛都尉道："第九军团刚刚接到元帅府的令函，要求我们撤到积水潭以南，参与中央军的统一布防。"

刘横踢飞了一张木凳："你们都走了，那死士团怎么办，啊？怎么办？"

辛都尉叹了口气："令函中没有提及死士团。"

刘横气得眼都红了："好，反正都是死士，反正没人管，我他妈也不管了！"

他掀开营帐，愤而离去。

辛都尉追出营帐，高声叫道："刘统领请留步！"

刘横止住了脚步。

"我知道刘统领的苦衷！"辛都尉又道，"但军令如山，上头让撤，辛某不敢不从！刚才我已给元帅府发了一封加急信，向大元帅呈明死士团所面临的困境，希望元帅府能另派支援！"

"哼，辛都尉的好意，刘某心领了！至于说另派支援之类，刘某也没作指望！"刘横直直地立在营帐外，头都没回，"想来真是好笑，几

个月前辛都尉还在力劝我修墙练兵，全力防范毛人，如今咱们俩的角色像是倒过来了，可见真正到了生死存亡之际，谁也不比谁高尚多少！"

辛都尉叹了口气，垂头不语。

刘横离开第九军团，纵马狂奔十多里，心头的怒火这才慢慢冷却。此时他心中已在思考一个重要的问题：如何向手下兄弟们解释第九军团就要撤离之事？

他放慢马步，走了几里路也想不出好办法，此时已快到统领营帐。

"刘统领！刘统领！"秀娃突然纵马朝他奔来，手中举着一封绢信，"元帅府的飞鸽传书来啦！"

刘横心中的石头落地了。

终于回信了！

原来元帅府并没有忘记死士团！

看来，元帅府给第九军团和死士团各寄了一封信。这封慰问信适时出现，简直是雪中送炭，相信能给死士团极大的鼓舞。

不，不应该仅仅只是慰问信。

这封信中应该还有如何嘉奖立功者、抚恤死伤者的内容，还有派哪支军队来增援、死士团何时撤出羊谷关的内容。

刘横颤抖着接过信，颤抖着拆开。

他快速读完那封信，激动得整个身子都开始发抖。

那封信太短了，只有两行字：竭全团之力，守到四月初！擅自撤退者，斩！如有叛逆者，斩！

语气很平静，略显冰冷。

可见写信之人，远没有刘横如此激动。

刘横胸中一阵绞痛，他躬下身子，将那封绢信扯得稀烂。

第九军团即将撤出羊谷关的消息迅速传遍了整个死士团。

就像火星突地点燃了一包干稻草，愤怒和恐惧在尚未失守的羊谷关区域内熊熊燃烧。遍地都是骂骂咧咧、衣冠不整的死士，他们瞪着血红的眼睛在山谷内咆哮，各类军械扔得到处都是。刘横一连关押了好几拨滋事的死士，仍然无法控制局势。

带兵多年，他第一次觉得自己如此无力。

大批死士在羊谷河河口一处较为宽敞的平地上聚集，要求上头给个说法，否则就要驾船离开羊谷关。那些死士也明白弃阵逃跑，必定会遭中央军围剿斩杀，但巨大的愤怒已让他们丧失了理智，哪里还管那么多？当然，理智尚存的人还是要更多一些，比如第三联队，死死地护住羊谷河河口，不让逃跑者出关。他们的行为被逃跑者视为自私之举，因为谁都乐意将河口控制在自己手中。两拨人马磨枪擦剑，内乱一触即发。刘横带着统领营的百余名亲信匆匆赶到羊谷河河口，把两拨人隔开，好说歹说，威逼利诱，那些人总算收起了兵械，但却并没有离开。

一阵急促的马蹄声由远及近，大群骑兵沿着羊谷河疾驰而来，卷起阵阵尘土。

羊谷关内能有这么大规模骑兵的，只有中央军第九军团了。

转眼间，骑兵部队已来到眼前，冲在最前面的一名校尉手举着一封绢信，高声叫道："元帅府来函，死士团全体成员听令！"

死士们齐刷刷地看着他，现场一片寂静。

"这是刚刚收到的加急信函！"那名校尉并没有念信函，只是气喘吁吁地转述道，"元帅府说了，第九军团留下一千名骑兵，协助死士团防守羊谷关，并等待中央军其他军团前来支援！四月初，羊谷关内所有人员，按计划撤退到积水潭南部休整。"

局势顿时缓和下来。

看来朝廷并没有抛弃死士团。

只要还有中央军骑兵在此，朝廷定然不会不管不顾。

在统领营的示意下，聚集在此的死士团成员慢慢散去。

刘横走到那名校尉马前，缓缓地点头，道："辛戈校尉，感谢！"

辛戈翻身下马："刘统领见外了，一家人不说感谢的话！兄弟带来的这些骑兵，全交给刘统领了！"

刘横笑道："这些骑兵，恐怕还不到五百人吧！"

辛戈苦笑道："刘统领好眼力，总共四百八十七人，自愿留守羊谷关的人，只有这么多！刚才说有一千，也是为了稳定死士团兄弟们的心！"

"兄弟够大胆！"刘横叹道，"连元帅府的令函都敢假冒！"

"真是什么都瞒不住刘统领！"辛戈叹道，"这也是没有办法的办法！刘统领从第九军团走后，我与父亲商量，他带大部队奉命撤退，我招募志愿者留守羊谷关。"

"真是难为你们父子了！"刘横道，"不知元帅府会不会责怪你们？"

"管他呢！"辛戈道，"但求心安就行！"

"好个但求心安！"刘横道，"看来我们对脾气！说起来，你与那个蒙恬还真有几分相似之处！"

辛戈笑笑："我们蓬莱毕业的，大都是这个德性。"

"欸，忘了告诉你了！"刘横道，"蒙恬那小子，竟然还没有死！"

辛戈眼中顿放异彩："太好了！我就知道，他命大！"

第二道防线以外，毛人部落。

智人指挥着一群群兽人从关外拖回一些林木，拉到常人军团负责的云梯作坊。杨种田带着亲信在第二道城防试过云梯之后，觉得有些不牢固，回来又进行了一些改进，比如将云梯适度加长，将较细的梯干换掉，并对林木接头处进行加固等。

山谷内显得一片忙碌，明显是大战前的最后准备。

蒙恬、百里乘风、李微蓝三人已在这个忙碌的山谷中混迹好几天了。因为担心露馅，雪丫安排他们与几个蒙恬曾经教过的智人孩子住在一个营帐里，如果没有特别要紧的事情，他们一般不会外出。那些智人孩子也非常喜欢他们，每天缠着他们讲常人世界的事情，听得一脸憧憬。雪丫住在自己家的营帐，与姐姐飞雁、弟弟十三、黄骡住在一起，但每天她都会瞅空来到蒙恬等人的营帐，把熟食和外头最新的消息带给他们。

这天，雪丫又带来了一些烤肉。

蒙恬尝了一口，夸道："味道不错，雪丫的烧烤手艺进步很快啊！"

雪丫红了脸，道："不是雪丫做的！是飞雁姐姐给黄骠做的，她做得太多了，我就偷偷拿了一些过来。"

"飞雁对黄骠真好！"蒙恬道，"放了好多盐巴！"

雪丫道："飞雁姐姐说，黄骠每天事情很多，很累，要多吃点。"

蒙恬道："黄骠现在忙些什么？"

雪丫道："他每天练武，在山洞里，带几个兽人进去与他对打。"

蒙恬一边吃肉，一边道："那黄骠一个搬砖的，竟然还会练武？他要是想学武，不应该找兽人，应该找智人，或者去找王啊！"

雪丫道："黄骠很厉害的！每天那些兽人都被他打得头破血流！"

蒙恬"哼"了一声："那些兽人敢还手么？"

"对了！"雪丫又道，"黄骠还带着常人，帮王造云梯！"

蒙恬停止了咀嚼："造云梯？"

百里乘风和李微蓝也甚为吃惊，三人对视了一眼。

蒙恬道："你知道他们造云梯的地方吗？"

雪丫点点头："飞雁姐姐带我去那儿找过黄骠，我们都和看门的毛六很熟。"

蒙恬收起尚未吃完的烤肉："这些烤肉我们不吃了，你现在带去给毛六。"又道，"晚上可以带我们偷偷去云梯作坊看看吗？"

雪丫道："我去跟毛六说说。"

她带着烤肉，找毛六去了。

蒙恬对营帐里的几个智人孩子道："你们能帮我去找些松脂吗？"

蒙恬以前带这些孩子玩过烧松脂的游戏，他们都认识松脂，也很乐意帮忙。

一个时辰过去，那些孩子已在羊谷关内找到了几大块松脂，乐滋滋地带回来了。

蒙恬用打火石点了一小堆火，将松脂烧融，装在一个粗木碗中。

此时天色已黑，雪丫已经回来了。

待整个山谷慢慢安静下来，蒙恬等人趁着夜色，偷偷溜出营帐，在雪丫的带领下直奔云梯作坊。

雪丫在作坊门口同毛六做了个手势，毛六只是龇了龇牙，竟然就让他们进去了。

蒙恬在路过毛六身边时，把一个皮囊塞到他手中。

皮囊中是香喷喷的高度烈酒，本来是王赏赐给黄骡的，两天前被雪丫偷偷带出来给了蒙恬。毛六还没拨开软木塞，就闻到了一阵令他飘然欲仙的气味。自从黄骡请他喝过两次酒之后，毛六对这种美味的痴迷已到了不可自拔的程度。他直接咬掉软木塞，咕噜咕噜一口气将那皮囊喝光，一阵倦意袭来，他靠着门框沉沉睡去。

毛人虽然体格强壮，但饮酒的机会太少，酒量明显还没有练出来。

作坊之内，蒙恬等人已经忙开了。

他们点着一节小小的火把，来到云梯存放处。他们先在每架云梯的梯干上找到最细的一节，然后掏出利刃，将梯干切断一半，之后在切口处淋上温热的液体松脂，加以掩饰。在每架云梯上都做完手脚，已经一个时辰过去。他们担心醉酒的毛六会醒来，吹灭了火把，蹑手蹑脚地离开。

几个人在黑暗中摸索着出门，有人突然轻轻地抓住蒙恬的手。

手掌有点粗，应该不是李微蓝。

蒙恬愣了愣，给了她一个友好的回握。

"雪丫，就这几天，我们要想办法离开毛人部落了！"他小声道，"你多保重。"

虽然心中有预感，她还是有些伤心，握着他的手慢慢松开……

毛人与常人，就像天河两岸的星星，注定只能隔河相望。

谁也抵抗不过宿命。

忙碌的山谷中，无所事事的只有那些长着黑翼的飞人。作为攻坚战的特种部队、毛人族特别邀请的贵宾，他们心安理得地享受着超常规待遇。他们不仅什么事情都不用做，而且毛人部落之王还慷慨地满足了他们的特殊嗜好——凡是他们看中的兽人，必须无条件向他们献血。兽人们不敢反抗，好在他们痛感弱，流点血对他们来说并不是什么大事。

飞人们三五成群地在羊谷关的毛人营地间行走，勾肩搭背，就像一群喝多了的酒鬼，享受着登上人生巅峰的快意。三个飞人借着夜色越走越远，一边打着饱嗝，一边走到羊谷河边撒尿。还没待他们系好裤子，突然从身后绕过来几道绳索，正好勒在他们的嘴巴上，他们想叫，却已发不出声来。

绑架者们用冰冷冷的铁刃指着他们咽喉，一个飞人还想反抗，绑架者对着他的腿轻轻踹上一脚，只听见"咔嚓"一声，顿时骨折，同时锋利的铁刃已抵住他的咽喉，划破了皮肤，微微有血渗出。

飞人们再也不敢反抗了，那个被划破皮肤的飞人吓得闭上眼睛，脸色苍白。

绑架者"哼"了一声："莫非你还晕血？"

边上的另外一个绑架者"扑哧"笑了："蒙恬你竟然还有心思开玩笑，快来帮我绑这个飞人！"

蒙恬先勒紧手上的绳索，死死地捆住那个飞人的嘴巴，不让他发声，接着又去帮李微蓝。那个被蒙恬放开的飞人，已吓得连逃走的力气都没有了。

转瞬间，三个飞人都已被捆好。

蒙恬等三人趴在飞人背上，用刀抵着他们的脖子，命令他们起飞。

飞人听不懂中央帝国的官话，但也大致明白他们想要自己干什么，在刀刃的逼迫之下，他们张开巨大的黑色翅膀，摇摇晃晃地飞到了空中。

蒙恬笑道："李微蓝，想不到你还挺沉，这飞人都快驮不起了！"

李微蓝嗔道："讨厌！"又嘟起嘴，"这毛人部落啥都没有，天天就只能吃烤肉，能不长胖吗？"

百里乘风笑道："二位知足吧！我们在这里好吃好喝近十天，竟然没有被发现，已经是万幸了！"

李微蓝道："幸亏蒙恬人缘好，雪丫妹妹愿意帮我们打掩护啊！"

"打住，打住！"蒙恬连忙道，"你们再说，我都控制不住方向了！"

"这个简单，揪左耳左转，揪右耳右转，"百里乘风笑道，"这些飞人听话得很！"

黑暗的天际边，回荡着他们的欢声笑语。

地面上有几个飞人觉得不对劲，正待要飞上去看个究竟，那笑声已远去，也懒得去刨根问底了。

转瞬间，三个飞人已飞到第二道城防上空。

城墙上的死士们惊呼着，举起手中之箭。

蒙恬高声大叫："我是蒙恬，我是蒙恬！"

死士们犹豫了一下，蒙恬等人连忙按下飞人的头，急速降落在城墙之上。

那些死士看着蒙恬等人翻身下来，天神一般朝他们走来，惊得说不出话来。

那三个飞人瞅准空子，扇动翅膀，扑棱棱飞走了。

刘横在统领大营大摆宴席，隆重欢迎蒙恬等人回来。

这一方面是因为发自内心的高兴；另一方面，他们三人安全归来，对士气也是个极大的鼓舞，这至少能说明，遇上毛人也并非只有死路一条。更何况，蒙恬等人还带回了很多与毛人部落有关的详细信息。

羊谷关第二道防线内灯火通明，彻夜狂欢。

辛戈带来的第九军团志愿军中，有不少人以前曾帮助过死士团练兵，他们主动过来给死士团成员敬酒，死士团成员马上回敬。辛戈带头，第九军团志愿军全部脱下中央军军装，小心收好之后，换上了死士团的制服。他们举杯高呼："我们也是死士，为国而战，死而无憾！"两支队伍彻底融为一体。

就连负责城墙守卫的死士们，也分到了大量美食和一点清酒。

在刘横看来，现阶段士气比纪律更为重要。

死士团士气空前高涨，他们已做好了迎接毛人发动总攻的一切心理准备。

与死士团预想的不同，毛人并没有马上发动进攻。

因为他们内部出了点乱子。

黑翼王因为自己手下的三个飞人在毛人部落的地盘上被常人劫持，非常生气，要求毛人部落之王沙达巴彻查此事，给一个交代，否则飞人族拒绝出兵。如果没有飞人族的援助，攻城战想必非常难打，沙达巴愤怒不已，责令瞟聆在整个部落内清查内奸。

负责造云梯的常人军团首当其冲就成了被怀疑对象。

瞟聆带着几个面目狰狞的兽人突然出现在云梯作坊，里面正在劳作的常人们都快被吓瘫了。

黄骡适时拯救了他们。

他向瞟聆担保，飞人被劫持的事绝对与作坊内的常人无关，并说自己已有线索，两日之内必定可以查出谁是内奸。

瞟聆"哼"了一声："好，那就等两天。"

再次死里逃生的常人们放声大哭。

黄骡在他们眼里已与救世主无异。

作坊内的喧哗声引起了毛六的不安，他吸了吸鼻子，从门外缓缓走进来。

毛六见黄骡也在里面，便问道："他们为什么……哭？"

黄骡道："他们怕死？"

"死？"毛六有些纳闷，"是什么？"

黄骡苦笑："我忘了，毛人是没有生死观的！"

毛六纳闷地摇摇头，似乎不明白黄骡在说什么。

黄骡拿出一个酒袋，晃了晃，道："你要喝酒吗？"

毛六听到"酒"字，已两眼放光，连连点头。

黄骡谆谆诱导道："死，就是在这个世界上消失，就是再也不能喝酒了。"

毛六张开嘴，脸上平生第一次露出恐惧神色。

"我们的王，沙达巴，才不在意我们的生，或者死。"黄骡脸上露出悲伤的表情，"他让毛人一个接一个地消失，再也不能享受阳光，品尝美酒。"

毛六虽然不能完全听懂黄骡的话，却因为酒，读懂了黄骡脸上的悲伤。

这种悲伤迅速感染了他，他咧咧嘴，竟然掉下一滴眼泪。

黄骡把酒袋递给毛六，和颜悦色道："不要怕，黄骡不愿意你们死去，黄骡给你酒。"

毛六接过酒袋，他没有马上就拧开软木塞往嘴里灌酒，却像个孩童一样嘤嘤地哭了。

"不要怕！"黄骡道，"你把这袋酒拿去同其他智人兄弟共享，告诉他们，黄骡可以和他们一起喝酒。"

毛六捧起酒，步履沉重地出去了。

他的脑袋里大概从来没思考过如此多的问题。

当然，他并不知道，生与死，其实是全人类经常思索的终极问题。

毛人想不明白。

常人也未必想得明白。

第107章 剑气长存

黄骡在营帐内找到雪丫。

她正和飞雁一起做烤肉,毛十三在一边吸着鼻子转来转去。

黄骡道:"雪丫今天怎么在营帐?前些天不是一瞅空就往外跑吗?"

雪丫一愣,没有答话。

飞雁道:"雪丫妹妹这两天情绪不高。"

作为毛人部落最聪慧的女子,她在语言表达上已与常人无异,且与黄骡一样,话语中带着浓浓的中都腔。

雪丫急道:"我哪有?"

黄骡"哼"了一声:"雪丫你知不知道,王赏赐给我的那箱酒怎么会少了几瓶?"

飞雁急道:"黄骡你是什么意思?难不成,雪丫妹妹会拿你的酒?"

黄骡道:"你不用着急,你听她自己说。"

雪丫顿了顿,道:"是我拿了。"

黄骡道:"拿到哪里去了?"

雪丫沉默不语。

"看来,那个叫蒙恬的常人,还没教会你如何说谎!"黄骡冷笑道,"我万万没想到,你竟把蒙恬在部落里藏了近十天!"

飞雁惊道："怎么会呢？"

"怎么不会？"黄骒道，"王令瞭聆彻查整个部落，那几个和蒙恬同帐的智人孩子已经如实交代了！"

雪丫这才惊慌起来："王会怎么处置那几个孩子？"

"还能怎么处置？"黄骒道，"大概会处死吧！"

"不！"雪丫站起来，"我去跟王说！"

"你先顾好自己吧！"黄骒道，"你不去找王，王也会来找你的！"

飞雁央求道："黄骒，你救救雪丫妹妹！"

"我也想救她，可怎么救？"黄骒叹了口气，"蒙恬绑架了飞人，黑翼王坚决找王要个说法！而且，据从常人城防上逃回来的那三个飞人说，绑架他们的蒙恬等人极可能是常人的重要人物，他们从我们毛人部落带走了大量情报，对我们很不利啊！王盛怒之下，会听谁的求情？"

"那怎么办？"飞雁眼泪都流出来了，"黄骒你想个办法吧！"

黄骒叹了口气："要说办法，也不是没有，可是……"他顿了顿，"只怕雪丫未必肯听啊！"

"她听的，她听的！"飞雁道，"只要王能饶了她，我们什么都听你的！"

"那好！"黄骒道，"倘若能把蒙恬抓回来，王也许会消气……"

雪丫一愣，连忙道："蒙恬不会回来！"

"是啊！"飞雁也道，"他都逃跑了，如何还肯回来？"

黄骒胸有成竹道："蒙恬对雪丫想必会有几分感情！如果雪丫能跪在城防前求他，没准他会出城来……"

雪丫顿时叫道："我不——"

黄骒一摊手："那我就没有别的办法了！"

飞雁道："你确定，抓到蒙恬，王就会饶了雪丫？"

黄骒道："我确定。"

飞雁突然挥起一掌，正好砸在雪丫的后脑勺上。

雪丫软绵绵倒在地上。

飞雁找到一根枯藤，流着泪将雪丫的双手绑到身后，对黄骡道："你带她去见王吧！"

黄骡叹了口气："飞雁，难为你了！"

飞雁背过脸去。

毛十三眼睁睁地看着自己的一个姐姐将另外一个姐姐打倒，隐隐觉得有些不对劲，却不知如何是好。他焦躁不安地在营地里转着圈，仰天怒吼。

蒙恬回到死士团之后，继续担任从统领一职。在他的建议下，刘横组建了死士团的最高决策机构——议事会。这个议事会包括刘横、蒙恬、辛戈、百里乘风、李微蓝、夏长生六人，这些灵魂人物的存在，大大增强了死士团的凝聚力，让羊谷关第二道防线内充满希望和生机。

日常练兵工作仍在进行，一天也没有停滞。

刘横忙于事务，没有时间教死士们习武，武功较高的也就只有蒙恬、辛戈、百里乘风、李微蓝等蓬莱弟子了。他们商议之后，决定将蓬莱武功毫无保留地教给死士团成员，只有这样才能快速提高他们的单兵作战能力。

当然，作出这个决定之后，他们还是给蓬莱监学会发了一封书信，说明缘由。

这大概是蓬莱武功有史以来第一次如此大规模地向本门弟子以外传播。

但蒙恬等人相信学监们一定会理解。

神奇的蓬莱武功让死士团成员迅速尝到了甜头，他们都能感受到自身惊人的进步，脸上均洋溢着难以置信的喜悦。此时已到三月上旬，羊谷河开始化冰，第二道防线内的人们在这短暂的休战期，感受着难得的浓浓春意。

城防的守卫并没有放松。

死士们井井有条地设防、换防，并且坚如磐石地相信，他们有力量

击退一切来犯之敌。

但大总攻迟迟没有到来。

这一天，从毛人的营地里隐隐走出几个人，慢慢向城墙方向走来。

负责守城的第五联队联队长莽夫一边紧盯这几个人的动向，一边派人紧急向统领营报告。刘横统领去第三联队视察后勤仓库了，从统领蒙恬带着辛戈、百里乘风、李微蓝等人匆匆赶来时，那几个毛人已走到了城墙之下。

"射不射？"莽夫问道。

"不要射！"蒙恬低声喝道，他的表情很严肃。

李微蓝担忧地看了蒙恬一眼，又转向百里乘风，小声道："你认出来了吗？"

百里乘风点点头。

城楼下，走在最前的那个女子，正是雪丫，她被反绑着双手。

她的身后站着五个粗壮的毛人，每人肩上都扛着一根粗大的楠木。

"这些毛人的兵器，同他们人一样粗笨！"城楼上有个守卫小声嘟囔了一句。

站在雪丫身后的那个毛人是瞟聆总管，他对着雪丫后膝弯踹了一脚，雪丫扑通跪在地上。

城楼上，蒙恬已将手握在剑柄上。

瞟聆朝城楼上看了一眼，觉察到了蒙恬的紧张与愤怒，这也许正是他所需要的。

"雪丫，你告诉蒙恬，让他下来跟我们走！"瞟聆对雪丫道，"否则，你将被处死！"

瞟聆的声音很大，蒙恬其实听得一清二楚。

城墙上一片寂静，只有风呼呼吹过的声音。

雪丫抬起头，呆呆地望着城楼，片刻之后，突然发出撕心裂肺般的呼喊：

"蒙恬，你不要下来——"

瞟聆闻言，轻轻地晃动肩上的粗壮楠木，木头一端正好碰在雪丫头上。

雪丫扑通趴倒在地上。

蒙恬唰地拔出铁剑，环顾左右道："半刻钟之后打开城门，我去会会那几个毛人！"

闻者大惊失色。

李微蓝猛地抓住他的手："你不要去！"

城楼上的死士们哗地跪下一片："请从统领不要下去！"

蒙恬大声问道："将士们，你们为什么不愿意我下去？"

一位大队长抬起头，大声道："从统领，自从毛人逼近第二道防线，这道城门就从此没打开过！如今从统领冒着生命危险，冒着破城的危险，去救一个毛人部落的女人，不怕弟兄们寒心吗？"

"毛人也是人！"蒙恬凄然笑道，"城楼下的这个女子，曾冒着生命危险，几次救活我性命，没有她，我早已死过几次了；更何况，她还向我们提供了大量与毛人部落有关的情报！于公于私，我都不能置之不理！今日若不去救她，我会对自己寒心！死士团也会因此而蒙羞！"

那个大队长羞愧地垂下头："从统领，我错了！我跟随您出城！"

其他人也齐声道："愿意跟随从统领出城！"

"那倒不必了！"蒙恬摆摆手，"蒙恬命小，守城事大！莽夫，我出城之后，如有不测，马上关闭城门，不要顾忌我性命！违令者，斩！"

莽夫抹着眼泪道："遵命！"

蒙恬转身欲走，身后有人轻声道："等等，蒙恬！"

蒙恬回过头，见李微蓝迎上来。

"我知道拦不住你！"她眼中已有泪光，"但你要答应我，一定要活着回来，好吗？"

"放心吧！"蒙恬道，"你知道我命大！"

李微蓝点点头，又道："如果可以，把雪丫也带回来，将来，我们带她去中都，一起生活。"

蒙恬笑笑，转身离去。

片刻之后，城门咣当咣当地放下了。

蒙恬手握剑柄，缓缓出城，安静地走向雪丫和她身后的那些毛人。

蒙恬在他们面前站定，初升的太阳在他右侧的脸上投下淡淡的光晕。

"瞟聆总管，如果你能放雪丫一条生路，就算蒙恬欠你一个大人情，将来蒙恬会拿一件你想要的东西来还你！"他道。

"如果我想要你的命……"瞟聆总管的中都话说得总是不标准，听上去有点戏谑的意味。

"这个……"蒙恬苦笑。

"可你的命，没有太大用处！"瞟聆总管竟然还很幽默，"相比之下，我更喜欢你身后那座城……"

"那个……"蒙恬拔出利剑，"没有可能性的！"

瞟聆轻啸一声，他身边四个毛人突然同时举起巨大的楠木，同时向蒙恬袭来。蒙恬举剑抵挡，他武功五段，战斗力二十马力，足以对付二十名全副武装的常人骑兵，却无法对付这四个普普通通的毛人，几十招之内已明显落于下风。

城楼上的死士们已按捺不住了，有些人操起武器，想下去助战。

"不可！"辛戈大声喝道，"蒙从统领即便打不过，他单身一个人，安全逃回城内的本事应该还是有的！倘若大家都冲出城去，藏在城防外的毛人大部队趁机杀过来，到时候一片混乱，就不好收场了！"

李微蓝看了辛戈一眼，没有说话，眼神中却多少有些不满。

她又看了百里乘风一眼，他却背过头去，避开了她的目光。

看来百里乘风是认可辛戈的观点的。

李微蓝无奈，转而担忧地看向城下。

战斗仍在继续，蒙恬以一敌四，目前已举步维艰，但他明显不想独自撤回城内，仍然在苦苦支撑。

而对方尚还有一人，扛着根楠木，一直在一边袖手旁观。

在城楼上的人看来，他想把雪丫带回来，已经是不可能的事了。

在重逼之下，蒙恬节节败退，一步一步被逼退到城门处。

一直在一旁观战的瞟聆突然一声尖啸，撑着楠木腾空而起，像巨猿一样蹿向城门。

"不好！"百里乘风高喝一声，"赶紧关上城门！"

门卫犹豫了一下，瞟聆已到了城门前，挥动那根粗楠木，狠狠击打城门上的铁链。他武功已达八段，臂力惊人，在他的重击之下，铁链带动整个铁门都在颤抖。

"快，关门！"百里乘风急得眼中快冒出血来，"你们听见了没有！"

门卫尚在犹豫，百里乘风一把推开他，开始亲手转动关门轮轴。

"不——"李微蓝疯了一般地冲过来，对着百里乘风又抓又咬，"百里，你想把你弟弟关在城外吗？"

百里乘风置若罔闻，一手拦住李微蓝，另一只手的关门动作一直没有停下。

一里之外的毛人部落营地，突然卷起阵阵尘烟，看来他们的大部队早已准备好，正疾驰而来。

"辛戈！莽夫！他想谋杀蒙恬！"李微蓝咬着牙哭诉，"你们快来阻止他啊！"

城楼上的所有人，都垂下头。

没有一个人过来帮助李微蓝。

好在铁门上的铁链用胳膊粗的生铁打造，极其结实，在瞟聆的数十次重击之下虽有损伤，但最终没有折断。

城门终于嘎吱一声，牢牢关上了。

李微蓝头脑中顿时一片空白。

"微蓝，不是我们不帮你！"辛戈沉痛道，"那个毛人只想把铁链击断，如果他再聪明一点，知道用粗楠木卡住城门，这道防线，就保不住了……"

李微蓝什么都没听见，只道："我要下去救他……"

辛戈闻言大惊，一把抱住李微蓝，制止道："你开不了门，无法出去的！"

李微蓝放声大哭，转而死死盯住百里乘风，"你……为什么要陷害

蒙恬……"

百里乘风默然无语,他环顾四周,找到一个大口袋,从里面翻出一截绳索来。

"百里,你听着,我知道你内心里打的是什么算盘!"李微蓝仍在怒吼,"就算蒙恬不在了,我也不会再喜欢你一丝一毫的!"

百里乘风怔了怔,微微抬起头,但眼泪还是如泉水般涌下来。

他无声地哭泣着,把绳索牢牢地系在城垛上。

"拿他人的命换取自身的安全,这就是你们儒家宣扬的舍生取义吗?"她闭着眼睛,声嘶力竭地哭嚎,"要死,你自己去死啊!"

待她在一片惊呼声中睁开眼时,那个遭她咒骂的人突然在她眼前消失了。

她愣了愣,顺着众人的眼光,扑向城楼垛口,看到百里乘风拽那根粗绳索,正嗖地向城下滑去。

蒙恬仍在拼力抵抗,他已遭受了几次重击,一直被逼到城墙边。

那四个围攻的毛人眼见就要获得胜利,他们并没有注意到,天上突然降下一人,他人还未落地,剑光已至。只听见"嗖"的一声,一个毛人已被斩倒。

其他三个毛人在这突如其来的变故前愣了愣,竟然忘了继续进攻。

蒙恬也是一愣,苦笑道:"哥哥你怎么来了?"

百里乘风的回应是举起剑,直接将剑柄击在他的后脑勺上。

蒙恬晕晕地瘫倒在地。

百里乘风迅速将绳索前端的活结套在蒙恬腰上,冲城楼上挥了挥手。

"弟弟,这根绳索还不够粗,恐怕承受不住我们两个人,你先上去吧!"百里乘风轻声对昏迷不醒的蒙恬道,"好好待她……"

他转过头,微微举起剑,静静地看向前方……

轻风吹过他的脸,卷起他的衣袍。

白衣胜雪。

他的冰风剑在阳光下焕发清光,像他的面容一样冷傲。

滚滚而来的毛人大部队，像荒原上肆意弥漫的墨汁，转瞬间将他彻底湮没……

草原上英魂永在。

剑气长存。

战争像夏日的阴云雷暴，突如其来。

数百名毛人扛着数十架云梯在前，数以万计的毛人跟在后面，一步步向第二道城防逼近。在这数万毛人之中，有一个醒目的彩色圆顶小型营帐，被木架托起，又被上百名毛人扛在肩上，营帐中正坐着一人，正是毛人部落之王——沙达巴。

一切显得井然有序。

看来这场大总攻他们蓄谋已久。

彩色营帐在离第二道城防百余丈处停下，正好位于城楼上死士团的射程之外。

黄骡、毛六等十来名亲信跟着营帐，分列两旁。

瞟聆扛着那根楠木回到彩色营帐前，垂首道："王，瞟聆未能击断城门铁链，愿意受罚！"

沙达巴瞟了他一眼，目光转向身边的黄骡，叹道："你的计划不错，只可惜执行的人不够聪明！"

黄骡亦叹道："我建议你带上楠木，是让你去卡城门的，哪知道你竟想用它把铁链击断！"

瞟聆闻言，怒愧交加，却无言以对。

黄骡对沙达巴道："好在我们还有备用方案，这些云梯马上就能派上用场了！"

沙达巴一声厉啸，云烟四起，毛人们加快脚步，举着云梯冲向城墙。

刘横统领此时已回到城防之上，他一挥手，城上顿时箭如雨下，那些奔跑的毛人，逐渐有人慢慢倒下。

但毛人实在是太多了，数十架云梯，片刻时间就已在城墙边架好。

毛人们顺着云梯蜂拥而上。

他们顶着箭雨往上爬，爬得快的，很快就可以蹿到城楼垛口处。

刘横见状，调整了战术，一方面命令弓箭手不要再射城楼下的毛人，集中全部力量，专射云梯上的毛人；另一方面，调配武功最高的死士们持长矛在云梯附近防守，倘有毛人冒着箭雨即将攻上城楼，马上用长矛将其戳倒！

这一战术调整迅速起到了效果，登上云梯的毛人一个接一个地被箭雨射杀，向地面跌落，虽然一直不停地有新的毛人补充上来，但云梯上的毛人确实越来越少，能登上城楼的毛人更是寥寥无几。

局势刚刚得到缓和，另一件不好对付的事情又发生了。

远处一片黑云飘然而来，城楼上有人高叫道："不好，飞人来袭！"

话音刚落，数百名飞人已飞到城楼上空，纷纷将手中抱着的大石块砸向城楼上的死士。

一轮突袭之后，城楼被砸得乱七八糟，死士团损失惨重。

好在飞人来回搬运石头是要时间的，趁着他们飞走的空当，刘横迅速调整兵力，抽出五千名弓箭手专门负责射击天上的飞人。

城楼上总共只有两万五千名死士，其中的两万名弓箭手负责射击，五千名长矛手负责近战，防止毛人蹿上墙。毛人和飞人同时来袭，城楼上的防御力量顿时显得捉襟见肘，刘横急令后勤部队——第三联队调配八千人登上城楼防守，剩下的两千人负责往城上运送弓箭、熟食等战略物资，同时往城下抬伤员。

飞人又扛着石头飞来了，这次迎接他们的是万箭齐发。

有的飞人身上中箭，哀号着逃走了。

剩下的飞人，将石块集中投向云梯边的弓箭手和长矛手，企图帮毛人砸开防线。他们的这一策略起到了不错的效果，云梯边一片混乱，毛人在进攻中遇到的压力顿时减轻，梯上的毛人马上多了起来。

好在飞人进攻效率不高，他们砸完石头，又飞去搬石头了，城楼上的局势再次稳定下来。

"飞人虽有空中优势，但人数不多，而且比毛人胆小，并不难对付！"辛戈对刘横道，"如果他们再来，干脆集中所有弓箭手射上一轮，一口气射杀他们百八十人，杀杀他们的嚣张气焰。"

"好，就这么干！"刘横迅速安排下去。

那群飞人终于又来了，刘横命令号手吹响防空号角，那些飞人刚刚近身，所有弓箭手同时将羽箭射向天空。这阵箭雨比上一轮密集了几倍，一些飞人还没来得及飞到城墙上方，就被箭雨击中，向地面跌落，天空到处飘零着黑羽和鲜血。那些飞人手中的石头掉落在地，倒是砸伤了不少毛人。

飞人果真胆小，少数飞人匆匆飞到城楼上方，胡乱将石头抛下，像是完成了任务，就匆匆飞走了；更多的飞人抱着石头，直接掉头就跑，一路哀号。

"哼，这群飞贼果然不经打！"刘横道。

"雇佣军嘛，也就这样了！"辛戈道，"战争既拼战力，更拼信念！"

"他们一时半会儿怕是不敢来了，集中力量射击云梯上的毛人吧！"刘横道，"这些毛都没褪干净的东西，倒是不怕死！"

但刘横估计错了。

片刻之后，那些飞人还是飞回来了。

只是这次他们放聪明了一些，飞得很高，远在弓箭手的射程之外。

"怎么办？"刘横道。

"没有办法，只能由他们砸了！"辛戈道，"不过隔这么远，城墙又这么窄，他们砸得准吗？"

那群飞人在高空中飞翔，连底下的人都看不清楚，就将石头砸下来，准头何止差了一星半点？少数石块落在城墙上，砸伤了几名死士，但更多的石块却落在了城墙之外，砸到了毛人阵营中，甚至有一架云梯都被几位飞人合力抛下的大石块砸断了。

总之，在飞人的这轮攻击中，死伤的毛人比死士团成员更多。

但飞人就是乐意这么干。

高空投石效果是差点，但自身没有风险啊！

他们盘算着，每天按约定砸完一百趟石块，就该去找沙达巴领赏金了。

话说这搬石头的活，也真够辛苦的！

简直累得腰酸背痛，明天倘若不加钱，怎么也不能再干了！

两个时辰很快就过去。毛人与死士团的这场终极对决，双方都倾其所有，以极其残酷的绞杀方式，一点点地消耗着对方的资源和耐性。

蒙恬在昏迷中醒来时，发觉自己躺在死士团的营帐里，只有李微蓝坐在他身边垂泪。他睁开眼睛，说了第一句话："我哥哥呢？他回来了吗？"

李微蓝没有答话，但蒙恬已从她的泪眼中明白了一切。

他坐起来，把头埋在双膝之后，无声地哭泣。

半晌过去，他站起来，伸出手去："把我的剑给我！"

李微蓝递上一柄铁剑，他接在手中，摇摇晃晃地走出营帐。

门外太阳正艳，明晃晃有些刺眼。

飞人像巨大的蝗虫在空中呼啸而过，在地面投下一个个身影。他们胡乱砸下的石块，时不时落在羊谷河中，溅起巨大的水花。

蒙恬挺直了身子，目不斜视地走向城楼，当他一步一步登上城墙时，心头的悲愤已完全冷却，只留下铁一般坚硬的意志和表情。

"从统领来了！从统领醒过来了！"城楼上的死士们看着他，喜极而泣，奔走呼告。

蒙恬冲他们挥了挥手，沿着城墙往前走，一路细细查看防御阵形和军事设施。

刘横、辛戈、莽夫等人听到消息，马上赶来迎接他。

"刘统领，打得精彩！"蒙恬道，"我一路过来，看到那些飞人被我们射得像蝗虫一样四处乱窜！"

"那些飞人胆子小，不足为惧！"刘横一挥手，"现在就是要集中力量对付这些攻城的毛人了！"

蒙恬看了看城楼下黑压压的一片毛人，问道："伤亡情况如何？"

刘横道："两个时辰，被射杀的毛人估计在一千左右，但我方也伤亡了上千人！"

蒙恬道："整个毛人部落有五万人左右，除去十二岁以下的孩童，能战者接近四万人，攻打第一道城防损失了三千多人，现在又损失了一千，能战者还有三万五千多人。以这个消耗速度，将这些毛人全部杀绝，至少还需要七天七夜，但以我们的防御能力，还守得住七天七夜吗？"

刘横叹了口气，四下瞧瞧，小声道："守不住！且不说士兵会疲劳，仓库里的羽箭也不多了。我已给元帅府连发了三封加急信，请求增援。但现在也只能这么打下去，看会不会出现什么转机。"

"元帅府的援兵，不知指不指望得了。"蒙恬道，"靠自己吧！"

刘横道："可有好办法？"

蒙恬道："办法是有，但是有点险。"

刘横道："说来听听。"

蒙恬道："我们三人在毛人部落时，曾溜进作坊，对这几十架云梯做过手脚，每架云梯梯干上最细的一节，都被我们切断了一半，之后又淋上松脂加以掩饰。这些毛人攻城两个多时辰了，云梯还没有断，说明云梯上站的毛人还不够多。如果我们降低对云梯上毛人的射击力度，云梯上的毛人就会越来越密集，最终就会因超出其承受极限而折断。"

"竟然如此！"刘横道，"你们在毛人部落里竟然也没闲着！"

"但这种做法的风险在于，万一云梯一直没折断，毛人攻上城来的概率就会大大增加！"蒙恬继续道，"所以，我们必须加强云梯登楼处的设防，将战斗力最强的死士全部布在那里，同时要说服他们，准备同毛人近身作战！"

"真正的难点其实也在这里！"刘横叹道，"没有多少人愿意与那些面目狰狞的毛人近身作战，且不论单兵作战力与他们相差太远，就是心理上的恐惧也很难克服！"

"所以真正的恶战，打的就是人心啊！"蒙恬也叹道。

刘横沉默不语。

这件事情的确很难抉择。

"这样做还有一个好处是节省羽箭！"蒙恬继续道，"我们本来箭就不多，省出来的箭，也不能随便乱射了！我在毛人部落时，了解到毛人虽有五万，但真正起灵魂作用的是那几千智人，我建议弓箭手的主要任务，是瞄准智人进行点射！有些智人现在已有了生死意识，他们死多了，害怕了，整个毛人部落就会变成一盘散沙！"

"就按你说的试试吧！"刘横终于下定决心，"反正也没有别的办法，死马当活马医吧！"

蒙恬领命，吩咐秀娃先将这一作战思路传达下去。

蒙恬的这个作战思路很快遭到了抵制。

各联队长、大队长纷纷放下手下战事，紧急赶往设在城墙上的前线指挥部，向蒙恬表达反对意见。

原因很简单：没有人愿意在城头与毛人贴身作战，一个主动报名的都没有。

蒙恬思索片刻，道："你们只需将各中队战斗力最强的十个人报上来，并通知他们半个时辰之后在指挥部集合！其他的事，不用你们管了！"

半个时辰之后，前线指挥部陆续来了三千人左右。

大都是那种身材结实、行事干练的汉子。

蒙恬登上一块大石头，大声道："诸位都是我们死士团的精英，之所以召集大家来此，是有一个坏消息要告诉大家！"

那些人面面相觑。

一人高声问道："不知从统领要告诉我们什么消息？"

蒙恬道："我刚才着人清点了一下器械库，我们总共只有九十万支羽箭了，目前城墙上刚好还剩下三万名弟兄……"他看着惊恐不安的部下们，面露凄惶之色，"请大家帮忙这些箭分发下去，每人三十支，射完之后，大家就撤离城防，各自逃命去吧！"

底下一片骚乱，巨大的恐惧瞬间让每个人都感到瑟瑟发抖。

刚才说话的那位汉子怒道："逃？往哪里逃？这儿离积水潭有多远？我们跑得过这些毛人吗？就算能乘船逃走，朝廷能饶得了我们吗？"他无力地指着蒙恬，泪落沾襟，"我向来视蒙从统领如天神，如今蒙从统领也要弃我们于不顾了么？"

蒙恬叹了口气："不逃，又能有什么办法呢？"

那人高声道："逃也是死，不逃也是死，反正是死，为什么要逃？"他举起手中长矛，"箭射完了，还有长枪，跟他们拼了！只要守得住城防，就还有活下去的机会！"

其他人犹豫了一下，也纷纷举起手中的武器。

"拼了！"

"拼了！"

呼喊声响彻云霄。

"好！"蒙恬大声道，"只要大家齐心，我们就跟他们拼到底！如果大家没有意见，我就把在场的三千名兄弟分成六十组，每组五十人，使长枪，全力阻击即将攻上城楼的毛人！"

那位汉子叹道："蒙从统领讲得通透，您的作战思路，我们现在已全然领悟。我们先前不愿近战，是因为害怕，想着能拖一时算一时。但弓箭射完之后，还是得与毛人近身作战。终归是痛，晚痛不如早痛，我们愿意听从蒙从统领的安排，痛痛快快一刀来个了断，是成是败，是死是活，听天由命吧！"

其余人有的高声赞同，有的沉默不语。

辛戈登上那块石头，高声呼应道："我是第九军团志愿军校尉，我愿意带领手下军士防守五架云梯！大家可把我们当作试点，如果蒙从统领的计划在我们防守的云梯上获得成功，大家再照着做也不迟！"

死士团成员闻言，纷纷点头。

蒙恬感激地看了辛戈一眼："好兄弟，谢谢！"

辛戈道："都是自己的事。"

两人合力将各项防守事宜安排妥当，并肩走在城墙之上。战事正紧，

微风轻拂，不知是谁起头，竟然同时哼起了同一首歌：

"生于斯，长于斯，蓬莱八峰，其巍峨兮！学于斯，嬉于斯，知国之重托，民生之艰兮！水流之，血流之，血脉相连，辗转梦回兮！"

慢慢地，歌声越来越响亮。

整个城墙上的死士们都开始唱这首歌，唱了一遍又一遍。

"原来他们也会？！"蒙恬道。

"我们教他们蓬莱武功时，顺带教过他们这首歌。"辛戈道。

"真好！"蒙恬道，"学监们说过，我们在哪里，蓬莱就在哪里！"

战争已经不间歇地打了三个时辰。

交战双方都已现出浓浓倦意。

按照蒙恬新的作战计划，死士团在防线上做了些调整，新组成的几十组长枪队被分派到几十架云梯前，准备与毛人近身作战。辛戈带来的第九军团志愿军组成的长枪队，被安排在了整条防线的最中间。

毛人们按照固定的节奏进攻着，他们突然觉得中间防线上的箭雨变疏了，本能地向志愿军防守的五架云梯拥过来。毛人们一个接一个地爬上云梯，城头却没有人放箭，兴许有几个毛人觉得有些奇怪，对着天空耸了耸鼻子，但他们并不习惯于深想，顺着梯子就爬上来，云梯上的毛人越来越多。

这五架云梯成了整个战场的焦点，不仅志愿军军士在云梯顶端握紧了长矛准备与毛人近身决一死战，就连在其他各梯防守的死士团成员们，也在紧张的射击之余，时不时偏头往这五架云梯处张望，希望能看到奇迹发生。

按照计划，蒙恬还在死士团中挑选了一千名箭法最高的人，组成了神射营。他们在城墙上来回走动，专挑城楼下的智人进行点射。那些智人其实很好辨认，他们穿着相对整洁的土布衣服，在大片光着胳膊、兽皮裹身的兽人中显得格外突出。

离城墙百余丈远的那顶彩色营帐中，沙达巴嗅出了一丝不对劲的气息，他指着中间的那五架云梯，问身边的黄骡："城楼上怎么不射箭了？"

黄骡道："只有一个可能，他们的箭不够用了！"

"哦！"沙达巴道，"你是这样理解的？"

黄骡笃定地点点头："战争快要结束了！"

城楼上所有人都在关注志愿军防守的五架云梯，但他们盼望的奇迹一直没有出现。也许是那些云梯的质量太好了，那么多毛人踩在上面，却一直没有折断。

已有毛人们从中间的两架云梯上直接攀上来了，近身肉搏战迅速展开，现场景象残酷得令人无法直视。辛戈亲自率领志愿军拦截毛人，浴血奋战。

附近的死士团成员看不下去了，一些意志薄弱的人转身就逃，另外一些人在第五联队联队长莽夫的带领下，操起长矛，加入到志愿军中，和他们并肩阻击。

时间慢慢过去，莽夫满脸是血地冲蒙恬大叫："从统领，快守不住了，要放箭吗？"

蒙恬的手牢牢按在剑柄上，却一直没有参战，只在一旁观望，对莽夫的呼叫声置若罔闻。

"从统领，又有两架云梯的毛人攻上来了！"莽夫的声音中带着无比的惊恐。

蒙恬叹了口气，霍地拔出利剑："放……"

他的话音未落，城墙边突然"啪"的一声脆响，一架木梯突然从中间折断，攀附在梯上的数十个毛人一起，直朝地下翻落……

蒙恬长长地舒一口气，与此同时，附近又传来两声脆响，又有两架云梯断裂了……

号兵在城墙上吹响了号角，三长两短，这正是提示所有云梯停止放箭的信号。

天空中倾泻的箭雨突然停了，毛人们起初还有些不适应，当他们明白自己终于可以自由地抬起头来观望蓝天白云时，心头本能地泛起一丝淡

淡的喜悦。那些智人太想快点结束战争了，在他们的催促之下，毛人们拥向几十架云梯，每个梯阶上都站着一个人，甚至两个人、三个人……

不远处的那顶彩色营帐中，沙达巴静静地看着前方的战事，端坐不语。

他身边的黄骠沉不住气了，疑惑道："他们怎么完全不射箭了？一连断了三架云梯，会不会有什么问题？"

沙达巴叹了口气："很明显，云梯被人做了手脚！"

黄骠道："那么，赶紧撤兵吧！"

"那倒不必了！他们喜欢进攻，就攻吧，没准真攻上去了呢！"沙达巴喝了一口茶，又叹道，"就算失败了，也不过是多死几个人而已。我们毛人部落，向来没有怕死之人。"

黄骠没有接话。

倒是他身边的毛六，本能地缩了缩身子，脸上露出些惊惧的神色。

黄骠瞟了毛六一眼，又道："今日一战，好像智人死得尤其多。"

沙达巴放下茶杯，像是在自言自语："部落里的智人，是多了一些，这样不好。"

毛六闻言，脸上的汗都滴下来了。

远处不断传来云梯"啪啪"的断裂声，那些密密麻麻攀在云梯上的毛人瞬间坠地，被摔成肉酱。

"算了，收兵吧！"沙达巴道，"攻不上去了，云梯已经断了一大半了！"

他身边的亲信闻言，尖啸一声，正在攻城的毛人们疑惑地回头张望，似乎不太理解此时收兵的决定。但他们绝对会服从王的指令，像海水退潮一样，片刻之后就撤得干干净净。跑在最前面的，正是一群衣冠整齐的智人。

沙达巴看着那些惊慌失措的智人，微微皱了皱眉。

城，守住了。

大战之后，毛人部落不知出于什么考虑，将营地后撤了五里地。

也许他们还在继续造云梯吧！

但不管怎么说，羊谷关内有了难得的短暂平静。

城楼上的死士们打开沉重的城门，清理战场。

他们还有一个很重要的任务，就是寻找百里乘风的冰风剑。

这是李微蓝特别交代的。

战争结束之后，她连续几天卧床不起，连粥都不想喝。

冰风剑最终是找到了。

那柄罕见的上器很随意地扔在一个土坡上，毛人们撤退时，只搬走了云梯。对铁器，他们不太会使用，也不敢公然表现出兴趣，因为王不喜欢他们用常人的东西。

死士们带着那柄剑回到了城墙内。

刘横、蒙恬、辛戈等人已为在连续两场战争中殉国的近两万名死士选好了墓地，就在羊谷河西岸的一个缓坡上。基本上都是衣冠冢，多半连墓碑都没有，只是把他们生前的兵器插在他们坟前。

冰风剑也在其中。

它像极寒大漠上呼啸而来的一缕冷风，冰冷而热烈，逢山过山，见冰破冰，最后在这里长驻。

它在阳光下微微泛着青光，守望着它曾经战争过的土地。

斯人不在。

剑气长存。

在蒙恬的坚持下，众人还在这片墓地的最北边立了一块小石碑，上刻"雪丫"二字。

石碑向北而立，遥望关外大漠。

"那儿是她的家！"蒙恬喃喃道，"她会魂归故里。"

第 108 章　猪骑士

帝国远洋船队一路向东行驶。

天气一直不错，三月的微风拂过水面，掀起朵朵金色的浪花。天空与海水一样，都是碧蓝碧蓝的，是能沁入到人心底的那种蓝。偶有海鸟从船顶掠过，啾啾地大声鸣叫，平添几分生机。

在这样的景致中航海，心情一般都会不错，甲板上总有人三五成群地围坐着一起晒太阳。有人手里捧着一本绢书，靠着船栏就睡着了。

对船上大多数人而言，这次航海慢慢变成了一次毫无心理负担的度假。时光仿佛走得很慢，其实仔细算来，船队出海已有十来天，走走停停，也已经向东行驶好几百里了。

有重任在肩的船队管理层就远没有普通船员那么轻松了，每经过一个岛，他们都要带人登岛实地勘察。每艘船上都有数十本名为《神药谱》的绢书，上面汇集了自上古以来的各种益寿延年、长生不老的传说，并附有数百种动植物的图片。这些图片大都是方士们根据神话故事提炼和臆想，按自己的理解绘制而成的，但此时成了船队寻找神药的主要依据。船员们在岛上采集各种奇异植物，再与书本上的图片进行对照，可惜始终一无所获。

徐福统领每到一个岛，都会带人亲自勘察，他不仅参与寻药，遇到稍大点的岛，还会对岛屿的地形地貌、面积大小、淡水情况、物种数量等进行统计，还着人分析其降雨、台风、地质等情况。他如此认真的举动引起了蓬莱学监的疑惑，食女科留院大弟子米姬不解道："又不在此长住，弄得这么细有什么用呢？"法士科科监文飞剑"哼"了一声："他想不想在此长住，就不好说了！"

蓬莱诸人除了参与寻药以外，还特别关注一项秘密任务，就是寻找《归宗谱》。每登上一个海岛，他们都会判断这座岛屿的形状与藏宝图上是否相符。为扩大搜索面，尚墨还经常令商无期带着秘密任务小组成员驾着铁甲飞车在天空飞行，俯视海面上的各个岛屿。但他们已飞过上百个岛屿，也没找到一个与藏宝图上相符的。

在远离岛屿的海面上航行时，因为没有勘察任务，众人都相对悠闲很多。

童男童女组的孩子们时常会到甲板上嬉闹，相处久了，贝壳船长看上去也没有先前那么严厉了。林默然经常来找商无期要书看，他认识的字并不多，但读书速度极快，每隔一天就来要一本。

商无期劝诫道："你慢慢看，贪多嚼不烂！"

林默然道："倘有一天我离开哥哥了，就没那么多书可看了！我先记下来，以后慢慢消化吧！"

商无期一愣，考了他几个知识点，没料到他竟然真的都硬记住了！

"你记性真好！"叶眉儿在一边甚是吃惊，又道："你平日里还要干活，哪来那么多时间看书啊！"

林默然道："我的午餐给阿胖他们吃，他们同意帮我干活，这样我就有时间看书了！"

叶眉儿甚是感动，主动给他抱了一大摞绢书来，道："慢慢看，这些书全部送给你了！"又给了他一大包牛肉，"饿了，想看书，都来找姐姐！"

林默然大喜，连声道："谢谢姐姐！"

商无期和叶眉儿都很喜欢林默然，这一路下来，闲余时光大都花在

教他读书上，偶尔也会教他点武功招式。蓬莱武功本来就是由文及武的，林默然悟性极高，虽然武功底子差，但也积累了不少心得。

此外，叶眉儿还经常拉着商无期去拜月教众住所看望向啸天夫妇。在阳光灿烂的日子，他们会和向啸天一起推着轮椅上的向夫人，到甲板上去晒太阳。虽然商无期仍然不怎么和向啸天说话，但他们的关系明显亲近了不少。时光在大船的晃晃悠悠中慢慢过去，这段平静的时光想必会成为商无期一生中最温馨的记忆。

向啸天还主动提出去看望商无期的鲁班监，他被东海龙王的千毒蛇鞭酒所伤，脸肿得像馒头，幸亏及时找第九船的周不治配了些特制蛇药，商无期又切了一小截玄木棍做药引，这才勉强将千毒蛇鞭酒的毒性压住，但要痊愈，还得再养一段时间。他们走进鲁打柴的房间，见他脸上仍涂抹着厚厚的药膏，躺在床上静养。

鲁打柴见向啸天竟然来看望自己，显得极为吃惊，挣扎着翻身坐起，颇为感动，却没与向啸天对视。

向啸天连忙扶他坐稳，又行礼道："啸天早该来看望先生，犬子能有今日，多靠先生指导、照应！"

鲁打柴眼中若有泪光闪过，半晌方用有些变调的声音吃力道："无期能有今日，该感谢蓬莱！"

向啸天也沉默片刻，叹道："是啊，幸亏他落在了蓬莱！比我教得好啊！"

鲁打柴咧咧嘴，看似开心地笑了。

有阴阳老怪在中间调解，蓬莱学院与拜月教之间的矛盾缓和了不少。尚墨甚至亲自带着几名弟子，专程来看过昏迷不醒的向夫人。

唯一美中不足的是，蓬莱学院仍然不愿意主动拿出藏宝图来，与拜月教共享。向啸天虽有不满，但心性高傲，自然不会去强求。当然，强抢之类的事，他也做不出来。他甚至都不愿意与蓬莱那些人同在一个岛上寻宝。反而是到了夜深人静时，蓬莱那些人从岛上回船入睡了，向啸天方带着二十八星宿出海，按照自己的理解，在每个岛屿上细细地搜索《归宗谱》的下落。

日子慢悠悠过去，双方能做到相安无事，其实也很是不易了。

海上的日子，也并非总是春光明媚。

这天船队就遇上了一阵罕见的大雾。

之所以说罕见，是因为它与日常见到的雾完全不同：雾区与无雾区完全分割开来，泾渭分明。仅仅一线之隔，无雾区艳阳高照，空气透明；雾区影影绰绰，打着灯笼都难看清人影。

船队直接驶入雾区，行驶了片刻，航道都很难看清，为安全起见，旗船下令船队后撤到无雾区，待雾散了再走。

但他们一连等了几个时辰，那浓雾仍未消散。

尚墨与徐福探讨道："这雾只怕是永久性的，由特殊的地理、气候条件造就。"

徐福道："有可能，就是不知道这雾区有多大，能不能绕道走？"

尚墨道："可以令商无期驾铁甲飞车，到空中去看看。"

徐福大喜，急命商无期驾车查探。

商无期约了张阿毛就要出车，叶眉儿央求着也要去，她嘟着嘴道："我还从来没有坐过无期哥哥的铁车哩！"

商无期知道她其实是担心，想到大概不会有什么风险，便笑道："那你上来吧，你本来也是秘密任务小组的成员嘛！"

叶眉儿开心地坐进铁车内。

张阿毛向她伸出手来。

"干什么？"叶眉儿嗔道，不过已从口袋里掏出一小包酱牛肉来，"就知道你会要这个，这是蛮妮做的，下次你遇到她别忘了感谢人家啊！"

张阿毛也不答话，接到手中，就往嘴里塞了一块。

商无期从五号船船舱的十一号小房间出发，先潜入水底，又浮上水面行驶片刻，最后一拉操纵杆，铁车腾空而起。叶眉儿第一次坐铁车，

吓得脸都有些白了。

张阿毛把那包牛肉递给她："压压惊吧！"

叶眉儿连连摇手："我都颠得快吐出来了！"

张阿毛哈哈大笑："商无期驾车的技术太臭！"

商无期道："飞平稳就好了！"

说话间，铁甲飞车已飞平稳，商无期钻进浓雾，看到身边的叶眉儿脸上有担忧之色，便又飞了出来，顺着雾区与无雾区的分界线飞行。飞了一个时辰，仍然不见尽头。

"怎么办？"商无期眉头紧锁，"这片雾区到底有多大啊？"

"从飞船航向与太阳的夹角来看，扣除太阳偏移的角度，这一个时辰飞船飞行了一百里，航向总共偏移了十二度左右，可以推测这雾区极有可能是个圆形区域，周长三千里左右，直径接近一千里。"张阿毛一边细细地咀嚼着牛肉，一边随口报出一串数字。

"也就是说，我们要三十个时辰才能飞完一圈？"叶眉儿道。

"算术不错！"张阿毛道，"但我们最多还能飞行六个时辰，就要回去添加可燃冰。"

"雾区中间会有什么？"商无期道，"干脆闯进去看看吧！没准我们要找的岛就要这浓雾之中！"

"也是，神器所在地，必有异兆！"张阿毛道。

商无期瞟了叶眉儿一眼，见她没有反对之意，调整航向，驶入浓雾之中。

叶眉儿一声不吭，反倒是张阿毛开始担忧了："太黑了，什么都看见啊！不会撞着什么吧？"

"放心吧，鸟都不会有一只的！谁没事会跑到这雾里来？"商无期打气道，"要是害怕，你们就闭上眼睛。"

叶眉儿扑哧笑道："我们睁开眼睛也什么都看不见好不好？"

"那不同，黑暗中睁大眼，你会更害怕！"商无期道。

"好吧！"叶眉儿果真闭上了眼，"欸，果然好多了哩！无期哥哥怎么发现这个道理的？"

商无期苦笑道："我啊，小时候怕黑，就睁大了眼睛，可是……"

他没有继续往下讲。

但叶眉儿知道他在回想什么，黑暗中，她握了握他的手。

他也轻轻地回握了她一下。

他的手很暖和。

生命中那些黑暗的记忆，就快翻过去了吧！

张阿毛突然大叫起来："啊，啊，啊——"

飞车竟穿过了浓雾区，眼前出现一片光明。

天空是湛蓝湛蓝的，海水也是湛蓝湛蓝的，宽阔的海面上，星罗棋布地布满了大大小小的岛屿。

"天哪！"叶眉儿惊叹道，"我们飞进那道雾环中间来了，好美！"

"穿过浓雾花了不到一刻钟！"张阿毛道，"这道雾环环宽大约十里。"

"也就是说，大船只需一个多时辰，就可以穿过这道雾环。"商无期补充道。

"是的，算术不错！"张阿毛道，"这地方不错，我们四处逛逛吧！"

"差不多看看得了！"商无期道，"船队还在等我们的消息哩！"

说罢，他降低了飞行高度，在附近的几个岛屿上盘旋了几圈，就再次钻进了雾环之中，向船队方向驶去。

帝国远洋船队在收到商无期等人带回的信息之后，驶入雾环之中。雾环中能见度极低，很容易迷失方向，船队特地放慢了行船速度，用了两个时辰才穿过雾环，到达环内海域。这儿离东方大陆大约一千里，之前数百年间不排除曾有沿海岛民因风暴等原因偶然到达过这里的可能，但在行船设备有限的情况下，能通过这道雾环的估计不多，位于环内的那片群岛简直就是个世外桃源。

雾环之内，每隔几里地就会遇到大大小小的岛屿，岛上生态极好，林木郁郁葱葱，如同仙境，让人立即就会联想到，如有神药，也必定在

这群岛之间。

如此想来，这儿就是目的地了！

所有船员都兴奋不已。

徐福道："这些岛位于雾环之中，只怕是我们最早发现的，干脆就叫它们雾环群岛吧！"

众皆赞同。

徐福也不急着寻药了，似乎到了这里，一切就已胜券在握。他领着船队经过一个又一个小岛，也不停留，直向群岛更深处驶去，可能是想深入了解整个群岛的概况。

两天之后，差不多已行至群岛中心地带，前方突然出现了一个超级大岛，海岸线一直延伸到远方，望不到边。

旗船上的徐福眼睛一亮，指着那岛道："这个岛颇有仙气，我们先勘察它吧！"

船队绕岛转了半圈，终于找到了一个深水港，能同时停靠几艘大船。旗船率先开进港口，其余船只逐渐靠拢过来，船与船之间通过木板连成通道；靠岸的几艘均放下舢板，搭到岸上，又往岸上抛下巨大的铁锚，系好粗粗的铁制缆绳。这样，整个船队已与岛岸完美相连。

做完这一切，天色已黑。

月亮在淡淡的海雾中升起来，月华与水光交融，美不胜收。

晚膳已经做完，借着海风散发着浓郁的香味。今天也不讲那么多规矩了，好多人端着餐具来到甲板上，一边吃饭，一边欣赏海景，无不心旷神怡。要不是船队明令禁止，可能好多人就要趁着夜色跑到海岛上去玩耍了。

徐福传下号令，今夜好生休息，明日一大早就登岛。

半夜时分，好多人被沙沙的声音惊醒。

莫非突然下雨了？

被惊醒的人往窗外望去，天空月朗星稀，分明是个好天气。好奇心强的打开房门，朝岛屿方向望去，顿时大吃一惊：月光之下的海岸线上，密密麻麻地立着一群人影，手中似乎拿着奇奇怪怪的弓箭，正往停靠在岸边的大船上射击，那沙沙的声音，原来是羽箭划破空气落在船舱上的声音。

负责值夜的船员们正在打盹，此时也被集体惊醒，高声叫道："有人偷袭！"接着又吹响了紧急号角。

徐福、尚墨、徐禄等人匆匆赶到旗船甲板之上，想看个究竟。

军务组成员已在船舱垛口站好位，准备还击，尚墨制止了他们。

尚墨从甲板上捡了一支对方射来的木箭，轻轻折断，对徐福道："这种武器没有什么杀伤力，这岛上可能只有些原始居民，我们突然来访，他们自然很警惕。"

徐禄怒道："那怎么办？难道任由他们欺负？"

"欺负倒不至于！"徐福道，"收起舷板，他们也登不了船，大家安心睡觉吧，有事明日再说！"

收了舷板，胆大的就着箭雨的沙沙声就睡着了，胆小的翻来覆去老半天，最终也睡了。

一连航行了这么多天，毕竟还是挺累。

约莫过了一个时辰，岸上的那群身影也慢慢离去。

海岸边恢复了宁静。

天亮了。

靠岸的几艘船放下舷板，徐福带着一千多人缓缓登岛，其他人在船上等候。

下船的人主要由各船军务组和航务组成员构成，有的手中拿着兵器，有的拿着测量仪器，还有的背着包裹，里面装着帐篷和各种吃食。

商无期和张阿毛早已提前起床，驾着铁甲飞车，绕岛飞行了一圈。他们降落之后，向徐福、尚墨等人报告：该岛大致为圆形，直径一百里左右，岛上有平地，也有山地，正中间竟然还有一个直径十里的大湖。

徐福大喜，情不自禁地对身边的徐禄道："那个大湖，想必是雨水集成的淡水湖，这个岛足以养活几千人！"

徐禄也面露喜色："那干脆就通知所有人都下船吧！"

"莫急！"徐福道，"还须深入到岛内，细细勘察。"又补充道，"更何况，这岛上还有主人呢！"

"哼，那些土著人！"徐禄做了个抹脖子的动作。

徐福道："看看情况再说吧，那些人不难对付。"

尚墨在不远处听到他们的对话，若有所思，却没说话。

一千多人分成近百个小组，在岛上分散开去，一边勘察地形，一边寻找神药。

商无期、张阿毛、柳吟风、果落落、叶眉儿、蛮妮同是秘密任务小组成员，他们很自然就聚到了一起。

张阿毛道："我们一大早就在空中看清了这个岛屿的形状，肯定不是藏宝图上的那个岛，还要往里走吗？"

商无期道："《归宗谱》虽然没有藏在这个岛上，但寻药也是我们的一大任务。"

"也是！"张阿毛突然来了兴致，"欸，早上看到这岛中央还有个大湖，貌似不错，我们去那儿看看吧！"

其他人一听，都表示赞同。他们沿着一条小道往岛屿深处走去，象征性地履行着寻药的职责，心却早已飞到那大湖边。

两个多时辰过去，他们在密林中穿行了四十余里，估算着已快到湖边，路却越走越宽。果落落奇道："这么偏的地方，怎么还会有人修路啊？"

柳吟风道："你忘了昨晚的那些土著人了吗？他们肯定经常在那湖边出入！"

"也是！"果落落道，"可千万别碰到他们。"

张阿毛指着她，哈哈笑道："果落落你怕了啊？"

果落落翻了个白眼："我怕伤了他们。"

正说话间，东边丛林中突然传来窸窸窣窣的声音，几人一惊，向东边望去，响声却又消失了。

蛮妮担心道："只怕那些土著人真被你们招来了！"

果落落也有点害怕，脸上却强挂着笑意，"蛮妮你还有酱牛肉吗？那些人应该不难打发。"

"不开玩笑了，我们快走吧！"蛮妮道，"我们在明处，他们在暗处，人又多，真打起来，不定谁会吃亏。"

几人加快了脚步，快速在丛林中穿过，眼前突然出现了一大片草地。

再向远方，蓝天之下，一汪碧绿的湖水已映入眼帘。

微风轻拂，空气透明，风景美得可以入画。

几人兴奋不已，齐声欢呼。

正待争先恐后地向湖边冲去，不远处的丛林中突地又响起了窸窣声，接着一群裹着兽皮的土著人从丛林中蹿出来，持着木制的刀枪弓箭，向他们冲来。

冲在最前面的那个人额头上抹着油彩，看上去威风凛凛，他的胯下还骑着……一头半人高的野猪！

"哇！"张阿毛倒吸了一口凉气，"想不到他们还有骑兵！"

"什么骑兵？"柳吟风一本正经道，"人家这叫猪骑士！"

"什么骑兵、骑士的！"果落落忍住笑，手中已抽出铁剑，"看这架势，肯定是土著王！"

"你还拔什么剑啊！"张阿毛道，"对方差不多有一千人，我们明显打不过，求和吧！"

"好！"果落落瞪了他一眼，"我们推举你做求和大使！"

"没时间开玩笑了！"蛮妮道，"他们马上就冲过来了！"

"我们跑吗？"果落落道。

"我们跑得过他们的弓箭吗？"张阿毛立马反对。

"我试试……"叶眉儿突然小声道。

"你能有什么办法？"张阿毛道，"哭鼻子在这里不顶用。"

说话间，骑野猪的那人手持一柄削得尖尖的木桩，正飞速向他们冲来。

张阿毛叹了口气，终于拔出了利剑。

商无期、柳吟风二人也早已拔出剑，与张阿毛站成一排，护住身后

三位女孩。

"无期哥哥，让我试试。"叶眉儿突然分开他们，上前几步，站到了最前面。那头野猪眼见已冲到她身前，尖硬的獠牙像匕首一样指向她。

商无期大叫一声"危险"，正要抢上前去，那野猪突然顿住脚，泥地都被它顿出了四个深深的蹄印。骑野猪的那个人惯性向前冲，差点从猪背上摔下来。他夹紧猪背，口中念念有词，催野猪快走，但那头猪固执地一动不动。

不仅如此，它看着叶眉儿，眼中慢慢散发一种奇异的柔和之光，身上的恶煞之气一扫而光。骑猪的土著王是所有土著的灵魂人物，见他不走，其他土著人也全部停下脚步。

"好神奇！"张阿毛对商无期叹赞道，"连猪都喜欢她！"

商无期一脸苦笑。

其他人也看向商无期，再也忍不住了，顿时狂笑不已。

果落落道："你还不知道眉儿会召唤术吧？"

"啊？！"张阿毛恍然大悟，"难怪无期被迷得神魂颠倒的！"

"什么呀？"果落落在一边打抱不平，"召唤术对人无效的！"

"啊，商无期不是人？"张阿毛的逻辑总是与众不同。

"算了，没法跟你说。"果落落道，"看，那头猪都跑了！"

众人看到，在叶眉儿的注视下，那头野猪缓缓转过身子，又扭头看了她一眼，才突然向远处撒腿狂奔。

那些土著见王掉头跑了，愣了愣，也纷纷追过去了。

叶眉儿回过头，脸色苍白，细汗淋漓。

商无期连忙迎上去，扶住她："眉儿，你累了吧？"

叶眉儿勉强笑笑："还好。"

"你会召唤术？"张阿毛也挤了过来。

"会一点点。"叶眉儿道，"对付一头野猪还是没问题的。"

"那你对它说了什么？"张阿毛的好奇心明显太重了。

"召唤术不是说话，而是用意念驱使它回去。"叶眉儿解释道。

"它回哪儿去了？"张阿毛仍然问个不停。

"湖边。"叶眉儿道。

"那我们还去不去湖边啊？"柳吟风插话道。

"不去了吧？"蛮妮道，"好不容易才逃过一劫！"

"去！"张阿毛道，"好不容易来了，总要看个究竟！"

众人犹豫了一会，纷纷把目光投向商无期。

"我觉得，这些土著人性子还算温和，他们之所以攻击我们，是把我们当成了入侵者。"商无期道。

"你的意思，是过去看看？"张阿毛道。

"我们过去两三个人吧！"商无期道，"其他人在这儿等着！"

"算了吧，要去一起去！"果落落道，"等在这里更怕，不定又从哪儿蹿出几个土著来！"

众人打定主意，都收起刀剑，脸上挂着和平的微笑，慢慢地向前走去。

那个大湖慢慢近了。

上千土著人在湖边的沙滩上，围坐成一个巨大的圆圈，目光虔诚，口中念念有词。那个额上涂着油彩的土著王跪在圆圈中央，他面前躺着一位身材婀娜的女人。

圆圈之外，那头野猪正趴在湖边，惬意地享受着春日的阳光。几个土著人正用木盆从湖中打水往它身上浇，还有人用木耙帮它挠痒痒。

"待遇真好！"柳吟风羡慕道，"看来，这头野猪被土著人视为神兽！"

"神兽都被你驯服了！"张阿毛对叶眉儿道，"你更厉害！"

那些给野猪浇水的土著发现了越走越近的商无期等人，哇哇叫了几句，却又安静下来，或许他们并没有把这几个外来者视为重大威胁。

"我觉得吧，"张阿毛对叶眉儿道，"他们可能觉得你跟他们的神兽关系不错，就对我们没有敌意了。"

叶眉儿强忍着笑，不去理他。

"那些人在干什么啊？"他们越走越近，蛮妮指着那些围成圈的人，小声问道。

"他们的王妃被野兽咬伤了，他们在这圣湖边为她祈祷。"果落落道。

"你如何知道？"张阿毛道。

"那个躺着的女子好漂亮！"果落落道，"她紧闭着双眼，但她穿的兽皮如此华丽，头冠上有一颗罕见的夜明珠！"

"你讲的这个事，我好像在哪本故事书上看到过。"张阿毛道。

"太阳底下没有新鲜事。"果落落道。

众人思索片刻，觉得果落落分析得颇有道理。

"果落落，你立功的时候到了！"柳吟风道，"治疗这种小伤你应该不在话下吧！"

"我身上倒是带了些大漠铁头虫粉。"果落落道，"但哪位能给他们送过去？"

众人面面相觑。

商无期道："我去吧！"

"不，无期哥哥，我去！"叶眉儿嫣然笑道，"我同那头神兽关系不错，骑着它过去，他们应该不会难为我！"

"不可以。"商无期抽出玄木棒，拦住她。

他的表情，看似毫无商量的余地。

"你们两人都去吧！"张阿毛倒是很会做和事佬，"叶眉儿可以骑野猪，商无期的这根黑棍子挺厉害，谁要不服气，你就用棍子打他！"

这听起来是个不错的方案。

至少商无期和叶眉儿都能接受。

叶眉儿转向那头野猪，片刻之后，它就放弃了令自己无比惬意的阳光和沙滩，摇摇晃晃地冲叶眉儿跑来，颠颠地撒欢。

这绝对是在场所有人生平第一次见到，竟然还有会摇尾巴的野猪。

野猪半蹲下来，叶眉儿带上大漠铁头虫粉，侧身坐到它背上。

野猪驮着叶眉儿，庄严地走向沙滩边的那个圆圈。

商无期握紧玄木棒，寸步不离地跟在它身边。

野猪吭了几声，虔诚围坐的人们发现了它，主动让开了一条缝，让它进去。

土著王回过头，诧异地看着这个骑着自己坐骑的少女，皱了皱眉头。她一点也不慌乱，目不斜视，只是微笑着，脸上散发着圣洁的光芒。

土著王站起身来，疑惑的目光中多少夹杂了一些愤怒。

但这个女孩仍然过来了，并递给他一包东西。

土著王本能地接在手中，却见叶眉儿指了指躺在地上的女子，他突然明白怎么回事了，将药包举过手顶，朝天拜了三拜，这才急急地来到女子身边，拨开她腹部上的衣饰，将药粉全部倒在血肉模糊的伤口上。

血马上止住了。

土著王面露欣喜之色。

叶眉儿骑着野猪，在那儿静静地待了近半个时辰。

奇迹终于出现了。

地上的女子突然睁开了眼睛，又过了片刻，她坐了起来。

沙滩上顿时一片欢呼。

所有的土著人手拉手，跳着奇怪的舞蹈，将蓬莱诸人围在中间。

"你们会跳这个舞吗？"张阿毛跟着手舞足蹈。

"不会。"其他人老老实实地摇头。

"我觉得好好看。"张阿毛道，"我想学学。"

"天哪！"蛮妮直摇头，"我都怀疑你是不是真的在蓬莱待过！你见过乐女科的学员们跳舞吗？"

"没见过！"张阿毛茫然摇头，"比这个舞要好，对吧？我只熟悉蓬莱的各个作坊，都不知道乐女峰怎么走。"

"理解。"果落落道。

虽然她觉得这个舞蹈实在……有些奇怪，但最终还是情不自禁地跟着跳起来。

消除了土著人的戒心，蓬莱诸人也可好生欣赏面前的湖景了。

湖面开阔，碧蓝的湖水微波轻漾，湖边还有一大片沙滩，环境极好。

果落落掬了一捧水喝，发觉果然是淡水，还有一丝清甜。有淡水的地方必有生灵，难怪这湖被土著人视为圣湖、母亲之湖。

透过湖面上的蒙蒙水雾，发觉湖心竟然还有一个小岛。

果落落指着那个小岛，问身边的一个土著女孩，"那个岛你们去过吗？"

那个女孩顿时脸色惨白，她扳下果落落的手，示意她不要指着岛说话，又夸张地打着手势，好像在说那个湖心岛上有很恐怖的东西。

两人虽然语言不通，但通过手势，果落落大致明白了她的意思，也不再去关心那个湖心岛了，只是解下背包，从里面掏出一些熟食来分给土著人。

土著王带着伤势还未痊愈的王妃过来了，吃了一块酱牛肉，圣心大悦，满脸热忱地用手回来比画。

蛮妮一头雾水，道："他在说什么？"

柳吟风道："他对你的酱牛肉大加赞赏，想聘你做他的御用厨子！"

蛮妮横了他一眼，"找打！"

"不是……不是……"有个年纪很大的土著人挤进来，结结巴巴说着腔调很奇怪的中都话，"王想请……你们……去部落……做客……"

"啊！"柳吟风大喜，握紧老人的手，"想不到这岛上还有会说中都话的人！"

"我捕鱼……风暴……吹到望海郡……十年……回来了……"那老人断断续续地说出了自己的生活经历。

商无期恍然大悟："原来你去过中央帝国！"又对其他人道，"王邀我们去做客，大家认为如何？"

"当然得去啦！"张阿毛抢着回答，"既然别人已邀请，我们若不去，只怕有失我中央帝国大国风范！"

"你想去玩玩就去呗，扯上帝国干什么？"果落落道，"你代表不了帝国！"

"好吧！"张阿毛道，"难道你不想去玩？"

"当然想去啦!"果落落道。

众人一起看着商无期。

商无期思忖道:"那就去吧,没准还能收集一些有用的信息!"

土著王欢天喜地地在前面带路,又让那会中都话的老人做翻译,带着蓬莱诸人离开圣湖,走向密林深处。

他们穿过了两道山谷,来到一个大山洞前。

王做了个"有请"的手势,欢迎蓬莱诸人进洞。

"不会吧!"柳吟风疑惑道,"王住这个山洞,会不会太简陋了点?"

洞很深,进了洞,越走光线越暗。差不多走了一百多步,突然眼前一亮,一片开阔的空地出现在众人眼前。

这片空地差不多有几里路见方,四周都是高耸入云霄的山陵。空地边的山壁被削得平平的,上面密密麻麻地凿着大大小小的岩洞,岩洞有门有窗,明显是土著人的居所。粗略一算,这些岩洞只怕有上万间,可见这个土著部落委实不小。

那位老人用中都话告诉蓬莱诸人,这儿叫岩城,是部落王都。刚才那个山洞,是通往王都的唯一明道。岩城中间有一条淡水河通过,水从上游的圣湖流出,从地下穿过高山岩洞,横穿王都之后,再从另一头的高山岩洞流出,最终汇入大海。这条淡水河叫岩城河,能解决整个王都的用水问题,其进出王都的地下岩洞,可视为王都与外界相连的两条暗道。

"你们整个部落都住这里吗?"商无期问道。

"很少一些人。"老人答道,"其他……住城外……更多……"

果落落惊叹不已:"那这个岛上到底有多少人啊?"

老人摇摇头,可能他自己也没有概念。

众人径直穿过宽阔的空地,来到对面的岩壁前。

一个宽大的岩洞出现在眼前。

老人道:"这是王的宫。"

柳吟风叹道:"果然气派!"又对果落落道,"比你们那个草原部落如何?"

果落落白了他一眼："我家要比这儿讲究！"

正要进宫，突然听到里面传来一阵嘈杂声，叽里呱啦的土著话中夹杂着一些中都话。

蓬莱诸人一愣，正要发问，突见上百个持着木制兵械的土著人将十多个人推出洞来。为首的是个身材高大、肌肉发达的年轻土著人，他举起右手给王施礼，又叽里呱啦地说了一大通。

老人对蓬莱诸人解释道："他是部落次王，在岛上抓住了十多个……探子，要杀死他们……"

蓬莱诸人的眼光其实早就投向了那几个……倒霉的俘虏身上。

俘虏也正抬头看他们。

这……真有点尴尬。

因为这些满头是血的俘虏之中，竟然有徐福、徐禄、贝壳船长、铁托等人！

武功六段的徐禄竟然也被擒获，可见这个土著部落的战斗力也不弱。

人多就是有优势。

商无期抢上前去，对王做了一番解释，在老人的翻译之下，王总算明白了，这些俘虏原来和商无期等人是一伙的。

部落王也有些尴尬，叽里呱啦地同肌肉发达的次王商议，看来是主张放了这些俘虏。

两人吵得很凶，但最终是次王做了妥协，他恨恨地看了那些俘虏一眼，带着自己的人，扭头走了。

王身边的土著人替徐福等人松了绑。

徐福拱手道："中央帝国远洋船队统领徐福感谢王不杀之恩，愿与王结盟交好！"

王听不懂他在说什么，转向身边那位老人。

老人也听不懂，有些困惑地摇摇头，用土著话道："他可能是饿了！"

王闻言，掏出一块牛肉，大方地递给徐福。

徐福接在手中，无奈举过头顶，表示感谢，又见部落王殷勤地劝自己快吃，只得咬了一小口。

张阿毛、果落落等人在一旁见状，使劲忍住笑，都快憋出内伤来。

贝壳船长在一旁狠狠地瞪了他们一眼。

第109章 分道扬镳

徐福等人被释放之后，走了两个时辰才回到船队，此时天已全黑。尚墨等人连忙前来迎接。徐福也不说话，闷闷地用过晚膳，就回房间休息了。

可第二天一清早，徐福就精神抖擞地起床了，并召集尚墨、徐禄等人在早膳房议事。

徐福对尚墨道："今日我们分头行动，尚从统领率众人在岛上寻药，我和徐禄再去一趟岩城。"

尚墨道："岩城位于岛屿腹地，颇有风险，统领需三思而后行。"

"此岛甚大，全部勘探完毕起码需要五天，如果不与这个土著部落建交，如何能安心勘探？"徐福叹道，"此行虽险，但徐福身为朝廷命官，只能迎危而上。"

尚墨道："徐统领忠心耿耿，尚墨深为折服。"

徐福道："蓬莱学员叶眉儿、商无期等人似与部落王有些交情，我想带他们一同前往。"

尚墨道："蓬莱学员理当为国效力，我会叮嘱他们跟随统领。"

用完早膳，徐福、徐禄带着商无期、叶眉儿前往岩城，贝壳船长带着数十名亲信，推着小车跟随，车上均是大包小包的礼品。

轻车熟路，一路急走，两个时辰就到了岩城。

岩洞入口处的土著人连忙去报信，片刻之后，王和王妃亲自迎了出来。

徐福奉上礼品，包括各种吃食、酒水、餐具，另有绫罗绸缎、各种成衣、铜镜等。王大喜，欣然收下，并赏赐徐福等人兽皮十张、贝壳项链五串，还有树脂颜料一盒。王妃比王更加开心，她急匆匆地回到内宫，换上五颜六色的成衣，就要去圣湖边去照影。随从提醒她，客人们还送来了一面铜镜，据说可以照影，她将铜镜捧在手中，第一次清清楚楚地看清了自己的容颜，大为吃惊，从此视为珍宝，镜不离手。

王在王宫设宴，盛情款待徐福等人，并让那个懂中都话的老人做翻译。

徐福打开甜酒桶，酌给王与王妃，两人如饮琼浆，飘然欲仙。

徐福又向王展示了各种木制工具的用途，王赞叹不已。

徐福趁机提出，希望王能让船上的人在此岛盘桓数日，作为回报，他愿意教岛民们使用这些工具。王很痛快就答应了。

小半桶甜酒下肚，王与王妃均大醉如泥，徐福送给翻译老人一件衣服和一罐蜂蜜，请他带自己去拜访次王。

次王宫位于王宫以西百丈处，门窗格局明显要比王宫小很多。

次王早已知道王在宫中宴请徐福之事，心中愤慨不已，此时见徐福等人大摇大摆来此，随手就操起了洞口的一柄木矛，对准他们。

徐福对翻译老人道："告诉次王，我们给他送来了美酒美食、绫罗绸缎。"

老人转述之后，次王脸上的敌意减弱了一些，只是从鼻子中吐出一个"哼"字。

"我知道次王对衣食这样的俗物不感兴趣！"徐福招招手，从贝壳船长手中接过一个木箱，轻轻打开，里面寒光四射。

次王盯着箱内，瞳孔骤然放大。

满满一箱铁制刀剑。

次王没有用过铁制品，但天生尚武的他本能地认出了这是些好东西。

徐福拿出一柄铁刃，对准次王手中的木矛劈下去，木矛顿时被砍成

两截。

次王看着手中的半截木矛，愣了半晌。

徐福将铁刃装入木箱，令贝壳船长呈到次王面前。

次王马上接过，抱在怀中。

徐福笑道："这些铁器，我没有给王，全部送给了次王！有了这些宝贝，次王再也不用怕王了……"

老人只翻译了前半句，后半句没敢翻译，但次王完全能明白徐福话中的意思。他脸上闪过一丝难以抑制的欣喜，抬起手，对徐福等人做了个"请进"的手势。

徐福从此成了次王宫的贵宾。

次日，徐福令各船留几人看守船只，其他人全部离船登岛。

各船航务组、军务组、童男童女组成员均扛着生活用品、日常用具、兵器、帐篷等下船。登岛之后，又划分了驻扎区域，各船开始安营扎寨，一副打持久战的准备。尚墨觉得奇怪，专程去统领营帐问道："我们在此岛驻扎多久？"

徐福道："少则几日，多则几月，得看寻药进度如何。"

尚墨道："这片海域大大小小有上百个岛屿，其他岛屿是否也得勘探一下？"

徐福道："凭直觉，我以为神药就在这个岛上。"

尚墨觉得不妥，却不便发作，正待离去，见土著次王前来拜访徐福。次王带来了几张兽皮，徐福欣然收下，又回赠了数十件铁制兵器，两人举着兵器迎光鉴赏，相处融洽。

尚墨看在眼中，若有所思，缓缓离去。

王也曾几次来访，每次都带着上百名土著随从，徐福着人教那些随从播种植物种子、织布、酿酒等，一下子将这个原始岛屿的文明程度向前拉动了几百上千年。王心甚欢，每次都在徐福的营帐中饮得醉卧不起。

寻药之事也推进得很快，几千双眼睛在这个岛屿上展开地毯式的搜索，但凡有些异象的草木都被收集起来，一一与《神药谱》上的图谱做对比，可始终没有收获。

五天下来，整个岛屿都已被翻了个透。

尚墨召集众位学监来自己营帐议事。

姬炎道："按理说，这个岛已勘探完毕，既然没有药，也该走了。"

"哼！"文飞剑冷笑一声，"这还看不出来，徐福压根就是不想走了！"

"不走？"米姬惊道，"他留在这儿干什么？"

"称王。"文飞剑冷冷道，"从这次出海的人员配置就可以看出来，校尉徐禄是他堂弟，军务组骨干都是些孔武有力、头脑简单之辈，各船船长全部堪称蠢材中的庸才，共同点就是听话，而且这些人大都来自徐福的老家——望海郡，有共同的情感纽带和利益诉求。六千童男童女，在航海和寻药过程中都帮不上任何忙，他们存在的意义就是为了延续船队香火。粮食、耕具、药品、百工一应俱全，把这八千多人往哪个合适的岛上一放，就是一个小社会，一个独立王国！徐福是借寻药之名，行称王之实！只是不知他是如何巧舌如簧，说服当今皇上的！"

"难怪徐福一路上对寻药显得并不热心，倒是热衷于做岛屿勘探。"米姬恍然大悟道，"这个岛有数千平方里，淡水资源丰富，倒真是个可以久居的地方！"

还有几位学监也早已觉得徐福动机不纯，只是未往深处想，此番听文飞剑细细分析，均觉得有理，嚷嚷着要去找徐福问个明白。

尚墨道："也的确该去催催他了！要总待在这个岛上，我们既无法完成朝廷的寻药使命，也不利于寻找《归宗谱》。"

尚墨的营帐离统领营帐约有一里地远，蓬莱众位学监一路紧走，片刻就已到达。

统领营帐前站满了手持器械的军士，尚墨觉得奇怪，正要往里闯，被站在帐前的徐禄一把拦住："且慢，统领在帐内做法事！"

尚墨道："什么法事？"

徐禄道："通仙大法！神仙将通过统领传旨众生！"

中央帝国时期，方士横行，他们信仰谶纬学说，擅长祭拜鬼神，炼制丹药，号称可以通仙。无论朝廷还是民间，都信者云集，即便有人对此抱怀疑态度，一般也不敢公然反对。尚墨虽也不太相信这个，但他所在的墨家向来有"明鬼"之主张，公然承认鬼神存在，所以尚墨无论出于墨规还是礼节，都不宜打扰徐福作法，只能在一旁耐心等候。尚墨从麻布帐门的缝隙中往帐内探去，看到徐福盘坐在营帐中央的兽皮垫上，面前摆着三个陶碗，碗中装着鸡血，身边还有一只将死未死的山鸡正在玩命扑腾。徐福将鸡血沾到自己脸上，突然往后一仰身，人就背过气去了。

营帐外差不多围了数百人，全都鸦雀无声，大气都不敢出。

过了片刻，帐内突然传来一声厉喝，非人非鬼，令人毛骨悚然。又过片刻，满脸是血的徐福突然掀开营帐，目光呆滞地走出来，眼中只见眼白，不见黑瞳，如同僵尸。营帐前的围观者吓得连连后退，紧张地盯着他，猜测他已被神仙附体。

却见徐福从长袖中抖出一张白色绢布，铺在地面的岩石上，又将手中的一碗白色液体倒在绢布上，在众人的惊呼声中，那张白布迅速变红。徐福拿起绢布，一顿一顿地念道："神仙有旨，神龙出，神药现！"

说罢，往后一仰，栽倒在地，口吐白沫，不省人事。

"唉，这种变色的小把戏，也就能骗骗傻子！"药女科留院大弟子周不治叹道，"如果愿意，我可以变出一百零八种颜色来。"说这话时，他用眼角的余光扫了扫不远处的乐女科留院大弟子李凝脂。

出海这么多天，他的心思全部在她身上。

只可惜她总躲着他，话都不愿意同他说一句。

李凝脂一直戴着一道面纱，像一堵厚厚的墙，把她和他隔开。

也像从前一样，把她和世界隔开。

徐福再次缓缓醒来时，徐禄、贝壳船长等人连忙将他扶起，坐到一张靠椅上。

徐福已恢复往常的威仪之态，问道："神仙可有旨意？"

贝壳船长道："神仙的旨意在那张绢布上写着，说是'神龙出，神药现'。"

徐福叹道："原来果真如此！近几天我总做同一个梦，梦见有一条巨龙盘踞在圣湖底下，看来要想寻得神药，只能等神龙现身了！"又道，"好在由此可见，这岩城岛上确实藏有长生不老之神药！"

众人闻言，欢呼不已。

想着航海的苦日子已到尽头，马上就能得到神药，回大陆与家人团聚，他们怎能不高兴？

蓬莱诸位学监逗留片刻就离开了。

想要揭穿徐福的阴谋，显然还不是时机。

此时他们说什么，都不会有人听的。

人们更愿意相信对自己有利的说法。

迎头泼冷水的行为，向来遭人排斥，没有市场。

次日清早，蓬莱诸位学监再去找徐福。

到了统领营帐，却见里面空无一人，连家什都搬空了。

米姬道："难道徐统领知道我们要找他，躲起来了？"

"哼！"文飞剑道，"他能躲到哪里去？"

一位军士长走过来，警惕地看着蓬莱诸人，看表情就是徐福的亲信。尚墨问他徐福统领去了哪儿，军士长答道："应土著王和次王的邀请，统领昨晚已率随从搬到岩城内居住了！"

尚墨闻言大惊，带着诸位学监直奔岩城。

中午时分，蓬莱诸位学监到达岩城，向山洞入口的土著守卫表明身份，守卫听不懂他们的语言，犹豫了半天才勉强同意向王通报。

王没有出城，只派了几名亲信跟着翻译老人出来，将蓬莱诸位学监接进去。这是尚墨等人第一次进城，看着里面浩大的岩洞建筑，均惊叹不已。那些土著人带着尚墨等人拐了几个弯，来到一个开阔的岩洞前，正要进去，里面突然迎出一人，拱起手来，满脸堆笑地同他们打招呼。

尚墨原以为他们会被带去见王，哪知王根本没打算见他们，直接着

人把他们带到了徐福的住所。他心中更添几分不快，拱手回礼道："想不到徐统领搬到这么个风水宝地来了！"

徐福道："昨晚王和次王连续来请，盛情难却，只得搬到此地。因为走得急，天又晚，便没有知会从统领，这还正准备回去和你商议哩！"

尚墨道："统领乃船队之首，愿意搬迁，当然可自行裁定，无需与尚墨商议。"

徐福哈哈大笑道："我想和你商议，把军务组和航务组所有成员都搬进岩城来！王跟我讲，岩城还有两千多孔空洞，如果我们多搬些人进来，便可随时教岩城人耕织技术，他和次王都是欢迎的！"

尚墨惊道："想不到徐统领有如此打算！如果航务组和军务组都搬进岩城，那些孩子怎么办？"

"岩城住不下那么多人啊！"徐福叹道，"童男童女组成员，可以在岩城外搭营帐居住，学习耕织技术，他们日后也要自力更生的。"

尚墨道："那还去不去勘探其他岛？"

徐福道："既然神药在这个岛上，我们还去其他岛干什么？"

尚墨忍住气，继续道："那我们何时回帝国？"

徐福道："神龙出，神药现！只等那神龙出来，我们就可以回家了啊！"

文飞剑在一边再也按捺不住，指着徐福的鼻子大骂道："姓徐的，你骗得了别人，骗不了蓬莱！这世上哪有什么神龙？你不过是想在鸟不拉屎的地方称王而已！朝廷如此信任你，你竟有如此叛逆之心！"

徐福瞟了文飞剑一眼："何时轮得上你来说话了？"

"我还不想同你说话，怕脏了嘴！"文飞剑拔出剑来，"我让这柄剑同你说话！"

"放肆！"徐福怒道，"这儿可不是你蓬莱，也不是中央帝国，这儿是岩城！"他摔了一个陶碗，一群人手持利器冲进来，其中既有帝国远洋船队军务组的人，也有赤裸着臂膀的土著人。

尚墨见状，压住文飞剑手中的剑，拱手道："徐统领消消气！徐统领的心意，尚墨已全然明白，我们这就走，不再打扰！"

徐福冷笑道："我们不过是五十步和一百步之间的区别，难道你们不是打着寻药的幌子在寻找《归宗谱》吗？"

"还是有区别的！"尚墨道，"我们的任务是寻药，寻找《归宗谱》只是顺道，二者并不冲突！而且，我们心向帝国，从无二心！"说罢，掉头便走。

"等等！"徐福道，"既然把话说开了，那我也就直说了！我们之间最好井水不犯河水，你们不管我是否想在此久居，我也不管你们去哪个岛找药寻宝！你们蓬莱只有一百多人，给你们一艘船应该够用了，其余的船就不要动了！"

尚墨没有回头，带着众人大踏步离开岩城。

按照徐福的指示，航务组和军务组成员陆续搬迁到岩城，海岸线附近只剩下蓬莱学院上百人和童男童女组的数千个营帐。徐福也并非完全不管这些孩子，时常还会派些人来，督促他们劳动，教他们种地，一旦发现有偷懒或学不会的，就劈头盖脸地打骂。他们分配到的粮食也不多，只能吃个半饱，因为徐福把船上大量的粮食都送给了土著部落王和次王。就算分配过来的粮食，也未必能吃进肚子，因为岛上还经常有些土著人过来抢他们的吃食。在这种情况下，蓬莱学院众人决定抽空教孩子们一些基本武功招式，并发放了一些兵器，号召他们自卫。即便在蓬莱的庇护下，这群孩子仍过着战战兢兢的生活。

其实，最好的防卫是离开。

蓬莱学院最终还是接受了徐福的建议，决定乘一艘船离开，前往其他岛屿寻药。完成寻药任务之后，再想办法带着这群孩子回到中央帝国。

徐福很爽快就答应了他们的要求，同意他们使用十艘大船中的任意一艘。他一直盼着蓬莱这些人赶紧离开，永远都不要回来才好。

蓬莱学院挑了五号船。

因为五号船船舱内停靠着商无期的铁甲飞车。

向啸天和拜月二十八星宿本来也都在这条船上，但徐福和尚墨前几

天带人勘探岩城岛，迟迟没有离开的意思，向啸天不愿久等，便向贝壳船长租了一艘小船，带着二十八星宿到其他小岛上寻找《归宗谱》了，也不知什么时候回来。

尚墨不想等他们了，命令五号船次日启程。

出发之前，蓬莱众人与留在岩城岛上的孩子们做了一次告别。商无期和叶眉儿走进林默然所在的营帐时，他正坐在地上看书。

叶眉儿道："你怎么把粮食放在桌面上？土著人一来，抢跑了怎么办？"

"我故意的！"林默然道，"他们抢了粮食，就不会抢我的书了。"

叶眉儿眼中有些湿润，蹲下身子："默然你害怕吗？"

"嗯，怕。"林默然道，"我会等你们回来。"

叶眉儿拍拍他的脑袋："我们很快会回来的。"

"不过……"林默然突然道，"如果你们……"

叶眉儿道："你想说什么？"

"我想请姐姐放心！"他眼中闪着亮晶晶的光芒，"即便你们……没有回来，默然和其他同伴也不会一直任由那些土著人欺负……我们会过得很好的……"

"姐姐相信你。"叶眉儿用头顶着他的额头，眼泪都快流下来了，"喜欢看书的小孩，终会拥有维护公平和正义的力量。"

商无期掏出一个纸包，递给林默然。

林默然小心翼翼地打开，里面是一小截黑色的木头。

"我把玄木棍截了一寸给你。"商无期道，"它可以治疗各种毒伤，倘若你们中有人被蛇虫咬伤，把这截玄木棍按在伤口，片刻即可治愈。"

林默然读过一些书，知道此乃无价之宝，眼中泪光闪烁，说不出话来。

商无期摸摸他的头，转身离去。

蓬莱众人在孩子们的目送中登上了五号船，因为害怕与孩子们那些夹杂着期待和恐惧的眼神对视，他们一直没敢回头。

蓬莱诸人驾驶五号船，陆续勘探了雾环群岛中的十多座岛屿，神药仍然不知下落。与此同时，尚墨命商无期等秘密任务小组成员，驾着铁甲飞车在天空盘旋，逐一寻找与藏宝图上相符的岛屿。这个事情比登岛寻药要简单得多，只需在高空俯视、比较岛屿形状即可，秘密任务小组成员干得飞快，几天下来就把雾环群岛大大小小的岛屿都看了个遍，遗憾的是仍然没有找到与藏宝图形状符合的岛屿。

难道，《归宗谱》并没有藏在这片岛屿之中？

蓬莱诸人在海上漂泊了几日，一无所获，情绪越来越沮丧。他们决定回岩城岛补充给养，随便知会徐福，准备离开雾环群岛，去勘探更远的岛屿。

回程时遇到了一场大风暴。

春光明媚的海面上突然阴风怒号，掀起几丈高的巨浪，让蓬莱人着实见识了海洋的威力，与此同时也领略到蓬莱墨士科造船技术之高妙。巨浪拍击着船体，发出群狮怒吼般的咆哮，大船虽有些颠簸，却没有一丝损坏，稳稳地行驶在波峰波谷之间。

岩城岛就要到了，尚墨迎风站在甲板上，突然发现了一些异样，他看了看身边的文飞剑、姬炎二人，见他们脸上也露出诧异之色，不仅心中一沉。

港口剩下的九艘船，竟然不见了！

尚墨令商无期驾驶铁甲飞车，载自己和文飞剑、张阿毛等人火速赶往岩城去找徐福，又令五号船全力航行，登岸后速去岩城接应。

片刻之后，铁甲飞车已赶到岩城附近。

降落之后，他们将铁车藏进一片树林之中。

下车步行几百步，他们就到达岩城山洞口，直往城内闯去，却被土著人挡住。虽然语言不通，但两族人毕竟打过很长时间交道了，通过手势比划，土著人很容易就能明白他们的意图，可好说歹说，土著人就是不让他们进城。尚墨无奈，摘下随身佩剑送给那些土著人，他们才勉强同意去给徐福传个话。

等了半个时辰，终于有人出来。

但不是徐福本人，而是他的代言人——贝壳船长。

尚墨急问道："敢问贝壳船长，停靠在码头边的九艘大船怎么不见踪迹了？"

"船啊？我也不知道啊！"贝壳船长摇头晃脑道，"昨天刮大风，那些船该不是被风刮走了吧？你们从其他海域来，有没有看到那些船啊？"

"放屁！"文飞剑怒道，"九艘船如此之大，停靠在港口中，怎么会被刮得一艘不剩？你们到底做了什么手脚，快说！"

"信不信由你啰！"贝壳船长道，"被风刮走了也好，被土著人凿沉了也好，结果都一样，反正中央帝国是回不去啰！"

"什么，你们竟然凿沉了这些船？"尚墨指着贝壳船长，一阵晕眩，浑身发抖。

商无期连忙扶住他："总学监，贝壳船长只不过是随口一说罢了！昨天风浪大，没准那些船真被浪卷走了，我这就和阿毛师兄驾铁甲飞车到空中去看看，把船都找到就是了！"

尚墨胸口仍剧痛不已，他在洞口的石头上坐下来，挥挥手，示意商无期赶紧去寻。

贝壳船长瞅了尚墨一眼，似乎有些紧张，一扭一扭地离开，进到山洞里去了。

商无期和张阿毛上了铁甲飞车，绕着岩城岛盘旋了几圈，又飞低了仔细在海面上搜索，可连大船的踪迹都没看到。

"莫非，他们真的把船凿沉了？"张阿毛道，"我们潜到水底去看看吧！"

"不会吧！"商无期惊道，"这可是中央帝国的船，凝聚着几千工匠十多年的心血啊！"

"唉，刚才尚墨总学监听说船被凿沉，只怕连死的心都有了，他一生无儿无女，这些船就是他的子女啊！但徐福、贝壳船长这些人，对这些船如果也有感情的话，那只能是厌恶，甚至是害怕！"张阿毛道，"如果没有这些大船，他们就可以在此地安心称王，再也不用担心中央帝国出兵来攻了！"

"那么，下去看看吧！"商无期迟疑了一下，同意了张阿毛的建议。

铁甲飞车下水了。

虽然商无期万分不乐意，但还是不得不面对眼前的这一幕。

九艘大船，带着盛世的骄傲与辉煌，安安静静地躺在水底，从此与它们的舞台永远告别。

这些船的底舱甲板厚达一尺以上，全用精铁打造，堪称坚不可摧。船上作坊内存放的切割工具，也都是威力极大的"蓬莱造"，用它们来凿穿甲板，想必都费了不少力气。

铁甲飞车在大船前停留了很久，一向没心没肺的张阿毛竟然流下了眼泪，哭得像个小孩子。

他一定回想起了自己在墨士峰的十五年艰辛岁月。

商无期既伤心，又犯愁。

该怎么去和尚墨总学监说这件事呢？

尚墨闻听九艘大船被凿沉的消息，几近晕厥，他颤颤地站起来，拍打岩洞口，叫嚷着要向土著王讨个说法。

在尚墨的重击之下，岩洞口碎石乱飞，满手的血溅得到处都是。

守门的土著人惊恐地看了他一眼，缩到洞内去了。

文飞剑连忙抱住尚墨，不让他继续发疯。

商无期疑惑道："看那土著王也不是恶人，怎么会做出这等绝情的事来？"

张阿毛道："必定是受了那徐福的蛊惑！"

正说话间，一大群土著从山洞口鱼贯而出，手中均拿着明晃晃的铁制刀枪，将尚墨等人团团围住。

尚墨冷笑道："真是恩将仇报，竟然用我中央帝国制造的刀枪来攻

击我等！只是不知道这些土著人的人品和武功，配不配得上这些兵器？"说罢，他动了动脚尖，将地上一根粗树枝勾起，握于手中，就要开战。

"住手！"有人走出山洞，沉声喝道。

尚墨抬起头，看到徐福和次王一起走出山洞，身后跟着徐禄、贝壳船长，以及上百名军务组成员。尚墨大声斥责道："徐福，你身为帝国远洋船队统领，该知道大船已被凿沉之事，竟然还有脸跟这群土著人搅在一起！"

"船都沉了，还有什么远洋船队？"徐福捋了捋胡须，很平静地说道，"我现在已被王封为部落太师，全面掌管岛上的耕织和军事！"

"好，好，恭喜徐太师！"尚墨气极反笑，"这荒蛮野岛上竟然出了一个太师！既然你已背叛朝廷，又有何脸面借用我中央帝国的官职体系？我不同你讲，你让你的王出来讲话！"

"部落的王就在你面前！"徐福指了指次王，笑道，"他现在是部落的新王！如果你愿意归降，我可以替你向他讨个一官半职！随便要，官名你自己定，反正中央帝国的官职体系你也熟得很！"

尚墨定睛看去，面前这位肌肉发达的次王，额上果然抹了一层厚厚的油彩。

这正是王的专属和标志。

"原来的王呢？"尚墨惊问道。

"死了。"徐福冷冷道，"新旧更替是自然规律。"

尚墨沉默了片刻。

"王的死，想必也有你的功劳！前些天我看你送次王刀剑，就隐隐觉得你会在这岛上搞出事来。"尚墨指了指抹着油彩的新王，"有你在，这个肌肉发达的家伙想必在王位上也待不了多久，再过几天，就该你往额上抹油彩了！"

徐福哈哈大笑："我是不会往额上抹油彩的！我会改变他们这种陋习！"

"真是恬不知耻！"尚墨用木棍指着徐福，"现在，我正式代表中央帝国讨伐你！"

徐禄持剑上前，刺向尚墨。

尚墨猛地一转身，已闪到他侧身，抢过手中木棍，反手击打在徐禄背上。徐禄武功六段，在军中也算高手，但军中更看重战法，不重视个人武功，加上中央帝国军纪甚严，他平时其实没有太多机会与江湖高手对战。他之前只知道尚墨武功厉害，但没料到他厉害到这个程度，仅从速度上看，尚墨就比他快太多了。仅仅一招之间，徐禄就料定自己不是尚墨对手，作为军人，他不喜欢像江湖人士那样一定要争个高下，而是迅速发挥了自己在战法上的优势。

徐禄一挥手，他身后的军务组成员一拥而上，与尚墨等人杀成一团。

尚墨武功八段，商无期已达七段，文飞剑与张阿毛都早已过了六段，人虽少，但总战斗力已达四百多马力，上百名军务组成员竟然完全不是对手，片刻便被打得落花流水。但更多的人不断从洞口拥出，既有军务组成员，也有土著人，不到半个时辰竟然聚集了数千人之多，这下蓬莱四个人再也对付不过来了，尚墨因为气在心头，还想死拼，在文飞剑等人的苦苦劝说下，方慢慢撤退。

以他们四人的武功，安全撤退并非难事，他们杀开一条血路，撤回树林中的铁甲飞车之中。

商无期发动引擎，铁车在一片惊愕的目光中冲出树林，腾空而起。

土著人望着浮在空中的铁甲飞车，如同见到神灵，纷纷拜倒在地。

尚墨坐在飞车上，看着地上蚂蚁般密密麻麻的敌人，仍然心痛不已，只恨不得把那些凿船之徒全部咬死才好。文飞剑今日表现得尤为理智，道："就算杀了他们，沉船也浮不上来！好歹我们还有一艘船，想想下一步该怎么办吧！"

尚墨叹道："也只能这样了！"

铁甲飞车朝海岸方向才飞了两三里路，突然看到地面上有一群人正从海边过来，奔向岩城。尚墨让商无期把飞车开得低一点，定睛望去，见那群人竟然是蓬莱弟子。他们登岸之后，急速徒步前来接应，只花了

一个多时辰就赶到了这里。

"糟了！"尚墨低声道，"赶紧降落！"

铁车紧急降落，停在那群人前面。

冲在最前面的正是儒士科科监姬炎，突见铁车降落，连忙止住脚步。

尚墨从铁车上下来，问道："你把人全部带出来了吗？"

姬炎道："正是！"想了想，又道，"只有鲁打柴学监因脸伤未愈，在船上养病！"

尚墨道："赶紧回到船上去！"

姬炎纳闷不已，却听文飞剑在铁车上大声叫道："再不回去，只怕最后这艘船就要落入徐福之手了！"

姬炎明白过来，连忙带领队伍往回赶。

尚墨早已登上铁甲飞车，嗖地直奔五号船而去。

尚墨没有猜错，徐福早在尚墨刚刚到达岩城山洞口时，就已密令铁托率领驻扎在岩城之外的数百名军务组成员和上千名土著武装直奔港口，准备抢船。

他早已料定蓬莱诸人情急之下，必定会倾巢出动，来岩城兴师问罪。

他虽从未带兵打过仗，但足智多谋，调虎离山之计用得极其到位。

铁托带着一千多人来到空荡荡的港口，暗自松了一口气。

徐统领，不，太师大人果真是料事如神！真是得来全不费工夫，这个世界上的最后一艘巨船，就要轻而易举被自己收入囊中。

一个人慢慢从船舱中走出来，隔断了铁托的梦想。

他的脸上还涂着厚厚的药膏。

看来上次受的蛇伤还没有好透。

他是鲁打柴。

他拎着那柄奇异的尖头斧，静静地站在那里。

面对着这一千多名对手。

"鲁学监！"铁托冲他拱拱手，"请您让开，铁托实在不愿意与您兵戎相见！"

"铁下尉不要客气！"鲁打柴道，"既然我们各为其主，你尽管下手！我对你也不会手软的！"

"鲁学监何必呢？"铁托苦口婆心地劝诫道，"您挡在这里，最终只有一死，而且改变不了任何结局！"

"你这样的人无法明白，"鲁打柴平静地道，"苟且偷生，会比死了更加难受！"

铁托对鲁打柴弯下腰，施了个礼，又退后几步，低声喝道："弓箭手，预备——"

"射"字才刚出口，却见鲁打柴突然一跃而起，沿着舣板向岸边的军务组成员飞身而来。他在空中挥动尖头斧，当当当地击落如飞蝗般袭来的羽箭，身子落入敌群之中。

他不想坐以待毙。

既然兵戎相见，那就能多杀一个算一个吧！

他武功八段，持上器尖头斧战斗力还能翻番，虽然伤痛未愈，但杀起来也毫不含糊，片刻之间，几名近身者已被尖头斧砍倒。

但对方人实在是太多了，一层一层地围上来，一点一点地消磨着他的力气。

他蛇毒未愈，其实不宜动气，也不宜使力，否则气血上涌，毒性会复发。一刻钟过去，他只觉得头昏眼花，手中的尖头斧也放慢了很多。

有人举刀"刷"的一声，在他背后拉开了一条长长的血痕。

又是一声，他胳膊上再中一剑，袖口都被血染红了。

他晃了晃，但没有倒下。

真正的战士，无论生死，都会战斗到最后一刻。

他机械地挥舞着手中的尖头斧，意识已经模糊。

他笑了笑，打起精神，全力使出了毕生所学的最精妙的武功招式。

像大考前温课的学员，一招不漏、认认真真地使出来……

就当那是人生谢幕前的最后剪影。

第110章　湖心岛

岸边的战斗眼见就要结束。

毕竟众寡悬殊。

但交战双方人数上的不对称并不能掩盖战斗本身的精彩。

长达数十丈的海岸线成了鲁打柴一个人的表演舞台。

他闭着双眼，尽情挥动手中的尖头斧，在鲜血和汗水中体验着生命的最后狂欢。而他那些没有见过世面的对手们，一边疯狂围攻，一边惊骇不已地认识到，一个人的武功原来可以如此之强，也如此之……美。

谁都没有注意到，有一艘小船，不知何时出现在海边。

船头上立着一人，静静地观望着岸上的打斗。

他的目光一直注视着鲁打柴。

脸色像三月海岸的天空，阴晴不定。

鲁打柴终于支持不住了，此时他已使完了全部的精妙招式，最后，使劲地抛出了手中的尖头斧。

该谢幕了！

尖头斧呼啸而出，绕着人群转了个数丈长的圆弧，再呼啸着向他回旋而来……

他闭上眼睛……

等待着尖头斧的亲密一击……

在爱器的热吻中死去，终归比殒命敌手要强。

但鲁打柴并没有迎来自己想象中的死亡。

海边那艘船上观战的中年人突然一闪身，卷起一阵狂风，呼地就到了鲁打柴身边。从速度上看，他比鲁打柴的尖头斧还要快出好多。

而且，他伸出手，轻轻地将尖头斧接在了手中。

这并不比接住一个数百斤的石碾容易。

鲁打柴在惊骇中睁开眼睛，却听那人轻声叹道："想死，只怕没那么容易。"

鲁打柴眼中迅速闪过一丝绝望。

"教主。"他喃喃道。

"你还知道我是教主？"那人淡淡道，突然提起鲁打柴的衣领，纵身一跃，转身便到了离人群百余丈远的地方。

方才围攻鲁打柴的那些人愣了片刻，记起自己的使命，准备登船。

一旦占据了船上的各个军事设施，这艘船就彻底属于他们。那时谁要再想从他们手中将五号船夺走，难度就非同一般了。

空中突然轰隆隆飞来一辆铁车，打断了他们的好梦。

铁车直接停落在五号船甲板上，尚墨、文飞剑、商无期、张阿毛四人从车上下来，走向艓板，持剑将那些军士和土著武装挡住。

这群乌合之众再也没有勇气进攻了，他们顶着铁托下尉的怒骂，潮水一般向远岸撤退。

事实上，真要打，他们也打不过。

五号船终归是保住了。

向啸天静静地坐在一块岩石上。

山岩之下，鲁打柴垂手而立。

他向来沉着的脸上，很罕见地出现了惶恐不安的表情。

海风轻轻吹过，周围的空气像是骤然降至冰点，冷得让人浑身直起

鸡皮疙瘩。

那群撤退的军士和土著，并没有撤太远，仍在海岸边游荡，此刻抱着看热闹的心态，慢慢围向那块岩石，不过不敢离太近，只是怯怯地看着岩石上天神一般的向啸天。

五号船上，文飞剑奇道："那些人都在看什么热闹？"

尚墨仔细观望了一会儿，也有些纳闷："看情形，是鲁学监守住了这条船！但他怎么会和向啸天在一起？"

"啊？"张阿毛兴奋起来，"我过去看看！"

尚墨瞟了他一眼："你看着船，其他人跟我过去看看！"

"好吧！"张阿毛闷闷不乐。

尚墨带着文飞剑、商无期下了船，又令张阿毛收起舢板，揣摩着那些乌合之众即便再来，也无法登船了，这才放心离开。

他们走向岩石。

"满月使，久违了！"岩石上的向啸天终于打破沉默。

"教主。"鲁打柴不敢抬头，也不知如何应答。

尚墨等人闻言，面面相觑，大惊失色。

向啸天全然没把那些围观者们放在眼里，似乎他们都只是空气般的存在。他只是看着鲁打柴，眼中满是揶揄之色："既然你已背叛神教，又有何脸面使用我神教的武功？"转而又悲愤地笑道，"不过，要不是你刚才使用这些武功，我还真认不出来，阁下原来就是我神教苦苦寻找的满月使！"

人群之中，文飞剑霍地拔出剑来："我早就觉得这姓鲁的武功异常，招式与我法士科好生相似，原来他师从向啸天，法士科武功与魔教武功兼修！这魔头竟打入我蓬莱内部十多年，不灭他何以解恨？"

尚墨按住他的手腕，示意他少安毋躁。

鲁打柴沉默良久，方抬起头，道："我没有叛教。"

最初的慌乱已从他涂满药膏的脸上慢慢消失，他接着道："想当初，我不过是沙狼部落的一介打柴郎，饥寒交迫时幸得教主收留，视为亲信，并悉心传授武功，后来又封我为神教满月使……教主待我恩重如山，我如何敢怀有二心？"

"亏你还记得当初。"向啸天道，"当初我派你去中都寻找小王子，你早已知道他下落，竟敢藏而不报！"

鲁打柴闻言，眉眼中竟依稀露出些笑意，似乎那竟是一件多么值得欣慰之事。

"十多年前，我受教主委托，潜入中都，阴差阳错被蓬莱聘为学监……"他沉浸到深深的回忆之中，"最初见到无期时，只觉得他依稀像谁，却没有深想；直到三年前魏圆通带着鼠阵潜入蓬莱，被围困在院史馆，为解围说出真相，我才知道无期原来就是小王子！但是，我几经犹豫，最终没有向教主禀报这个真相……"他顿了顿，小声道，"因为，我觉得，只有蓬莱，才能真正成就这个孩子……"

"你是说，蓬莱这些人，比我教得好？"向啸天坐在山岩上，脸上露出一丝苦笑。

类似的话，他自己曾不止一次说过。

但如果别人也真这么认为的话，想必他心中并不会太舒服。

周围的人，已隐约从他的笑容中嗅到了一丝寒意。

"也不能这么说……"鲁打柴很少显得如此笨拙，不知该如何回复。

"这个世界，真对我向某不薄！"向啸天突然纵声大笑，"无缘无故让我妻离子散暂且不说，当初我回中都探亲时带去的六大亲信——鬼风、鬼媚、鬼吹灯、魏养马、商拾粪、鲁打柴，拾粪惨死，鬼媚、养马背叛于我，双双殒命，鬼风、鬼吹灯心灰意冷，不知所往，而我最信任的打柴，竟然也欺骗了我多年！"他眼中仿佛要有烈焰射出，"老天啊，我是中了你的魔咒么？"

鲁打柴在向啸天的爆笑声中感到了阵阵刺骨的寒意，他挺了挺身子，努力让自己站直。

"鲁班监啊鲁班监，我经常在无期口中听到'鲁班监'这三个字，还专程让无期带我去探望你，当时都没认出这满头是包的鲁班监就是鲁

打柴！"向啸天叹道，"看来，做这蓬莱学监，的确要比当我神教的满月使过瘾啊！要不然你也不会乐不思归了！"

鲁打柴道："打柴之所以一直留在此处，也是为了暗中保护小王子。"

向啸天厉声道："那你几年不与神教联系，线人找到你，你也只是敷衍了事，令你随船出海，你明明已在船上，却拒不现身，这一切又如何解释！"

鲁打柴直视着向啸天愤怒的双眼。

"仍然是为了小王子！"他答道，"我希望，小小的他，能够做个简简单单的小孩子，能够简简单单地生活。"

他突然深深吸了一口气，脸上露出一丝淡淡的微笑："当然，我自己，也很喜欢蓬莱的气息。"他平静地补充道，"的确如你所想，我喜欢做蓬莱学监。"

"最后那半句，才是你的真心话吧！"向啸天的脸上竟然如此平静，谁也料不到他心中愤怒的火山在下一刻就会骤然爆发。

他吸了吸鼻子，身子就像被一股突如其来的巨大愤怒裹挟，竟难受得弯下腰。

"教主！"鲁打柴一怔，像个说错了话的孩子，冲过去想去扶他。

向啸天在内心的一败涂地中抬起胳膊，似乎想通过这个动作来阻止鲁打柴近身。

"你不要过来！"他也像个赌气的孩子，在心中恶狠狠地说道。

但鲁打柴还是冲过来了，双手已向他伸过来。

"滚！"向啸天怒不可遏推出另外一只手，与此同时，一个小小的火球从他手掌中蹿出。

砰！

火球撞在鲁打柴肩头，燃起一片巨大的火花。

火焰掌！

向啸天可能只用了一成力，但鲁打柴仍然被打了个趔趄，半个身子已经被烧燃。

事情发生得如此突然，连向啸天自己也愣住了，惊得站起身来。

"鲁班监！"人群中传来一声撕心裂肺的呼喊，商无期冲了出来，口中已带着哭腔，"鲁班监，师父，你快跑，你快跑啊！"

鲁打柴看着痛哭流涕的商无期，眼中露出慈爱之光："无期，师父命该如此！你不要恨……任何人！"

商无期完全没听见他在说什么，只是玩命扑灭他身上的火焰，又玩命把他推出人群："师父，你快跑，你快跑！"

说罢，他转过身，伸开双臂，警惕地看着向啸天，似乎要把他挡住。

向啸天叹了口气，背过身去。

背影佝偻，像是一下子衰老了十岁。

鲁打柴忍住身上的疼痛，跌跌撞撞地往前走。

商无期顿了顿，见向啸天并无继续攻击之意，转头去追鲁打柴去了。

尚墨从人群中走出来，站在向啸天跟前。

"向啸天，你手上的血腥太多，该收手了。"尚墨道。

向啸天没有回头，却道："我惩罚我的人，与你何干？"

"他不仅是你的人，也是我蓬莱的学监。"尚墨道，"他连续五年被蓬莱下院评为'最受学员欢迎的学监'，在教学方法创新方面颇有研究。"

向啸天冷笑道："即便如此，你又能如何？"

尚墨道："我并不想与你一争长短，只求你到此为止，放他一条生路。"

向啸天哈哈大笑："一个潜入你们内部的奸细，你竟然要保他！"

尚墨凛然道："这正是我与你的不同之处，也是……正邪的不同之处。"

向啸天猛地转过头，咬牙道："我平生最恨的就是你们这些道貌岸然的所谓名门正派，硬生生要把人分出正邪！"

尚墨道："世上没有正邪之分么？"

向啸天抬起手，手心已开始冒烟，缓缓道："我认为，没有正邪，只有胜负。本来我还想放过鲁打柴的，现在改变主意了。"

尚墨手按在剑鞘上，却没有拔出剑来。

"向师兄！"他突然道，"想当年，我们十六位师兄弟中，你向来最有出息，清朗英俊，洒脱自如……大嫂中毒那一日，你拥护着她，横刀立马，立在山道之上，月华之下，生死之间，谈笑自如，在我眼中宛若天神，而我等尽管占尽优势，内心却卑若蝼蚁。最初我心中是有愧的，觉得对不起你，之后十多年，一直想办法和诸位师兄妹弥补内心的罪责……但万万没想到，后来你变化如此之大，心中装满仇恨，你恨蓬莱的师弟妹，恨你身边的亲信，恨整个世界对你不公……其实我也恨过你，恨你逼死了白太儒、法万山两位师兄，也知道玄天宗其实是死于你的火焰掌，恨你的报复已远远超过了你当年所受的伤害，而师兄们的鲜血，也无法换回你的良知！有一阵子，我恨不得将你挫骨扬灰！但慢慢地，我看着你，却不恨你了！当然，我也不怕你，我只是可怜你：一个心中装满仇恨的人，永远不知道自己有多少狰狞！你就像一面镜子，告诉我，仇恨会将一个人焚烧成灰烬！那样的人，即便活着，也与死了无异！"

向啸天的手心发出一阵阵红光，火球却始终没有发出来。他颤抖着伸出手，指着尚墨道："你，你……"

突然一口鲜血，从他口中喷出，嘴唇边沾满血浆，眼睛血红，甚是骇人。

文飞剑和姬炎两人连忙上前一步，左右各一人，持剑护住尚墨，以防向啸天向他发动攻击。

尚墨轻声叹道："我只是想骂醒他。"

米姬和千井樱织两位女弟子也抢上前来，站在尚墨身后。

米姬小声对千井樱织叹道："没想到尚墨总学监口才如此好。"

千井樱织道："能说的人，不是因为口才好，而是因为心胸开阔。"

出乎所有人的意料，向啸天最终没有发起进攻，反而是他手心的火光越来越弱，直至消逝不见。

他长叹一声，在一块石头上坐下来，垂下头，不再理会任何人。

一位英姿飒爽的青年男子慢慢走近向啸天，拱拱手，淡然道："心中有结，必生恨意。也许向师伯的心结，师侄可以解开。"

向啸天充耳不闻。

尚墨看清来者，低声斥道："不治师侄，快快回来！"

青年男子正是药女科留院大弟子周不治，尚墨知他行医爱走险招，不愿他离向啸天太近，担心惹怒了这个大魔头，性命堪忧。

周不治没有理会尚墨的警告，继续道："不治刚才受了些启发，或许有办法治好师伯母的病了！"

向啸天猛地抬起头来，血红的眼睛凝视着周不治，良久方道："此话当真？"

周不治犹豫片刻，坚定地点点头："至少有八成把握！"

"好，好！"向啸天四处环顾，沙哑着喉咙道，"有笔吗？立下字据！"

有人怯生生地递过墨笔和绢纸来。

"好，好！"向啸天道，"谁愿意做中间人？"

尚墨黑着脸，瞪了周不治一眼，明显是怪他引火烧身。

周不治也不知道向啸天会如此较真，只是苦笑。

向啸天站起来，沙哑着喉咙，继续道："有谁？有谁愿意做中间人？"

尚墨装作没有听见，其他人当然更不会出声。

远处突然闪过一白一黑两团影子，快速落入人群之中，原来是阴阳老怪和仇不弃到了。同时听到阴阳老怪的声音："老怪我最喜欢做中间人了！"

他站稳脚跟，又瞅了周不治一眼，疑惑地问道："娃娃你行不行啊？"

仇不弃道："向啸天正是担心他不行，才要立字据的嘛！"

周不治苦笑道："既然要立字据，中间人也有了，那就试试吧！"

向啸天提起笔，在绢纸上写道："如果能治好内人情毒，愿以火焰掌绝技相授！"

阴阳老怪鼓掌道："这可是一份大礼！"

仇不弃道："如果治不好，该当如何？"

向啸天叹了口气，对周不治道："年轻人，感谢你一片好心！如果……治不好，我也不怪你。"

阴阳老怪又鼓掌道："好一个'不怪你'！这可不像是从向啸天口

里说出来的话！"

尚墨最初也是一愣，后来拈着胡须，舒了一口气。

周围突然哗哗地响起了一片掌声。

商无期在岛上四处寻找鲁打柴。

山林茂密，鲁班监不见踪影。商无期一路往岛屿深处走去，路上竟遇上了上百名蓬莱弟子，他们正在姬炎的带领下，急匆匆赶向海边的五号船。

听闻五号船已保住，众人都松了一口气。

又听闻鲁班监受伤失踪，柳吟风、果落落、叶眉儿、蛮妮等原五班学员也不去海边了，他们跟着商无期，去寻鲁班监。

几人焦急地搜寻了近一个时辰，不知不觉中也来到圣湖附近。

"我去湖边喝口水。"又渴又累的柳吟风道。

"我也去。"果落落道。

众人跟着柳吟风，走到湖边。

"看！"果落落突然指着岸边的一物，大声叫道。

众人定睛望去，突然心中一冷。

那随意扔在湖边的物件，竟然是鲁班监的一只麻鞋。

"鲁班监！"

"鲁班监！"

商无期等人在岸边一阵呼喊，回应他们的，只有冷飕飕的湖风，让他们心中一下降到冰点。

"莫非，鲁班监落水了？"柳吟风像是在梦呓。

"胡说！"果落落立马否定了他的判断。

"他被烧成重伤，肯定想到湖水中浸一浸的……"没料到商无期认同了柳吟风的观点，并刷地脱下外套，又将脚上的鞋抛到一边，"我下水去寻他！"

"你如何寻得到？"叶眉儿惊叫道，"而且，水这么凉！"

"那怎么办？"商无期红着眼睛，冲叶眉儿怒吼道。

叶眉儿吓得微微后退了半步。

她并没有生气，只是微微叹了口气："无期哥哥，你不要着急，先把铁甲飞车开来，下湖去寻鲁班监，岂不是更方便一些？"

"是啊，我们有铁甲飞车……"商无期眼中闪过一丝亮光，却又马上黯淡下来，"早知道我就开着铁甲飞车来了！"

天边突然传来一阵隆隆声。

众人抬起头，见那辆铁车已出现在他们上空。

原来，姬炎带着蓬莱弟子们赶到海边之后，五号船彻底无忧，张阿毛就开着铁甲飞车来寻商无期等人了。

众人同时重重地舒了一口气。

铁甲飞车快速降落，稳稳地停靠在湖边。

商无期等人上了铁车，对张阿毛简单说明了事由，张阿毛点点头，嗖地一下就把铁车开到湖面上去了。

铁车逐渐下沉，商无期目不转睛地盯着水晶棱镜折射显示屏，柳吟风等人则将眼睛贴近铁车窗口，仔细在水底搜索。

商无期寻思，鲁班监如果下了水，肯定就在近岸水域，但搜索片刻，完全不见踪迹。

湖面很宽，水底竟然不是静态的，有细细的水流来回穿梭。既然不是静水，他们决定扩大搜索面。张阿毛精于造械，对水流、风向等也颇有研究，他细细辨别水的流向，顺着水流将铁车越开越远。

半个时辰过去，仍然没有收获。

众人心底一阵阵发紧。

有一句话都不敢说出来：此刻即便能找到鲁班监，只怕他已……

但即便如此，他们也不想放弃搜索。

铁车的水晶棱镜折射显示屏上突然出现一大团黑影。

"莫非我们已快到对岸了？"柳吟风道。

"这团黑影不是对岸，应该是湖心岛。"张阿毛道。

"啊，那个湖心岛啊？"果落落道，"那些土著居民都很少去的，似乎说那岛上有很恐怖的东西！"

"我们去吗？"蛮妮有些害怕。

"湖底暗流好像都是从湖心岛出来的，最后又流向湖心岛。"张阿毛道。

"那就去看看吧！"商无期作出了决定。

"好嘞！"张阿毛马上赞同。

他对一切神秘的未知领域都充满好奇。

铁车沿着水流慢慢接近湖心岛，又绕着它行驶了小半圈，发觉水流越来越急，岛岸边的水底出现了一个一丈见方的岩洞。那个岩洞像是具有很强的吸引力，水流夹杂着水草，被缓缓吸入洞中。

"鲁学监……会不会也被吸到这个岩洞中去了？"张阿毛心直口快道。

没有人应话。

"进去看看？"商无期征求其他人的意见。

"这个洞不大，铁车刚好能通过，但不知有多深，里面有没有足够的空间供铁车掉头。"张阿毛道，"倘若空间不够，铁车很容易卡在里面……"

车内一片寂静。

蛮妮和果落落两人已面色苍白。

"这样吧！"商无期打破了沉默，"我们只进去少量人，其他人在岛岸上等候。"

叶眉儿抓住商无期的胳膊："倘若哥哥进去，眉儿也进去。"

她的意思是，要真有什么事，那也在一块儿。

柳吟风道："我也进去。"

果落落道："那我也去。"

蛮妮道："那我也进去吧，一个人待在岛岸上，也怪吓人的！"

"哈哈，这一幕还真有点似曾相识。"柳吟风努力缓和气氛，"我感觉回到了东帝城的蛇阵洞口。"

"是啊！"果落落笑道，"那时候我们什么都不怕，现在年龄越大，武功越高，好像越胆小了哩！"

"都怪张阿毛，总是吓大家！"蛮妮也笑道，"一个小水洞，有什么好怕的，把车开进去吧！"

张阿毛头顶却冒出细汗来，认真道："我说的，都是真的。"

铁车仍然在洞口盘绕，果落落突然指着洞口，大叫道："看，那是什么？"

"别一惊一乍的，什么是什么呀？"蛮妮抱怨道。

商无期看着果落落手指的方向，顿时眼前一亮，急忙催促张阿毛将铁车再开近一些。

那个洞口边立着一块平滑的黑石，约有五尺来高，上面刻着一只乌龟的图案。

"啊？莫非……"其他人看清图案之后，纷纷惊呼不已。

他们同时想起了那幅《归宗谱》的藏宝图。图中央是个山峦小岛，岛下画有一条暗道，表明是通往藏宝点的路径，而暗道的起点处，正好画着一只乌龟的图案。

与这个图案一模一样。

莫非，这儿竟然是藏宝的暗道口？

几个人又惊又喜，愣了半晌，说不出话来。

"莫非，这个湖心岛，才是真正的藏宝之岛？"商无期道。

"藏宝图上没有比例尺，我们也不知那藏宝岛到底有多大，一直以为它是一座普通的海岛，哪料到会是这么一个小小的湖心岛啊！"张阿毛道。

"是啊，我们几次驾铁车从这湖心岛上空经过，也没注意看看它的形状。"商无期道。

"那现在就飞到空中去看看吧！"张阿毛道。

还没待商无期应声，他已快速将铁车浮出水面，在湖面上滑行一段，一拉操纵杆，铁车离开湖面，升到了半空中。

他们摊开随身携带的藏宝图，晃悠悠地绕岛飞行，内心的喜悦无以言表。

这个小小的湖心岛，形状竟然与藏宝图上的岛屿一模一样！

"看来，这个湖心岛才是师祖曾经来过的蓬莱岛！"张阿毛急道，"《归宗谱》马上就要到手了，我们快下去吧！"

"不，回去！"商无期道，"先禀报尚墨总学监！"

"好，你想得周全！"张阿毛让铁车在空中拐了个弯，朝湖岸方向驶去。

片刻之后，他们已到达刚才下水的湖岸边，看到那儿密密麻麻地站着好多人。张阿毛降低了飞行高度，仔细辨认一下，道："都是我们蓬莱的人，原来他们也来湖边寻我们了！"

铁车一个俯冲，快速在湖岸边降落，吓得几位胆小的女学员一声惊叫。

尚墨正好在附近，他大踏步向铁车走来，一边训斥道："你们这么猴急干什么？撞着人怎么办？"

车门开了，商无期等人从铁车中冲出来，看着尚墨，激动得语无伦次道："总学监，总学监……"

尚墨看着这群脸色潮红的孩子，有些感动，缓缓道："我知道你们担心鲁班监，头脑一热，就鲁莽地下水去寻他……"

商无期突然看到尚墨身后的人群中，出现了一张再熟悉不过的面容，他愣了愣，迎了过去。

"鲁班监！"

"鲁班监！"

其他几人也欢呼雀跃地迎了过去。

"你们的鲁班监的确下过圣湖，但不过是在湖水中泡了个冷水澡，就在岸边的草丛中睡着了！我们发现了昏迷不醒的他，上了创伤药，他已经好多了，正准备把他架回去哩！"尚墨在一边解释道。

鲁打柴在两位学员的搀扶下，勉强能站稳。

他摸着商无期、柳吟风等人的头，艰难地龇嘴笑道："能跟你们在一起，真好！"

再往远处看，商无期又看到了一个意想不到的人。

向啸天，他的父亲，竟然也在人群之中。周不治站在他的身边，两人似乎一直在热烈地交谈什么。

向啸天大概也看到了商无期，偏过头去，没有与他对视。

商无期心情复杂地收回目光，突然记起了什么，叫道："总学监、鲁班监，还有一件重要的事情要告诉你们！"

"现在还有什么比你们鲁班监更重要吗？"尚墨在他身边笑道。

"我们，找到蓬莱岛了！"商无期道。

现在轮到尚墨惊呆了。

商无期匆匆讲完刚才的经过，尚墨立即道："走，带我下去看看。"

商无期刚拉开车门，一大群人全部拥了过来，都要上车。

尚墨皱了皱眉头，"这辆铁车，只有六个座位。"

张阿毛道："我们秘密任务小组的成员总该上车吧，寻找《归宗谱》是我们的本职任务。"

柳吟风等小组成员闻言，马上拥过来，人一多，他们现在反而不再害怕去那个水道了。果落落补充道："那个水底的藏宝通道，还是我们发现的哩！"

尚墨一摊手，"你们的心情我理解，可是……"

果落落抢话道："总学监，我们秘密任务小组总共六个人，加上你，少一个座位，我站着就可以了。"

"既然能站，何不多站几个呢？"一位白发长者挤过来，"我和仇老怪也去，好歹我们也是世上罕见的九段……"他身后的仇不弃连连点头。

果落落道："阴阳前辈，我们不是去打架！"

"怎么这么说话？"阴阳老怪生气了，拉着仇不弃抢上车去，"老

人家我处事经验丰富，怎么着也能帮上忙！"

尚墨无奈地摇摇头，也上了车。

秘密任务小组的六位成员立即也上去了，关上车门。

张阿毛负责开车，他刚按下启动按钮，尚墨突然道："等等。"

铁车停下了。

尚墨打开车门，冲附近一位眼巴巴看着的青衣中年人道："向师兄，你也上车吧！"

向啸天愣了愣，竟然挤出个笑脸，也登上了铁车。

阴阳老怪道："尚墨不错，有信誉，说了《归宗谱》由蓬莱和拜月教共享，果然没有食言。"

尚墨笑笑。

铁车启动了，本来只有六个座位，现在挤进了十个人，显得颇为拥挤。

阴阳老怪突然道："现在东方大陆已知的三名九段高手全在这里了，要是这铁车沉了，会不会损失太大啊！"

果落落皱了皱眉头，"阴阳前辈会不会说话啊？"

叶眉儿抿嘴笑道："童言无忌，童言无忌！"

铁车开足马力，在圣湖中行驶片刻，来到方才的那个水道口。

刻着乌龟图案的黑石仍立在洞边，尚墨仔细辨认了一会儿，道："你们有没有注意到，这个图案上还刻有一个淡淡的'寿'字？"

"哦？"众人细看过去，果真如此。

"这个'寿'字有何用意吗？"果落落问道。

"当年，你们师祖身负重疾，他之所以和师祖母远渡重洋，来到这里，正是为了寻找延年益寿、长生不老之药。回大陆之后，有传闻说他已找到长生不老之药，他未置可否，只是付之一笑。'寿'字乃长寿之意，如果这世上果真有神药，没准也藏在这湖心岛上了！"

"长生不老之药该是没有吧？"果落落道，"要真有，师祖也不会死了。"

尚墨沉思片刻，道："你们师祖乃天上龙凤，他所思所为，哪是一般人能够猜测到的！"

"现在看来，师祖肯定是把《归宗谱》藏在这里了，如果神药也在这里，我们倒能两件事并作一件事来做了。"商无期忍不住插嘴道，"总学监曾告诉我，出海之事，既是蓬莱家事，也是国事。"

尚墨拈须笑道："真要这样，那倒好了！"

说话间，铁车已慢慢开进水道。

商无期摊开地图。按地图所指，铁车慢慢向深处开去。

光线越来越暗，地图上的图案已很难分辨，好在张阿毛记忆力极佳，对这类工程图完全能做到过目不忘，几乎是闭着眼睛就能往里开。

黑暗中，蛮妮紧紧扶着车内的栏杆，道："阿毛师兄，你有没有开对啊？"

张阿毛道："放心吧，再拐五个弯就到了。"又道，"这个水道不错，唯一美中不足的就是——"

蛮妮紧张道："就是什么？"

张阿毛道："就是洞太窄，没有能掉头的地方，只能一直往前开。"

蛮妮道："也就是说，我们无法撤回去了？"

张阿毛道："可以这么理解。"

蛮妮没有说话，想必她心中很是害怕。

"我们用不着回去！"尚墨和声给弟子们鼓气，"这条水道的另一端就是藏宝地，也是出口，我们一直向前，就可出去！"

"好吧！"蛮妮勉强道，牙齿直打战。

"觉不觉得有点闷？"果落落小声对身边的叶眉儿道。

"有点。"叶眉儿如实回答。

"怎么办？"蛮妮顿时也觉得呼吸困难。

"不急，马上就到出口处了，那儿也许能换气？"张阿毛道。

"也许？"三个女孩同时叫起来，"到底能不能啊？"

"不知道。"张阿毛如实道，"地图上并没有标明。"

所有人心中一紧。

"大家少安毋躁，马上就到了。"尚墨低声道。

见总学监发话，铁车内安静下来。

眼前突然一亮，原来铁车浮到水面上来了。

"到出口了。"张阿毛从驾驶座上站起来，推开铁车顶窗，一股阴冷的空气立马流进了车内。

众人贪婪地呼吸了几口新鲜空气，开始打量身边的环境。

这个水道的出口很小，就像一口井，铁车半浮在井面上，完全无法转身，更无法掉头。四周都是潮湿光滑的岩壁，有一个岩洞，不知是蛇洞还是鼠洞，看上去很深，一直通到水道之外，这儿微弱的光亮，正是从这个小洞中传来的。

"这算是什么出口？"果落落嘟囔道，"这也没地方可以出去啊！"

"确实！"尚墨也很纳闷，"四周都是岩壁，根本没办法出去，可藏宝图上的出口明明就在这里啊！"

有人打了个哈欠，道："尚墨你看看出口在不在上面？"

原来是阴阳老怪在说话，他刚才睡了一路，此刻才刚醒。至于仇不弃和向啸天二人，本来话就不多，此刻一直呆坐着，也不知在想些什么。

"师叔言之有理！"尚墨从天窗探出头去，仔细打量洞顶。

洞顶离车顶其实只有几尺距离，此时众人的眼睛都已适应洞内的微光，他们看到平整的洞顶上画着一个如意八卦，八卦四方，各画有一幅人像图。

"你们该知道那些人像上画着什么吧？"阴阳老怪道。

尚墨眯起眼睛看了老半天，道："我认出了北边那幅人像，应该是墨士科高阶武功三二七式中，第二式向第七式转换时的过渡招式。"

"其他的呢？"阴阳老怪道。

尚墨摇摇头。

"亏你还是蓬莱总学监。"阴阳老怪说话向来不留情面，"还有人知道其他人像画的是什么吗？"

向啸天吭了一声。

阴阳老怪转向他，"你说。"

向啸天道："我也只认得东边那幅，应该是法士科高阶武功一六四式中，第六式向第四式转换时的过渡招式。"

"如此推断，剩下的两幅人像，想必一幅画的是儒士科高阶武功中的某个招式，一幅画的是道士科高阶武功中的某个招式。"阴阳老怪道，"是这样吗？"

尚墨与向啸天对视一眼，不吭声。

商无期站起来，拱手道："无期觉得像，但不敢确定。"

"你说像，那必定就是了！"阴阳老怪"哼"了一声，对尚墨和向啸天道，"无期这孩子，比你俩都要强！偌大个蓬莱，能通晓法、儒、道、墨四科高阶武功的，竟然只有无期一人，你们脸上羞不羞？"

向啸天"哼"了一声，背过头去，脸上却分明带着一丝笑意。

毕竟这个通晓四科高阶武功的，是他向啸天的儿子。

尚墨拱手赔笑道："师叔责怪的是！今后蓬莱八峰必定会拆除樊篱，同舟共济，共创辉煌！"

"还共创辉煌！"一直没发话的仇不弃"哼"了一声，"连个会'天地一剑'的人都没有！"

"仇老怪不用急！"阴阳老怪道，"马上就拿到《归宗谱》，待无期练成'天地一剑'，定然与你一较高下。"

"阴阳前辈！"果落落突然道，"你口都说干了，可到底怎么出去啊？"

"好吧！"阴阳老怪转向商无期，"你看到顶上的那个如意八卦没有？"

商无期点点头。

"这想必是你祖师爷当年精心安置的'如意按钮'，它对力道大小、角度、刚柔都十分讲究，你站在铁车车顶，用四幅人像图上的招式连续击打它，想必就可以打开。"阴阳老怪又看了尚墨和向啸天一眼，话却是对商无期说的，"你祖师爷一直在等待门下精通四科高阶武功的弟子

到来啊！"

商无期爬到铁车车顶，盯着洞顶看了很久，把那四招都琢磨透了，方朝天上拱拱手，道："请祖师爷在天之灵指引无期，打开通道！"

说罢，他逐一使出以上四招，每一招都落在了那个如意按钮之上。

片刻之后，那个如意按钮竟吱吱呀呀分成两半，分别移向两侧，铁车内一片欢呼。

可是……

如意按钮是开了，但洞顶并没有出现预料之中的天光。

原来，如意按钮后面，还有一个巨大的物件，牢牢地封住洞顶。

那物件看上去像是粗糙的巨石，上面沟壑纵横，隐隐还有些硕大的鳞片。

"怎么回事啊？"叶眉儿率先嚷嚷起来，"阴阳前辈，你说得不对啊！"

阴阳老怪一摊手，表示自己也不知道怎么回事。

商无期站在车顶，低头问道："阴阳前辈，还打吗？"

阴阳老怪道："不打怎么办？"又道，"这次不使那四招了，用你的玄木棍使劲戳戳看！"

商无期应了一声，从背后取下玄木棍，正准备往上戳，头顶上的那个巨大物件突然动了一下，自己移开了。

露出了一个一丈见方的洞口。

第 111 章　神龟记

三月的阳光暖融融地射进来，让通道内的人一时间还有些不适应。

商无期站在车顶，揉了揉眼睛，低头道："师父，我先出去看看！"

"你先等等！"阴阳老怪道，"上面不知有没有危险，我和仇老怪武功最高，先上去探个究竟！"

说罢，他一扯仇不弃的衣袖，两人同时飞身而起，穿过铁车天窗，又从顶上的洞口飘然而出。

片刻之后，上面传来阴阳老怪的惊叫声："啊——"

洞内的众人闻听，无不心惊。

却又听阴阳老怪叫道："好大的乌龟！"

众人放下心来。

"没见过乌龟还是怎么的？"果落落道，"这阴阳前辈一惊一乍的，真要吓死人了！"

众人一个接一个爬上车顶，跃出洞口。

待他们站定之后，才明白阴阳老怪刚才的一声惊叫是有道理的。

他不是没有见过乌龟。

实在是没有见过这么大的乌龟。

刚才压在洞口如意按钮上的，原来是这只巨龟的一只脚掌。光这脚

掌就有一丈见方，看其全身，完全就是一座小山了！

这座"龟山"坐落在湖心岛正中央的山坳里，一动不动，不仔细辨认，还真以为它是石头做的。抬头望去，它那两只斗大的眼睛，倒是一直不停地眨着，显出几分灵动。

"这只乌龟好可怜，"蛮妮道，"想必它是被困在这山坳中了，爬不出去。"

"不可能。"柳吟风道，"这山坳边上不过是些小丘陵，它伸长脖子都比这些丘陵要高，怎么会爬不出去？"

"那它干嘛一直待在这里啊！"果落落也很奇怪。

"乌龟天性就不爱动嘛！"张阿毛道。

"那它吃什么呀？"蛮妮道。

"到底是食女科的，最关心吃。"柳吟风笑道。

"你不吃你能活啊！"蛮妮翻了个白眼，"它不吃能长这么大呀！"

"也是啊！"柳吟风道。

"你们注意到没有，它身边有一条小河，一直穿过丘陵流向圣湖。"尚墨道，"我猜想它就是以这条小河中的浮游生物为食，它进食时会产生巨大的吸力，以至于能在湖底产生一些暗流。"

"难怪我们驾铁车在湖底经常遇到暗流。"商无期恍然大悟。

"噫，大家怎么都在这儿看乌龟？"张阿毛突然道，"我们干什么来了？"

"是啊！"商无期道，"从藏宝图上看，《归宗谱》就在这里，但这儿只有一只大龟，怎么办？"

"那你问问这只大龟，有没有看到《归宗谱》啊！"蛮妮玩笑道。

"没准这只大龟真的知道啊！"商无期突然眼前一亮，"眉儿，你不是会召唤术么？可以与它交流么？"

"哼，召唤术！"有人在一边接话道，"她能召唤得了这山一般大小的巨龟？"

原来是仇不弃过来了。

他的身后跟着阴阳老怪。

"是呀，小姑娘不用白费力气了！"阴阳老怪叹道，"我刚才和仇老怪绕着巨龟考察了一圈，从龟甲年轮来推测，方知它是上古神兽，灵力非凡人能及！"

"但我觉得……"叶眉儿突然道，"不用召唤术，它也能听懂我们的话呀！"

众人看向她。

"就在刚才，我向它挥手，它好像在笑哩！"叶眉儿道。

"我从没听说乌龟会笑的。"仇不弃很是不屑。

"我是说，它的眼睛波光盈盈的，好像在笑哩！"叶眉儿解释道。

众人抬起头，仔细观察，果见这巨龟眼中仿佛露着友善。

叶眉儿取出一块粉红手绢，踮起脚，不停地朝它挥动。

那巨龟居然伸了伸脖子，仿佛被她的小把戏所吸引。

"它动了，它动了！"果落落、蛮妮等人兴奋地大叫。

果落落取下花头巾，蛮妮干脆脱下外套，柳吟风从地上捡起一大截枯枝，一起跳起来冲巨龟来回挥动。巨龟却不为所动，眼睛只盯着叶眉儿。

"蛮妮，你带酱牛肉了吗？"张阿毛道。

"带了！"蛮妮道，"怎么你又饿了吗？"

"我没饿！"张阿毛道，"我看这乌龟想不想吃牛肉！"

蛮妮果断从手袋中掏出一块牛肉，立马酱香四溢。张阿毛接过来，口水都流出来了，他举起牛肉，冲巨龟直挥手，巨龟看都不看它一眼。

张阿毛泄气了，干脆把牛肉塞到自己嘴中。

"你！"蛮妮无语。

"这个巨龟，对牛肉不感兴趣！"张阿毛解释道，"它好色，只喜欢漂亮姑娘！"

"你！"蛮妮和果落落同时瞪了他一眼。

但无论她俩怎么折腾，巨龟自始至终都没看她们一眼，结合张阿毛的分析，她俩也没心情再去逗这个木讷的庞然大物了。

"光这么逗它有什么用？"仇不弃冷言冷语道，"它倒是玩开心了，可也没法告诉我们《归宗谱》在哪儿呀！"

巨龟突然顿了顿，转过头，冲仇不弃龇了龇牙。

它可能听不懂仇不弃的抱怨，但能看懂他的表情。

仇不弃吓得往后一翻，跃到几丈开外，但顾及自己九段高手的面子，也不能太失态，便显出不屑的样子，掸了掸黑袍上的灰。

好在巨龟没有同他计较。

只是伸长了脖子，来回晃动，最后低下头，在它身前的地面上点了几下。

"什么意思？"众人都有些纳闷。

阴阳老怪缓缓走到巨龟身前，蹲下身，在地面上看了片刻，突然站起来，口中一声怪叫："哇——"

果落落远远地捂住耳朵："阴阳前辈，你不要再吓我们了好不好？"

阴阳老怪掩饰不住满脸的激动，继续大叫："仇老怪，你来看看，这地上是不是甲骨文？老天，这只乌龟居然会写字！"

巨龟晃了晃头，眼中居然露出得意之色。

仇不弃感觉巨龟没有敌意，慢慢地走向阴阳老怪，两人蹲下来研究了半天，终于站起来。

其他人全部伸长脖子，看着他俩。

"幸好我和仇老怪年轻时在皇宫中学过几年甲骨文！"阴阳老怪对果落落道，"方才你还不愿意带我们来，这下知道'宫廷四子'的厉害了吧！"

"好吧，两位前辈，幸好你们来了！"果落落道，"这巨龟写的是什么？"

"这个，大概……是它的日记……"阴阳老怪支支吾吾道，"甲骨文很难的，我们得好好研究研究才知道！"

"没关系，没关系！"果落落第一次表现出如此好性子，"两位前辈好好研究啊！我和蛮妮给你们打下手，给你们做酱牛肉吃！"

众人在这个山坳中寻了些柴草，点起火，安营扎寨。

两天之后，地板上的甲骨文终于被全部破译了。

众人挤在一起，看绢纸上的译文。

张阿毛叹道："想不到这老乌龟文笔还挺好！"

"找打！"果落落恶狠狠道，"两位老前辈认出甲骨文之后，命我用中都话翻译，我是稍有润色的！"

众人大笑不已。

我是一只老龟。

不知道有多老。

也许自盘古开天辟地，我就在这里，每天看潮起潮落，云卷云舒。

我见过很多人，茹毛饮血的，钻木取火的，结绳记事的，甲骨刻字的……他们都死了，只有我一直活着。

这个世上最漫长的，除了时光，还有寂寞。

作为一只老龟，我天生就会甲骨文，我用趾头在冰冷的青石板上刻字，因为岁月太长，我怕忘了自己最初的模样。

这世上总有一些事情，让人孜孜以求，有人求权势，有人求钱财。

而我，只求长生。

像星辰一样亘古，像天地一样永恒。

长生难，也不难。我只要趴在这里，一百年不挪步，就可延寿两百年；挪动一步，就要折寿万年。

所以，我不动。

以雨水为饮，以河植为食。

岁月清淡，心有明烛。

这一日，天雷滚滚，台风来袭，巨浪滔天，排山倒海，岩城岛上浮尸飘零，殁者十之八九。幸存者渡过圣湖，到湖心寻求庇护，见我尊容，不敢登岛。我心生慈悲，几欲离座，将岛让与灾民。念及一旦挪动，万古功业，化为浮云，遂强忍伤痛，定心修行，不理

凄风苦雨，旷世哀号。

又一日，数名垂髫孩童来圣湖戏水，一童痉挛，没入水中。余童大声疾呼，却无力营救。我看在眼中，心下戚戚，几欲挪步去救，但思量凡人终有一死，与日月长生相比，其命不过朝露，损万年之功，争一夕之长短，其意何在？

我成了世上最心狠的……人。

哦，是龟。

千百年过去，这个海域到处流传着我的传说。

我成了厄运的化身。

所有的人，都视我为恶魔。

再没有人登上湖心的蓬莱岛。

甚至都不敢往湖心看上一眼。

……

可是，又有一日，她来了。

她是一只粉红龟。

巴掌大的龟甲，粉嫩粉嫩的，像初夏湖边的莲花。

我其实很难注意到她。

因为她太小了。

但她来了，站在我身前，欢快地对我道："嗨，大龟，我能爬到你背上去吗？"

我费了好大劲才看到小小的她。

但我不知道该不该答应她。

因为以前从没有谁向我提过这样的要求。

"我是一名旅者，在海上漂泊了两年，每到一个风景点，都会爬上去，来张自画像！"她道。

"好吧！"也许是她的笑容太灿烂了，我无法拒绝。

我甚至帮了她一个忙，让她趴在我头顶，一扭头，将她送到了我背上。

如果全凭她自己爬上去，我觉得也许要三天三夜。

"嗨，大龟，你去过海萝湾吗？"她真是一刻也不闲着，不过她的声音真好听，"我下一站就去那里，听说那里的绿萝美极了！"

我摇摇头："我哪儿都没去过。"

"你还真是……一只与众不同的龟哩！"她如此评价道。

我咧咧嘴，算是笑了。

甚至眼睛有些潮湿。

千百年来，第一次有人如此评价我。

"我不能动，因为，我要长生……"我费力地解释道。

其实，也不用那么费劲的。

她那么冰雪聪明，马上就懂了。

"我知道，这是你的信念。"她道。

我噗地掉下一滴眼泪。

如果你千百年来一直坚持一个梦想却不被人理解，有一日突然遇到一个懂你的人，你也会想哭的。

"不要伤心，大龟！"她在我耳边，小声安慰道，"我是一只旅行龟，所以四处行走；你是一只长生龟，所以一动不动。要我说，我们都是旅者。因为，一动不动，其实也是一场旅行。"

她真的好懂我。

我能感到自己磐石一般坚硬的心，正在这个春日慢慢融化。

她没有在这里待太久，因为她是一只旅行龟，画完自画像，她就要走了。

但她也没有马上走。

"大龟，我陪你坐一会儿吧！"她道，"我觉得和你好投缘，因为我的家人全部反对我做一只旅行龟，他们觉得我应该有个安稳的家！但你没有反对我！"

"我，我……"我不知道该说什么。

"你什么也不用说，也不要动。"她道，"终有一天，我会回来，

把我去过的地方，一一讲给你听。"

她离开的那一瞬间，我几乎要叫出声来："我不修行了！我要和你一起，做旅行龟！"

但我没有出声。

因为我知道，一旦挪步，我就不是我了。

至少不是她认识的那个我了。

我目送她远去，眼泪在心底流成河。

我没有目送她走太远。

因为，她刚游到湖心，就有一条水蟒……咬住了她的脖子。

她在水面上挣扎，扑腾……

我只看到粉的龟，还有红的血……

我愤怒地举起巨掌，拍得地动山摇，但那条水蟒毫不理会。我几乎就要挪动了，想几步跨到湖心去，把那条水蟒撕成碎片……

就在那一瞬间，粉红龟艰难扭过头，向我这边看了一眼。

我知道她不是在求救。

她是在做最后的告别。

她的眼神好美，好像在笑着对我说："不要动，大龟，等我回来讲故事！"

我稍一犹豫，就看着她与那条水蟒一起沉到水底去了……

我闭上眼，三天三夜没有睁开。

但我流了三天三夜的泪。

从此，这圣湖的水都有了些苦涩。

我心痛不已。

不仅仅是因为这世上唯一一个懂我的生灵，走了。

而是因为，真正感到……心痛。

又过了几百年。

也许一千年。

这湖心的蓬莱岛上又来了一个人。

在此之前，我已经有几百年没与任何人交流了。

他懂甲骨文，所以他轻而易举就读懂了我的悲伤，他还告诉我，他叫易不世。

他其实是和他夫人一起来的。

他来寻求长生之术。

因为他得了不治之症。

他看了看我龟甲上的年轮，就道："神龟啊，你能否将长生不老之术传给我？"

当然，我其实听不太懂他的话。

所以，他用甲骨文把他想说的刻在石板上。

我们就是这么交流的。

我喜欢如此绝世聪明的人，因此把长生的方法全部告诉了他。

当然，他也从石板上的甲骨文中知道了我所有的故事。

"长生，就是一动不动？"他有些疑惑，"就是见死不救，眼睁睁看着自己所爱的人沉入水底？"

"我不知道别人是怎么长生的。"我的眼泪又快流出来了，"但我只会这个修炼方法。"

他在我身边坐了三天三夜。

"如果是这样，"他最终道，"我不修习长生了，我要赶紧回大陆。"

"那么急着回去干什么？"我问。

"因为，我的寿命不长了！"他道，"我得赶紧回去办一件事！"

"何事？"我很好奇。

"办学。"他道，"我要将我的武馆扩大成一所学院。"

"这件事比你的命还重要吗？"我道。

他点点头。

"从你身上，我突然顿悟，没有悲悯之心的长生，与石头无异。"他道，"我的学院除了习文授武，还将传授宽恕、仁爱和悲天悯人

的情怀。人不能永生，但文明可以。"

我不太能听懂他的话。

但我喜欢他认真的样子。

毕竟几百年我都没遇到能与我对话的人了。

他掏出一本绢书，后来我知道那是一本奇书，叫《归宗谱》，那是他一生智慧的结晶。他刚登上蓬莱岛时，这部奇书还没写完。他坐在这个山坳中冥思苦想，又往书上补充了一点内容，像是画了一些画，又像是写了一些字，这部奇书就算完结了。

"我请你帮个忙，神龟！"他道，"帮我保存这本书！"

"如何保存？"我问。

"把它垫在你肚子底下！"他道。

"不可以，绝对不可以。"我道，"你知道，我不能挪动。"

"我希望你能挪动一次！"他道，"你修炼了几十万年，积累了几十万年的寿命，难道不想把它们花在有意义的事情上么？"

"这件事值得我花一万年的寿命来干么？"我道。

"值，绝对值！"他毋庸置疑道。

我本来不同意，但看着他笃定的神情，竟然鬼使神差就同意了。

这只能说，他真是一个有着通天力量的人。

竟然能影响我的意志。

或许也因为我本来就在犹豫，不知那攒了几十万年的寿命到底如何去花销，而他所说的那些事刚好激发了我的好奇心。

反正我最终损耗了一万年的修为，挪动了一步，把那《归宗谱》垫在了肚子底下。

之后，他又在岛下修了一条水道，在水道出口安放了一个如意按钮。他请我把一只脚按在如意按钮上。他告诉我，他的传人将通过这条水道来此，如果如意按钮动了，就请我把脚移开，他的传人会来找我。

我没有问易不世为什么要把《归宗谱》藏在这里。

我只是信守承诺，静静地等候那个人的到来。

"这只老龟，还真……可怜。"

众人读完老龟日记之后，蛮妮得出了这么一个结论。

"是啊，不能和心爱的……龟在一起。"

果落落深以为然。

两位女孩眼里都酸酸的。

"这都什么跟什么呀！"张阿毛嘟囔道，"这日记不都是果落落你自己写的吗？还把自己感动成这样！"

"我都说了，我只是翻译好不好？"果落落白了他一眼。

"让它把《归宗谱》交出来吧！"仇不弃打断了他们的争执。

"好！"果落落对巨龟道，"老龟，不，龟先生，现在，你等的人来了，请挪动一下，把《归宗谱》给我们吧！"

巨龟安静地看着她。

"它不懂你在说什么，"仇不弃道，"我写给它看。"

说罢，仇不弃伸出食指，在地面的石头上划拉了一行甲骨文。

"仇老前辈写的是什么？"蛮妮问。

"我不知道，但他力道真大，用手指都可以在石头上刻字。"果落落道。

仇不弃闻言，面露得意之色。

"哼，有什么了不起的！"阴阳老怪不屑道，"仇老怪也就是写下：把《归宗谱》给我。还写错了一个字！"

"你说，哪个字写错了？"仇不弃生气了，"当年我甲骨文就比你学得好！"

"好啦好啦，两位前辈别争了，我们等神龟回话哩！"果落落打断他们的争执。

众人看向巨龟。

可巨龟一直高傲地昂着头。

"它都不看你写了什么。"阴阳老怪有些幸灾乐祸。

仇不弃不满地拍了拍地上的石头，竟溅出星星火光。

巨龟终于低下头，草草看了一眼地上的字，就漫不经心地摇摇头。

"它不同意你的建议。"阴阳老怪道。

仇不弃道："这不需要你翻译。"说罢，又在地上刻了一行甲骨文：你只需要挪动一步就可以。

巨龟终于给了他一个正式回复。

它伸出前爪，在地上一阵扒拉，石头上出现了一行甲骨文：不行，我会损失一万年的寿命。

仇不弃耐着性子，又在地上刻了一行甲骨文：上次易不世来此，你不也挪过一步吗？

巨龟又回了一句话，很短：他可以，你不行。

阴阳老怪掩嘴笑道："仇老怪，就凭这一条，你已输给易不世了！"

仇不弃大怒，抓起随身携带的铁杖，就要与巨龟拼命。

"不可！"商无期大叫道，"仇老前辈息怒，我来同它讲！"

"它是讲道理的人吗？"仇不弃仍然暴怒不已。

"你是吗？"阴阳老怪拦住仇不弃，好说歹说，终于将他劝退，又对商无期道，"无期，你说，我写。"

商无期拱拱手，道："龟先生，二十多年前来此的易先生，是我的师祖。他请您将《归宗谱》压在身下，等他的传人来取，您是同意的了。如今，我能打开师祖设置的如意按钮，来到您的面前，能充分证明我是他的传人。所以，请您遵守诺言，把《归宗谱》给我！"

阴阳老怪道："无期你慢点说，刻甲骨文很慢的！"

半晌之后，他终于将商无期所言一字不漏地刻在了石板上。

巨龟看了看商无期所言，在地板上回了一段话：当初我只答应帮他压住《归宗谱》，却没答应再挪一步，把《归宗谱》交给他的传人。

阴阳老怪急了，没待商无期发话，就径直在地上刻道：易不世的意思当然是让你交出《归宗谱》，这不是显而易见的吗？

巨龟写道：对你们而言，这是显而易见的；但对我而言，这事关一万年的寿命！

阴阳老怪叹息着，又在地上刻道：想不到易不世聪明一世，糊涂一时，竟然忽略了这个细节。

巨龟刻道：不，他没有忽略。当初他对我道，我只求你把《归宗谱》压在身下，到时候传人来了，你愿意给，就给他吧！

阴阳老怪刻道：你愿意吗？

巨龟刻道：当然不愿意！

仇不弃在一旁看得火冒三丈，此时再也忍不住了，提着铁杖冲上前来，"死乌龟，我早就猜着了，你就是想私吞了这《归宗谱》！"

巨龟瞪着双眼，愤怒地向他龇了龇牙。

巨龟口中散发的气息，在山坳内吹起一阵尘土。

"你惹怒它了！"阴阳老怪大惊失色，对仇不弃嚷道。

"那又如何？"仇不弃道，"阴阳老怪，如果你害怕，就站远一点，待我来收拾这个畜牲！"

说罢，人已飞身而起，手中的铁杖直插向巨龟的眼珠。

巨龟猛地一摆头，突然一口咬住了仇不弃手中的铁杖，就像咬住了一根小牙签。仇不弃抓着铁杖晃悠了半圈，借势翻起，落在巨龟背上。

巨龟嘎吱咀嚼几下，竟然将那铁杖咬成铁渣，又吐了出来，然后扭过头，伸长脖子去咬背上的仇不弃。

仇不弃连忙后退数丈，移到巨龟后半截背上。巨龟脖子长度有限，无论如何扭头，都咬不着他。仇不弃见再无危险，心下大安，想起自己刚才的狼狈样，报复心顿起，从腰中解下一柄短铁杵，朝龟甲上使劲扎下去。他武功九段，力道极大，铁杵在龟甲发出"当"的一声，火星四溅，但这龟壳也硬如磐石，虽表面有所损伤，但并无大碍。仇不弃又当当地扎了几下，龟壳没破，反而是铁杵断了。巨龟扭过头，不屑地朝他喷了一口水雾，意思是我是拿你没办法，你又能奈我何？

仇不弃更是怒火中烧，他扔了手中的半截铁杵，伸出食指，在龟背上使劲划下去，硬生生刻了三个大字，之后仰头哈哈大笑。

张阿毛好奇地问阴阳老怪："仇老前辈写的甲骨文是什么啊？"

阴阳老怪看在眼里，连连摇头。

众人都围过来，果落落道："阴阳前辈，你就告诉我们，仇老前辈到底写的是什么嘛！"

阴阳老怪叹了口气，道："老、王、八！"

果落落忍俊不禁："我估计这巨龟知道了要气得遍地打滚。"

柳吟风插嘴道："那倒好了，它一挪动，我们就去抢《归宗谱》。"

张阿毛道："高见！可能这正是仇老前辈的意图！"

巨龟有些迷惑地看着笑意盈盈的果落落等人，觉得有些不安，四肢在地上来回滑动，扭过头去，却看不清那几个字是什么，万般无奈，又回头愣愣地看着果落落等人。

"这巨龟脾气真好！"果落落道，"阴阳前辈，你干脆告诉它仇老前辈写的是什么嘛！"

商无期和叶眉儿同声阻止道："不可。"

果落落道："为何？"

叶眉儿道："不带这么欺负老实人的！"

果落落道："它不是人，是龟！"

"是啊，仇老前辈也没写错啊！"张阿毛在一边帮腔，"不激怒它，它是不会动的！"

阴阳老怪沉思片刻，道："我先做回恶人吧，拿到《归宗谱》之后，再跟这老龟赔个礼！"说罢，对巨龟指了指它背上，又把"老、王、八"三个字刻在地上。

巨龟瞪着地上的三个字，眼珠都快瞪得掉出来，它突然往下一蹬脚，站了起来。阴阳老怪惊喜地叫道："它要动了……"话音未落，巨龟突然一松腿，身子再次落到地上，声音震耳欲聋，大地都抖了几抖，如同发了地震一般。阴阳老怪在龟背上没防着它来这么一招，整个人都被震起几丈高，又向下跌落，幸好他身轻如燕，及时用手撑住，这才避免了以头抢地，在坚硬的龟壳上碰得头破血流。

俗话说，不要惹老实人。

他们一旦生气是要死人的。

巨龟并没有罢休，它连续如此做了几次"俯卧撑"，巨震之下，整个山谷一片狼藉，烟尘缭绕。

但它仍然没有挪步。

不是为了保护《归宗谱》。

而是舍不得那一万年的寿命。

要是它豁得出去，在地上打几个滚，估计十个仇不弃也要变成肉泥了。

可见它还是有理智的。

"怎么办？"仇不弃一时间也没有主意，在龟背上大声叫道。

他实在被颠得屁股都有些发疼了。

"他竟然问我们！他不是九段高手吗？"果落落在灰尘中咳嗽着道，"这事情也是他惹起来的！"

"事到如今，也没有别的办法，只能是拼了！"阴阳老怪大声道，"其他人后退，九段高手上前，注意要速战速决，抢到《归宗谱》就跑！"

尚墨举剑上前，口中大叫道："八段及以上高手上前，其他人赶紧撤到安全地方！"

"那好吧！"阴阳老怪道，"八段及以上高手，绕到巨龟身后去！向啸天，你的火焰掌呢，快烧它屁股！"

仇不弃还在龟背上，阴阳老怪、向啸天、尚墨三人已全部绕到巨龟身后，展开攻击。巨龟不能挪步，视野也有限，硬生生吃了几剑，好在皮厚，没受重伤。巨龟将受伤的后腿收回龟甲之中，突然伸出尾巴，如巨大的皮鞭一样横扫过来，尚墨措手不及，被拦腰击出数丈远，撞在一块巨石上，口吐鲜血，缓缓倒下。

向啸天推出双掌，两团巨大的火球直奔巨龟后腚，巨龟扫动尾巴，将火球啪地弹开，空气中顿时弥漫着火烧龟肉的浓香。火球被弹到山坳之外，整个小岛都开始燃烧起来。

阴阳老怪摊开双手，左手手心向上，右手手心向下，十指各自弯曲

成不同形状，大拇指上水雾蒙蒙，食指上火光灼灼，中指如千年古木，无名指金光闪耀，小指处尘土飞扬。这正是其九段武功绝技——阴阳五行手。他连续推出几手，山坳内顿时飞沙走石，半空中雷霆万钧，细雨夹杂着火焰，划过一道道光芒，像利刃和木箭般射向巨龟后腚。

这下巨龟再也挡不住了，它的巨尾已被木石扎得血肉模糊，后腚也被砸伤，血流了一地。但它仍然没有挪步，只是扭过头，伸长脖子，发出嘶嘶的痛苦叫声。

它后背上的仇不弃突然随风翻起，像黑色纸人一样飘向巨龟之头，双手伸向前方，利爪如钢刃直抓过去。

巨龟大惊，连连摆头，想避开仇不弃的攻击。但它万万没有想到，就在仇不弃快要近身的时候，黑影突然分成了九个，分别抓向它的不同方向。

分身术！

能让一个九段高手武功瞬间再增九倍的绝世武功！

天地一剑不出，分身术在这个世上就没遇到过敌手！

巨龟又是躲闪，又是抓咬，最终却只挡住了七个黑影。剩下的两个黑影，一个在它脖子上留下了一道深深的血痕，一个抓在了它突起的右眼珠上，差点将整个眼珠生生抠掉。

巨龟痛苦地立起身子，几乎就要把前腿悬空抬起。

最终却没有。

它垂下脖子，头部在地上的碎石上血肉模糊地来回磨动。

似乎这样能减缓眼中的疼痛。

三位九段高手同时松了一口气，看来胜利在望了。

在巨大的疼痛之下，巨龟像疯了一样，突然咬住了一块大石头，在口中嚼巴嚼巴，就像在嚼一把蚕豆，几下竟将那石头嚼成了一堆碎渣。它又伸长脖子，在身边的小河中猛吸了一口水，然后扭过头，噗的一声，将口中的河水和碎石全部喷向身后……

就像突然下了一阵巨大的石头冰雹，短暂的丁丁当当碎响之后，这个世界彻底安静了。

三位九段高手，都在这场突如其来的重击之中，没了声息。

灰尘终于散尽。

商无期等人因事先撤到了一个山洞中，没有被碎石击中；尚墨受伤得早，也已被诸位弟子抬到山洞中。只有仇不弃、阴阳老怪、向啸天三人，遍体鳞伤地倒在地上，肉血模糊。

"他们不是九段高手吗？"张阿毛等人战战兢兢走出山洞。

"而且据说是世上仅存的三名九段。"果落落补充道。

"我们就这么出去，会不会很危险？"蛮妮觉得两腿直发软。

"这只巨龟也伤得很重，但它现在看起来很安静。"商无期道，"你们先回洞里等着，我去同它交涉。"

"我同哥哥一起去。"叶眉儿抓住他的衣袖。

"眉儿，就在这儿等我。"商无期咧嘴一笑，"我不会有危险的！"

叶眉儿眼睁睁看着他的衣袖在自己手中滑落，一直跟到了洞口，突然大声叫道："哥哥不会甲骨文，如何与巨龟交流？"

商无期一愣。

叶眉儿连忙道："眉儿多少会点召唤术，和哥哥一起去，没准可以派上用途！"

商无期思忖片刻，点点头。

两人牵着手，定定地走向那只巨龟。

他们在它面前站定。

商无期拱拱手："龟先生，我有话要跟你说。"

巨龟置若罔闻。

它用那只残存的眼睛看着远处的圣湖，不知在想什么。

也许什么也没想。

就像一块巨石。

"龟先生！"叶眉儿叫道。

巨龟总算有了反应，低下头，看了看面前的两个小人。

"龟先生，很抱歉我们打扰你了！"叶眉儿道，"既然龟先生不愿意挪步，我们也不勉强了！我们只想请求龟先生，让我们把您身边的那三个受伤的人带走，我保证他们不会再攻击您了！"

巨龟看着面前粉色衣裙的小女孩，独眼中突然泛发出丝丝柔光。

但很明显，它并没有听懂她在说些什么。

它只是温和地看着她。

不知道它想到了什么，眼中突然露出幸福和羞涩的表情。

就像一个情窦初开的小男孩。

"眉儿，它根本不懂你在说什么。"商无期道，"用召唤术试试吧！"

"没用的，"叶眉儿道，"我刚来时就试过了，召唤术对它根本没效。"

"那你就不该过来的……"商无期急道。

叶眉儿握紧他的手，低声道："就算死了，眉儿也只想和哥哥在一起……"

"唉！"商无期一声长叹。

巨龟仍然看着叶眉儿，好生欢喜的样子。可能是为了掩饰内心的羞涩，它低下头，在小河中喝了一口水，却含在口中，并未咽下。

"龟先生，你同意吗？"叶眉儿往它身边指了三下，"我们把那三个人带走！"

巨龟竟然点点头。

"它好聪明，能看懂肢体语言。"商无期兴奋道。

"是啊！"叶眉儿也很高兴，"早知道就不用那么费劲去写甲骨文了。"

叶眉儿鞠了个躬，谢过老龟，就准备去它身后救人。

巨龟身边突然有人翻了个身，仇不弃从昏迷中醒过来，他仿佛并不知道战斗已经结束，看着面前的巨龟，本能地从地上捡起半截铁杵，狠狠砸过去。

铁杵深深地扎进了巨龟脸庞。

这对巨龟而言不过像是一根小刺，却也令它一惊，口中含着的一口水噗地全喷了出来。

就如山洪暴发一般，它面前的叶眉儿突然被一股水柱卷起，飞过山坳边上的小丘陵，落入岛外的圣湖之中。

她趴在水面上一动不动，明显是失去了知觉。

商无期也被水柱击中，撞在了山坳内的一棵大树树干上，他昏昏沉沉睁开眼睛，觉得手上余温尚在，那个与他牵手的女孩，却早已不在身边。

他在巨大的恐惧中站起来，失魂落魄地站起来，一边号叫着，一边四处张望。

那抹熟悉的粉色终于出现在他眼前。

她远在山坳之外的湖水中，一荡一荡地，缓缓向下沉去。

他顿了顿，不顾一切地向那抹粉色狂奔。

他沿途发出长长一声撕心裂肺的号叫，似乎这样能给他力量，让他跑得更快一些。

他一定要在她沉没之前，赶到她身边。

沿途的荆棘扯破他的衣裳，划烂他的皮肤，把他变成了一个通体血红的奔跑者，他全都顾不上了。

他的玄木棍丢在了何处，他也顾不上了。

他的眼中只有她。

他不知道有个人，哦，一只龟，正默默地看着他。

那只巨龟又看向圣湖中的那抹飘零的粉色，泪水如同泉涌。

几百年以前，圣湖中也曾有那么一抹粉色，活生生在它眼中消失。

今天，她像是回来了。

转身间却又落到她曾经沉没的地方。

那只巨龟又看向那个奔跑的少年。

它似乎才刚刚明白他为什么奔跑。

不顾一切死命地奔跑。

它有些羡慕这个小小的少年。

勇敢，而且自由。

巨龟抽了抽鼻子。

你肯定没有听到过龟的抽泣声。

但这山陵听到了，这湖水听到了，它们还可以见证，这只趴了几十万年的老龟突然向前迈出了一步，又一步，它加快脚步，翻过山陵，笨重地跌入圣湖，又连滚带爬地奔向那抹粉色……

它比少年快多了。

因此能在那抹粉色沉没之前，把她托起来。

第112章　归宗谱

叶眉儿得救了。

虽然她暂时还没有醒来，但呼吸平稳，尚有微弱的脉搏，休息片刻，应无大碍。

巨龟却沉入水底，它那么大，融入湖中也仅仅只是泛起了几丝波澜。湖风轻轻吹过，光阴在湖面上穿梭，这儿像是什么也没有发生过。

从山坳到圣湖，巨龟不知跨越了多少步。

每一步，都是一万年。

它守了几十万年，也没有得到永恒。

真正的永恒，也许正是死亡。

众生芸芸，归于虚无。

商无期抱起叶眉儿，找到丢失的玄木棍，缓缓走向山坳，与刚刚奔出山洞的柳吟风、张阿毛等人会合，又去救阴阳老怪、仇不弃、向啸天等人。

所有的人都在山坳聚集，昏迷的人也逐渐清醒过来。

仇不弃、阴阳老怪已能走动，洗净脸上的血水，除了衣衫破烂，已与往常无异。向啸天也完全苏醒过来，只是腿被碎石砸伤，走路仍一跛一跛。尚墨腰间受了重伤，虽已清醒，但站不起来，弟子们做了副担架抬着他，又上了药，以他的内力，十天半月就应该可以好起来。

此时，从圣湖方向突然又传来一阵叫喊声：

"师父！"

"总学监！"

"商无期！"

……

竟然是文飞剑、姬炎、周不治、李凝脂等十多名蓬莱弟子赶到了。他们远远听见湖心的打斗声，情急之下，骑着几根圆木渡湖而来，与岛上的人会合。

"该到的人都到了！"阴阳老怪道，"无期，你去那巨龟刚才趴着的青石板上看看，把《归宗谱》找出来！"

商无期犹豫地看着担架上的尚墨。

"去吧，你代表蓬莱学院去取《归宗谱》！"尚墨道，"是你打开了如意按钮，又引开了巨龟，所以，师祖等的传人，是你！"

商无期闻言，整好衣角，对天上拱拱手，又深鞠了三个躬，一步步走向青石板中央。

他在平整的青色石面上发现了一块可以移动的方石。移开方石，下面是一个一尺见方的石穴，石穴中安放着一个黑檀木盒。

商无期又朝天空拜了拜，方恭恭敬敬地取出檀木盒。

"盒中装的想必就是《归宗谱》了！"阴阳老怪叹道，"被那老龟压在肚子底下二十年，真正可谓是'龟中谱'啊！"

青石板之外，蓬莱弟子也纷纷朝天而拜，跪了一地。

商无期表情凝重地捧着檀木盒，奉到尚墨身边。

尚墨眼泪纵横，挣扎着在担架上半坐起来，哽咽着道了一声"师父"，又在衣襟上擦了擦手，方接过檀木盒，小心翼翼地打开。

一本书赫然出现，封面上有三个大字：归宗谱。

正是易不世手迹。

尚墨颤抖着取出书籍，正待打开，突然想到什么，抬起头，冲不远处的向啸天道："向师兄，你也过来，我们一起看吧！"

向啸天本来伸长了脖子往这边张望，听尚墨如此一说，反而背过脸去。

"向师兄！"尚墨又道，"师父当年不让赴漠北的弟子进入中都，并非是不认你们这些弟子，不过是担心我等年轻，聚在一起，恐生事端。而如今，我等均已年至不惑，待人行事，远非当年，若仍同门相离，恐非师父本意啊！若尚墨今日不能与向师兄共读此书，如何对得起他老人家在天之灵？"

向啸天闻言，竟然嚎啕大哭。

"师父啊——"

他一声长叫，如三岁孩童，涕泗交流。

多年的委屈，一泻而出。

个中滋味，岂是旁人识得？

向啸天犹在兀自哭泣，叶眉儿不知何时已醒来，来到他身边，轻声道："向伯父，尚墨总学监还在等您。"

商无期也呆呆地站在叶眉儿身边。

向啸天看了看他俩，吸了吸鼻子，跟着叶眉儿，来到尚墨身边。

仇不弃也拉着阴阳老怪过来了，他比谁都心急，却声明道："我们只是过来看看，帮你们辨别真伪，绝不会偷学上面的武功啊！"

尚墨忙道："二位师叔请便！"

众人一起翻开，见第一页写满蝇头小楷：

　　余身患重疾，不久于人世，来到此岛，欲修长生之术。幸遇神龟，几番恳谈，放弃长生之愿，只欲速回大陆，开办蓬莱学院，传文授武。人生百岁，文明永生。

　　此生圆满，只憾命短，不能眼见众弟子长成栋梁之材。集毕生身修行之精华，著《归宗谱》，托神龟藏于座下，并修水道，通往藏宝处。

　　水道尽头置如意按钮，法、儒、道、墨，四科精通者方可打开。《归宗谱》中"天地一剑"绝技，融四科高阶武功于一体，若不精通四科，

强行修炼，轻则无所进展，重则走火入魔，武功尽失。

能使神龟挪步，方可取宝。以神龟之功，强取无望，只能动之以情。

连过以上两关者，武功人品俱佳，方为余之传人。

看完这一页，阴阳老怪叹道："这易不世还真是心机重重！"又对尚墨、向啸天道，"现在知道你们师父为何将《归宗谱》垫到乌龟屁股底下了吧？你等取不出来，说明人品不行！"

尚墨苦笑道："阴阳师叔不也参与了刚才的强取之战么？"

阴阳老怪尴尬笑道："如此看来，这《归宗谱》上的天地一剑，也只有无期能练了！"

商无期候在一边，连忙道："众位师父在上，师兄弟中也不乏佼佼者，无期何敢僭越？"

尚墨道："这是你师祖之意，你敢不从？更何况，你师祖将玄木箸都传给你了！"

商无期只得应诺。

众人再往后翻，却见每一页都只有一个字。

总共三十二页，共三十二个字。

合起来正是：法儒道墨，同归一宗。天地一剑，尽在书中。悲天悯人，无私无恨。人生百岁，文明永生。

阴阳老怪琢磨道："不知这三十二个字，代表何意？"

众人沉默片刻，尚墨道："前十六个字，我等曾见过的。"说罢，看了向啸天一眼，却见向啸天也正看向他，二人均觉得尴尬，背过脸去。

阴阳老怪道："你等何曾见过？"

向啸天愧然道："当初我们八位弟子随师父师娘远赴漠北，被草奴人包围，师父向我口授这十六个字，作为寻找《归宗谱》的线索之一，令我转告留守中都的八位师弟妹，接下来的事情，大家都知道了……后来，我为了向无期揭示真相，请遗忘谷设局，引诱蓬莱学院来买这十六个字……"

尚墨也颇为惭愧，道："我们得到这十六个字之后，按字面意思理解，认为线索就藏在大藏经阁的书籍中，几乎把所有的藏书都翻了个遍，仍然一无所获……后来，多亏了无期和依米将法、儒、道、墨四科的图书证叠在一起，拼出了藏宝图……"

"易不世生前想必已预料到了蓬莱八峰将会分裂，"阴阳老怪叹道，"他之所以把藏宝图分印在法、儒、道、墨四科图书证中，正是在等待一个能打通樊篱的后人啊！"

"如果这十六个字只是寻找《归宗谱》的线索，那易不世有什么必要把它们写在《归宗谱》一书之中，而且占了这么多页？"仇不弃一直凝视着书上的这些字，突然说道。

"你的意思是……"阴阳老怪也隐隐想到了什么。

"你不觉得这些字写得有些怪吗？歪歪扭扭的，行书不像行书，草书不像草书！"仇不弃道。

"我明白了！"阴阳老怪一拍大腿，"这三十二个字，其实也是三十二幅图，每幅图都代表一式武功，总共三十二式。若将三十二式一气呵成，可合成一招，融法、儒、道、墨之精华，正是——天地一剑！"

"原来如此！"尚墨喃喃道，"我等原以为'尽在书中'的'书'是'书籍'之意，后来又知道它有'图书证'的意思，没料到现在竟还有'书法'之意！"

"妙哉！妙哉！"阴阳老怪道，"这三十二个字，既是图，又是文。按图像指点，可练成'天地一剑'；按文字意思，既点明了藏宝线索，又彰显了易不世的人生理想，真正妙哉！"

众人围在一起，嗟叹不已。

阴阳老怪道："尚墨，这三十二幅图上的招式，你可识得几招？可以先给无期讲讲，这样他领悟起来也会更快些。"

尚墨愧然道："一招都不识。"

阴阳老怪又道："向啸天你呢？"

向啸天默然摇头。

"易不世在搞什么鬼？"阴阳老怪纳闷道，"难道这三十二式中没有法、儒、道、墨的武功？"

商无期盯着书上的一个字，沉思片刻，自言自语道："这个招式，怎么既像儒士科武功二七式中的过渡招式，又像墨士科武功八三七式中的第七式，还像法士科武功一七式中的第一式……"

"我明白了！"阴阳老怪顿悟道，"这三十二式中，每一式都包含了法、儒、道、墨四科武功，完全将四科武功巧妙融合在一起了！"又对尚墨和向啸天道，"难怪你们俩都认不出来！"

"无期！"尚墨叹道，"既然如此，师父就没法帮你了，只能靠你自己了！"

"既然你们都帮不上忙，那就别浪费他时间了！"仇不弃合上书，急吼吼地塞给商无期，"你赶快就近找个山洞，按照这些图去修炼吧！"

尚墨赔笑道："师叔不要着急，绢书后半部还没看完呢！"

仇不弃"哼"了一声："这《归宗谱》中，除了'天地一剑'，还有什么看头？"

尚墨看了向啸天一眼，对商无期道："无期，翻翻后面。"

商无期恍然大悟，他打开绢书，往后一页页翻去。

后面还有几十页，包罗万象，不仅有武学、造械、兵法、制药之术，也有饮食、采织、歌舞等奇门异术，每一页都堪称无价之宝。众人屏住呼吸往后看，尚墨仅在这翻动之间，就已领悟了两个困扰自己十多年的武学问题，内心震撼不已。

商无期翻到某一页，手指突然一颤。

向啸天也紧紧地盯住这一页，表情极度紧张。

页面右上角有两个不起眼的小字：情毒。

下面介绍了情毒的制作方法、下药方法、中毒后的症状。

这些知识，连蓬莱学院药女科的上院学员都略知一二，算不上太大的秘密。

众人关心的，其实是情毒的解药。

整个江湖有人常受情毒之苦，却没有人能研发出真正有效的解药来。

《归宗谱》中是否藏着解药的秘密？

商无期深深吸了一口气，又往下翻了一页。

背面那页左上角果然有四个小字：情毒解药。

只是……

字下一片空白。

既没有字，也没有图。

向啸天抢过绢书，对着太阳反复研看，仍然是空白一片，什么奇迹都没有出现。

既然专门留了解药这一页，说明解药是存在的，难道是易不世当年忘记写上去了？

这真是天意啊！

向啸天的心，瞬间坠向无尽的黑暗深渊。

"向师伯！"一位青年男子翩翩而来，拱手道，"上次我跟您说有八成把握可治好师伯母的情毒，今日修正我的看法……"

向啸天沮丧地摆摆手："你不用说了，我也不怪你……"

青年男子正是周不治，他继续道："今日我看了这《归宗谱》，心里已有九成把握！"

向啸天眼前一亮，复而黯淡。

《归宗谱》都解决不了的问题，你行？

他甚至都懒得反驳面前这位口出狂言的年轻人了，只是愣愣地坐着，万念俱灰。

十多年的寻觅，没想到会是这样一个结局。

商无期却抬起头，静静地看着周不治："不治师兄，你真的可以？"

周不治也看着他，坚定地点头。

两个人的眼眸都纯净如水。

"我需要找个最合适的时机！"周不治道，"无期你先练天地一剑，不久之后你们就可以母子相聚！"

"不治师兄，我信你！"商无期道。

商无期开始练习天地一剑。

当然，练武并非就一定要找山洞，只要是相对僻静、便于思索的地方都可以。众人在山坳西边找了块相对安静的空地，帮商无期建好一个营帐就离开了。为了让他不分心，每天饭菜都是做好了送过来。

按照阴阳老怪的理解，练成"天地一剑"需要两步：

第一，需要将《归宗谱》上的那三十二式理解透彻并熟练掌握。想当年，易不世琢磨出这三十二式差不多用了二十年的时间，其间之精妙，岂是随便就能参透的。商无期天生爱思索，静心琢磨这些招式倒是对了他的脾气，他痴劲上来，晚上都不愿睡觉，送过来的饭菜，也只是胡乱吃了几口。就这样两天过去，总算有了些心得，而且能依葫芦画瓢，将这三十二式逐一使出来。

第二，需要将这三十二式流畅地组合在一起，合成一招。商无期想尽办法，又花了两天两夜时间，做了数百次尝试，总算勉强成功。

天地一剑，并非一定要用剑。

在高手眼中，一切都可视为剑。

商无期抽出玄木棍，走到空地边，想试一试这几天的修炼效果。

才刚刚做了个起势，玄木棍突然泛发出强光，似乎体内积淀的野性今日才被激活，棍身也明显变硬了许多……其他人看到异光闪耀，纷纷从山坳各处奔来，刚好看到商无期将玄木棍击向一棵松树。

轻轻一击之下，那棵松树竟然被拦腰截断，被玄木棍击打之处竟然碎成粉末，力道之大，令人惊骇不已。

"天地一剑，果真了得！"众人议论纷纷，合不拢嘴。

阴阳老怪笑道："仇老怪，你苦等几十年的天地一剑终于现身，何不让无期与你比画比画！"

仇不弃很是不屑："哼，他不过才刚有点心得而已，真正的天地一剑，他连一成都还没有掌握，如何与我老人家过招？"又道，"不过总算看到点希望了，以他的天资，练上半年即可掌握两成，刚好可与我那李尉徒儿过过招。分身术与天地一剑到底哪个厉害，到时候应该可以看出些端倪来！"

阴阳老怪道："你那徒儿还不知躲在何处，如何过招？"

仇不弃傲然道："几天前，天地会刚给我传来消息，说已经找到李尉的下落了！"

"天地会？"阴阳老怪惊道，"你都跑到这鸟不拉屎的地方来了，他们竟然还能联系到你？"

"天地会神通广大，天地间到处都有他们的耳目！"仇不弃道，"我起初也没有想到，帝国远洋船队中也有他们的人啊！"

"竟然这样！"阴阳老怪道，"但他们的信鸽是如何穿越雾环，飞到这群岛上来的？"

"这次不是信鸽，是信鱼。"仇不弃掏出一个小圆盒，"前几日来了一头红鲸，将这个盒子吐出就游走了，盒中正是天地会的信件。"

"信上怎么说？"看来，阴阳老怪已被这件奇事深深吸引住了。

"信上说，李尉藏在羊谷关，正在苦练分身术。"仇不弃道。

"难道说，他已隐姓埋名，参军去前线了？"阴阳老怪道，"但既然他已隐姓埋名，天地会又如何能知道他在羊谷关？"

"这个很容易判断！"仇不弃道，"天地会在羊谷关的一个山洞中发现了几个受伤的毛人，初练分身术的人同时发出九招，很难做到招式各异，因而他拿来练手的那些毛人，往往会伤在同样部位，伤痕深浅、角度也显得极有规律。"

"李尉竟然拿真人来练手？"阴阳老怪惊道。

仇不弃倒是很淡定："到底是我徒儿，会走捷径，知道拿真人来练会更快些！不过你放心，他用来练手的是毛人！"又对阴阳老怪道，"你这徒儿也得盯紧些，到时候可别输得太惨！"

商无期闻听"羊谷关"三字，突然合上《归宗谱》，若有所思。

阴阳老怪道："无期徒儿，你在想什么？"

商无期转向尚墨，道：“总学监，现在《归宗谱》已找到，长生不老之说也已破解，我们何时回去？”

尚墨明白他心中所思，叹道：“想去羊谷关了吧？”

商无期点点头：“前方战事正紧，无期不想在此荒废光阴。”

“怎么能叫荒废光阴？”尚墨道，“你好好研读《归宗谱》，里面不乏武功兵法、造械炼药之术，日后去前线，都是用得上的呀！”

商无期道：“《归宗谱》我已通读几遍，觉得武功兵法倒在其次，其中最最有用的，莫过于悲天悯人的情怀。”

尚墨赞道：“你能有如此认识，想必你师祖在天之灵也会安心！你师祖看似严厉，心中却有大爱，希望用武学来解决人世的困境，世人只道他是不世出的武林宗师，殊不知他一生所求，莫过于‘悲悯’二字。”

商无期道：“既然如此，无期知道该怎么做了。”

他拱拱手，退回到自己的修炼之地去了。

第二天，他再次走出营地，手提一个藤笼，笼中装着十多只信鸽。

尚墨奇道：“你怎么玩起鸽子来了？”

商无期打开藤笼，将信鸽全部放飞。

“我将天地一剑图谱，还有《归宗谱》上一些重要页面，缩小后抄在绢纸上，共抄了十多份，让这些信鸽带向江湖各大门派。”商无期平静地说道，“希望有些信鸽能飞过雾环。”

“你……你……你……”尚墨大惊，指着商无期说不出话来。

商无期继续道：“无数武者，毕生孜孜以求，修为却终究有限，究其原因，一则人生苦短，二则各门各派互相防范，不能充分利用前人智慧。蓬莱八峰，历经十多年，终于破除樊篱，融为一家；但樊篱之外，仍有樊篱。无期今日将《归宗谱》公之于众，正是致力于天下一家，同生共享。因为师祖说得好，‘人生百岁，文明永生’！无期不才，只希望今日之举，能符合师祖的心意！”

尚墨沉默片刻，叹道：“我也不知道你做得对或不对。如果错了，就让师父他老人家的在天之灵来惩罚你吧！”

说罢，转身黯然离去。

次日，众人决定离开湖心的蓬莱岛。那辆铁甲飞车早已被众人用藤条从水道中拉出来，商无期驾着铁车，来回飞了三趟，直接将所有人都接到海边的五号船上。

其他蓬莱弟子均早已回到五号船上，这几天土著人也没到海边来，双方相安无事。

五号船总算是保住了。

叶眉儿在船上略作收拾，就约商无期去看向啸天夫妇。

"我又想念伯母了。"她道。

商无期跟着她，刚出门，却见周不治迎面而来。

"无期师弟，我正在找你。"周不治拱手道，"伯母复苏，就在今日！"

商无期一愣，竟然半晌都没答话。

"你们稍等我一下。"他道，急急回到房间，认认真真洗了把脸，挑了件最满意的衣衫换上，又对着铜镜反复照了半天才出门。

叶眉儿轻轻握着他的手："哥哥，每个母亲眼里，儿子都是最棒的。"

商无期喃喃道："不知她还认不认得我。"

"当然认得啊！"叶眉儿道，"母子天然心连心。"

三人一起来到后舱的拜月教所在地。

向啸天打开门，见到周不治，先是一愣，后来拱拱手，道："周先生——"

就像抓住了一根救命稻草。

有了希望，人生才不会在黑暗中煎熬。

周不治拱手道："向伯父不要客气，叫我不治就可以。"

"周先生需要我们做哪些准备吗？"向啸天仍然没有改口。

"不需要特别的准备。"周不治道，"向伯父是如何让伯母……昏迷的？"

向啸天沉默良久，道："当年，三鬼与无期母亲都喝了药香君下了情毒的安神液。三鬼喝得多，很快就痛不欲生，我专程请渭水仙姑研制了

'怨恨丹'解药，用恨意来消减情毒，哪知他们情毒倒是缓解了，但体内的'恨'却聚集起来，形成'恨'毒，变得情绪激动，性格暴躁，容貌也越来越丑陋。无期母亲喝得少，本来症状不重，但后来误以为无期被狼吃掉，在巨大的刺激下，体内潜藏的情毒迅速发作，我既不忍心看她受罪，也不愿给她服用'怨恨丹'，便点了她的上星穴，让她昏迷过去……"

周不治道："点上星穴确实可令人昏迷，且有麻痹之效，但并非人体最重要的穴位，一般半年就会自动解除，向伯父是如何让她一直昏睡的？"

向啸天黯然道："我每半年都会重新点穴一次。"

周不治道："向伯父有没有想过，如果半年不点穴，让伯母自然醒来，会是什么效果？"

向啸天道："内人娇弱，且天性爱美，这世上我什么都能忍，却唯独不忍心看她受情毒折磨。"

"向伯父苦心，不治深为感动。"周不治道，"向伯父是否知道无期也曾中过情毒？"

"曾经听眉儿说起。"向啸天愧然道，"我有愧于……无期。"

商无期在一边闻言，略微有些不安，不知说什么好。

叶眉儿道："此事不能怪向伯父，更何况，无期的情毒已经不再犯了。"

"无期为何可以无药自愈？"周不治道。

商无期与叶眉儿同时困惑地摇摇头。

"我也不知道为什么，起初痛得厉害，但两年之后莫名就好了。"商无期道。

周不治沉默良久，突然道："我向来痴迷于药学，喜欢探究各类疑难杂症，凭运气治好过一些大病，在江湖浪得'不治'之虚名。两年以前，我与无期师弟初识，凭他面相纹路就可以看出他中过情毒，当时知他已自动痊愈，甚是诧异，但也没有太放在心上。直到几个月后……凝脂在大陆天才争霸赛中脸部受伤，心性大变，我才开始集中全部力量研究心病。心病有很多种，包括情毒在内，受伤或中毒都只在表象，真正的病根在内心。

我研究了包括无期师弟在内的很多病例，慢慢得出一个结论：时间，才是治疗心病的唯一良药！"他顿了顿，又补充道，"包括情毒在内的所有心病，只要消除内心的执念，在心中培育善良、宽容，都能通过时间去化解。"

众人愣愣地看着他，若有所思。

"无期师弟的坚韧是天生的，所以他忍住了常人无法承受的疼痛，没有服用怨恨丹；他的善良也是天生的，内心没有执念于仇恨，最终让时间冲淡了情毒！"周不治道，"如果他一直把仇恨放在心中，甚至用'怨恨丹'去加重仇恨，他的人生一定会是另外一个样子。"

叶眉儿握住商无期的手。

他的手有些凉。

周不治师兄说得对，无期哥哥的坚韧和善良，都是天生的。

所以，才总让她如此……心疼。

"如果我猜得不错，向伯母想必也是那种善良如仙子的人，"周不治开了个玩笑，"否则商无期是继承了谁的性格呢？"

向啸天根本没把周不治的话视为玩笑。

"你说得对，无期更像她母亲。"他认真道，"她的温和与善良，世上无人能及。"

"果真是这样，那就好办了！"周不治道，"我建议向伯父点开伯母的穴道，让她醒来，只要她能硬撑过两年的情毒发作期，即可自愈！更何况，如今向伯父与蓬莱已化解了恩怨，无期也平安归来，成了少年英雄，她看在眼中，喜在心头，没准可以好得更快！"

向啸天尚在犹豫："周先生，你确定是这样吗？"又道，"无期自幼与母亲分离，在他心中，母亲想必真如仙子一般，而不是……"

向啸天没有继续往下说，但周不治完全能明白他话中的意思，道："本来我还只有八成把握，但前几日看了《归宗谱》，读其'悲天悯人，无私无恨'的要义，更加坚信了'善'的力量！书中那一页有'情毒解药'四字，底下却一片空白，我认为这并非是师祖忘了写上解方，而是暗示情毒无需解药，假以时日，便可自愈。所以，我斗胆将治愈把握增至九成！"

商无期突然道："试试吧，父亲！无论……母亲变成什么模样，都是我们至亲之人！"

向啸天重重地点点头。

他拉开窗帘，三月的阳光从窗外射进来，落在轮椅上的向夫人身上。

向啸天走到她身边，轻轻地帮她把飘在额前的一绺头发整理好，又静静地凝视片刻，伸手解开了她的上星穴。

众人屏住呼吸，看着她。

好半天，她一直不动不动。

商无期紧张地看了看周不治，又看向啸天。

他们的表情，显示出他们也很紧张。

"怎么办？"向啸天小声道。

周不治没有答话。

只是紧紧地盯着轮椅上那个苍白的面容。

她仍然没有动，但……

突然流下一滴眼泪。

众人终于呼了一口气。

她又流了好一会儿眼泪，突然道："无期我儿，你过来，让我看看你。"

她的声音好柔。

令精于歌舞的叶眉儿都有些自惭形秽。

像是天使发出的召唤声。

商无期看了父亲一眼，却听他道："无期，快过去吧！"

商无期慢慢走过去，在她面前蹲下。

她突然睁开眼睛，看着他。

她的眼睛好美。

她伸出手来，抚摸着他的脸颊："无期，你长得真好看，像父亲。"

商无期突然把头埋在她胸前，呜呜地哭了。

不知过了多久，向啸天等人才围了过去。

向啸天握住她的手，哽咽道："夫人，你可醒了！这一觉，你睡了好久！"

"我知道。"她脸上露出淡淡的笑意，"睡了十七年。"

向啸天一愣。

却见向夫人已将目光转向叶眉儿，和声道："眉儿好漂亮，我儿子眼光不错！"

叶眉儿红了脸，抿嘴笑了。

周不治也是吃惊不小，惊问道："夫人，您怎么知道她叫眉儿的？"

"周医师，我当然知道。"她平静地说道，"这十七年来，我只是不能动弹，但并没有睡着。"

空气仿佛凝固了。

片刻之后，向啸天捶胸大哭道："怎么会这样？我真混蛋！我真是个混蛋呀！"

边上每个人，都能体会到他是如何心痛。

商无期也难过得无以言表。

十七年来什么都知道，却不能动弹，这该是多大的折磨！

"怎么会这样？点了上星穴，竟然还有意识！"周不治也深为不解。

不过这世上令人不解的事确实有很多，这大概只能归结于个体差异了。

"啸天，你不要难过了！"这个在旁人眼中受尽苦难的女子，竟然柔声道，"你一难过，孩子更得哭了！"又抚摸着商无期的头发，"今天是个好日子，我们的团聚之日，应该笑才对啊！"

商无期抬起头，咧开嘴，给母亲露出一个笑脸。

他的母亲，真的是天上的仙子。

"依夫人这样的心性，情毒根本就不是问题！"周不治拱手告辞，不再打扰他们享受天伦之乐。

叶眉儿也轻轻跟了出去。

"欸，周师兄，你真的好厉害哦！"叶眉儿道。

周不治只是笑了笑。

"不知凝脂师姐好些了没有？"叶眉儿吞吞吐吐道，"她现在也该归于心病……"

周不治的神色突然就凝重起来。

"欸，我好喜欢凝脂师姐，想着哪天和无期请她吃饭，顺便请教一些唱歌的事情！"叶眉儿道，"周师兄也要来哦！"

"好，我来！"周不治淡淡笑道。

他愿意等待。

因为，时间可以化解一切。

接下来就该商量回程的事了。

按文飞剑的想法，恨不得马上去攻打岩城，把那徐福一同抓回去伏法。但心中恨归恨，现实情况却不允许他们这么做。且不说军务组的一千名军士大都是徐福、徐禄的亲信，光岩城内的一万名土著武装就很难对付，更何况，岩城之外还有数万土著居民。他们离去之时，这些人不来找碴已是万幸了。

六千童男童女也无法全部带走，尚墨本来还想能带多少就带多少回去，但徐福已主动派人来交涉。来者是贝壳船长，他现在已没有船了，在徐福的推举之下，他被土著王任命为野猪左大夫，也不知是个什么官，但貌似权力不小。他腆着肚子，志得意满地带着数十名随从来到五号船，向尚墨传达了土著王和徐福的旨意——童男童女一个也不许带走。

尚墨怒道："为何？"

贝壳船长道："因为，他们现在已经是我们岩城国的臣民！"

尚墨道："你们割据称王，真不怕中央帝国的雷霆之怒？"

"我们好怕怕！"贝壳船长笑道，"但中央帝国目前就剩这么一艘大船了，能派多少军队来征伐我们？之所以把这艘船留给你们，是太师大人担心你们狗急跳墙，想早点把你们像送瘟神一样送走！其实，就算你们狗急跳墙又能怎样？赶紧走吧，我担心土著王或太师大人突然反悔，你们想走还走不了啦！"

尚墨心中长叹，徐福还真算对中央帝国了如指掌。天高皇帝远，帝国虽然强大，但海军力量远不能覆盖此岛。造一艘大船仅工时就需要十多年，就算有人有时间，那些造船材料也不是那么容易弄到的，不少部件都是用天上掉下来的陨铁打制的。

所以，他们只能接受贝壳船长的建议。

东方大陆离岩城岛有一千多里，五号船全速前进，也需半个多月方可到达。商无期是一天也不想等了，他提出驾铁甲飞车直接去羊谷关前线。

叶眉儿、张阿毛、柳吟风、果落落、蛮妮等人也连忙响应。他们道，寻找《归宗谱》的任务虽然已经完成，但秘密任务小组不能解散。

尚墨笑道："你们有报国之心，我怎可阻拦你们？你们去吧，驾铁车差不多一日一夜就可到达羊谷关，只是路上要小心些！"

"不用担心，有我和仇老怪看着，他们翻不了天！"阴阳老怪挤过来道。

尚墨一愣："怎么，两位前辈还要跟到前线去啊？"

"当然！"仇不弃眼睛一横，"我还要去羊谷关找我那李尉徒儿哩！"

尚墨赔笑道："两位师叔愿意同往，那自然好，希望关键时候能助这些孩子一臂之力！"

"那是自然的！"说话间，阴阳老怪已挤上车去。

张阿毛启动了铁车。

商无期站在车外，久久地向远处眺望。

母亲终于来了。

是自己走过来的。

父亲推着轮椅跟在后面。

商无期大步走过去，给了她一个大大的拥抱。

她把头贴在商无期胸口，道："儿子，你竟然有这么高！"又抬头道，"娘醒来才一天时间，你就要走，娘怎么看你都看不够！"

商无期道："我很快就会回来。"

"嗯！"她道，"你还没吃上娘做的饭，娘会做了好吃的，等你凯旋！"

商无期登上铁车。

铁车轰隆隆升上天空，商无期趴在窗口不停挥手，直到地上那些翘首张望的人最后都变成了小黑点。

（未完待续）

图书在版编目（ＣＩＰ）数据

蓬莱学院.9，归宗谱 / 古月奇著.-- 武汉 ：长江
文艺出版社， 2021.8
  ISBN 978-7-5702-2062-5

  Ⅰ．①蓬… Ⅱ．①古… Ⅲ．①长篇小说－中国－当代
Ⅳ．①I247.5

  中国版本图书馆 CIP 数据核字(2021)第 064380 号

蓬莱学院.9，归宗谱
PENGLAI XUEYUAN 9 GUIZONGPU

责任编辑：毛劲羽　　　　　　　　　责任校对：毛　娟
封面绘图：阿　飘　　　　　　　　　责任印制：邱　莉　胡丽平

出版：长江出版传媒　　长江文艺出版社
地址：武汉市雄楚大街 268 号　　　　邮编：430070
发行：长江文艺出版社
http://www.cjlap.com
印刷：湖北恒泰印务有限公司

开本：720 毫米×1000 毫米　　1/16　　印张：13.75　　插页：4 页
版次：2021 年 8 月第 1 版　　　2021 年 8 月第 1 次印刷
字数：172 千字

定价：34.80 元